Julio Verne

EL FARO DEL FIN DEL MUNDO

Ray Bradbury

LA SIRENA

Cántaro

Colección del
MiRADOR

Dirección editorial: Raúl González
Dirección de colección: Salvador M. Gargiulo
Edición: Teresita Valdettaro

Los contenidos de las secciones que integran esta obra
han sido elaborados por:
Lic. Raúl Illescas
Lic. Armando Minguzzi

Traducción de Raúl Illescas y Armando Minguzzi, revisada
por Cristina Piña.
*Esta versión fue compuesta según la primera edición publicada
póstumamente (París, J. Hertzel, 1905) y corregida según la versión original
establecida por Olivier Dumas, presidente de la Sociedad
Julio Verne (Québec, Stanké, 1999).*

Diseño interior: Gabriela Falgione
Ilustraciones originales de *El Faro del Fin del Mundo*: George Roux
Diagramación: Diego R. Perdiguera
Corrección: Cecilia Biagioli y Silvia Tombesi

I.S.B.N. N.º 950-753-115-7
© **PUERTO DE PALOS S. A.** 2003
Honorio Pueyrredón 571 (C1405BAC). Tel. 4902-1093
Ciudad de Buenos Aires. Argentina

Este libro se terminó de imprimir en el mes de enero de 2004 en
Impresiones SUD AMÉRICA, Andrés Ferreyra 3769. Bs. As. Argentina

Hecho el depósito que marca la Ley 11.723.
Impreso en Argentina-Printed in Argentina.

Colección del
MiRADOR

Colección Del Mirador
Literatura para una nueva escuela

Estimular la lectura literaria, en nuestros días, implica presentar una adecuada selección de obras y estrategias lectoras que nos permitan abrir los cerrojos con que, muchas veces, guardamos nuestra capacidad de aprender.

Lo original de nuestra propuesta, no dudamos en asegurarlo, es, precisamente, la arquitectura didáctica que se ha levantado alrededor de textos literarios de hoy y de siempre, vinculados a nuestros alumnos y sus vidas. Nuestro objetivo es lograr que "funcione" la literatura en el aula. Seguramente, en algún caso lo habremos alcanzado mejor que en otro, pero en todos nos hemos esforzado por conseguirlo.

Cada volumen de la **Colección Del Mirador** es producido en función de facilitar el abordaje de una obra o un aspecto de lo literario desde distintas perspectivas.

La sección **Puertas de acceso** busca ofrecer estudios preliminares que sean atractivos para los alumnos, con el fin de que estos sean conducidos significativamente al acopio de la información contextual necesaria para iniciar, con comodidad, la lectura.

La obra muestra una versión cuidada del texto y notas a pie de página que facilitan su comprensión.

Leer, saber leer y enseñar a saber leer son expresiones que guiaron nuestras reflexiones y nos acercaron a los resultados presentes en la sección **Manos a la obra**. En ella intentamos cumplir con las expectativas temáticas, discursivas, lingüísticas y estilísticas del proceso lector de cada uno, apuntando a la archilectura y a los elementos de diferenciación de los receptores. Hemos agregado actividades de literatura comparada, de literatura relacionada con otras artes y con otros discursos, junto con trabajos de taller de escritura, pensando que las propuestas deben consistir siempre en un "tirar del hilo", como un estímulo para la tarea.

En el **Cuarto de herramientas** proponemos otro tipo de información, más vivencial o emotiva, sobre el autor y su entorno. Para ello incluimos material gráfico y documental, y diversos tipos de texto, con una bibliografía comentada para el alumno.

La presente **Colección** intenta tener una mirada distinta sobre qué ofrecerles a los jóvenes de hoy. Su marco de referencia está en las nuevas orientaciones que señala la reforma educativa en práctica. Su punto de partida y de llegada consiste en incrementar las competencias lingüística y comunicativa de los chicos y, en lo posible, inculcarles amor por la literatura y por sus creadores, sin barreras de ningún tipo.

Puertas de acceso

La literatura y el privilegio de sus espacios

A lo largo de la historia, la literatura ha privilegiado distintos espacios. Uno de ellos es el castillo, tenebroso o encantado, en el que se pretende entrar para rescatar a una doncella amada, o el que se transforma en el centro del campo de batalla cuando esa fortaleza es asediada. Otro espacio es la llanura o el desierto, escenarios de la larga travesía que emprendían algunos viajeros cuya intención era llegar a determinado destino a tiempo, escapar de alguna condena o ir hacia otros poblados a instalarse. Existe también la idea de que una ciudad se convierte en un laberinto cuando la historia tiene como protagonistas a delincuentes y policías; en ella, estos se persiguen y se comunican a través del lenguaje de las pistas y de los descubrimientos.

Todos ellos son ejemplos de cómo han sido descriptos los espacios cuando lo que se intenta es llevar adelante un relato que nos atrapa y nos envuelve, transportándonos al lugar de los hechos.

Otro de los escenarios privilegiados en el viejo oficio de contar una historia es la isla, un lugar que se ha instalado en la imaginación de los seres humanos como el ámbito en el cual se lleva a cabo, casi siempre, una fundación. Se plantea entonces, la posibilidad de crear una nueva forma de vida, tal es el caso de la novela *Robinson Crusoe*, de Daniel Defoe; o la construcción de una ciudad ideal, tan frecuente en las utopías del Renacimiento. Estos proyectos fundacionales posibilitan, por lo general y en el ámbito de ese territorio insular que sirve de marco a lo literario, el nacimiento de una amistad sincera e indestructible.

A propósito de este vínculo, la isla se parece a tantos otros de los lugares cerrados de la literatura. Entendemos por *lugar cerrado* el espacio determinado por el aislamiento, la soledad y –en alguna medida– por la imposibilidad de abandonarlo. En ese sentido, el barco es otro de los escenarios que más han sido explotados por los narradores del género de aventuras. En momentos críticos, como una tempestad o un ataque de otro buque, surgen lealtades entre los hombres de la tripulación que se transforman, casi siempre, en una amistad que perdura a lo largo del viaje.

En la isla, ocurre lo mismo. Cuando dos seres humanos se encuentran en un lugar alejado y están a merced de la naturaleza o de otros hombres considerados enemigos, tienden a ayudarse. El pasar juntos por circunstancias difíciles y vencerlas genera en ellos un profundo sentimiento de amistad. Así ocurre en *El Faro del Fin del Mundo* entre el marino John Davis y el jefe de torreros Vázquez, quienes se transforman en amigos leales luego de atravesar todas las peripecias a las que son sometidos a lo largo de este relato.

Esta novela de Julio Verne, en donde una isla es el marco de la historia, pertenece al ya mencionado género de aventuras, el cual aparece vinculado, entre otras cosas, a la existencia de lugares desconocidos, al exotismo de tierras lejanas cuyos habitantes poseen costumbres *extrañas*[1]. En tal sentido, presentar las islas como porciones de tierra que emergen en medio del mar y que se le manifiestan al explorador o al viajero como espacios sin nombre en donde se puede crear todo de nuevo resulta muy atractivo.

Tapa de la primera edición de El Faro del Fin del Mundo.

Y así como es factible que todo comience otra vez, también existe la posibilidad de que aparezcan los inconvenientes que se les presentaron a los hombres a lo largo de la historia. La isla recrea la historia de la huma-

---

[1] Bardavio, José María. *La novela de aventuras*. Madrid, Sociedad General Española Librería S. A., 1977.

nidad a través de las dificultades que debieron vencer los primitivos habitantes del mundo, el género de aventuras es una forma de la literatura en donde los obstáculos son parte del paisaje.

Islas pasadas, islas futuras, islas verneanas

Uno de los naufragios más recordados en la historia de la literatura aparece al inicio del ya citado relato del escritor inglés Daniel Defoe, su personaje principal se llama Robinson Crusoe, y la primera parte de la historia se publica en el año 1719[2]. En la novela, un viajero arriba a una isla desierta y vive allí algunos años. Consigue sobrevivir sus primeros días gracias a la comida que puede salvar del barco, donde también encuentra algunas herramientas y armas de fuego, con las que arma una casa, instala una plantación y consigue cazar algunos animales. Es así como se reconstruye, en parte y como ya dijimos, la historia del género humano o, mejor dicho, de las dificultades con que los hombres debieron enfrentarse a lo largo de los siglos.

En la isla desierta, Robinson debe pensar y planificar su sustento, es aquí donde adapta sus ropas al clima reinante y es también en este lugar en donde se encuentra con otro individuo –de diferente cultura– por el que termina sintiendo un profundo afecto.

En *El Faro del Fin del Mundo*, el encuentro con el otro se produce después de un naufragio. En este encuentro, el hecho de que Vázquez, el jefe de torreros, conozca la lengua inglesa hace que exista un motivo de entendimiento entre los dos personajes y que el diálogo sea posible. El naufragio del buque del marino norteamericano John Davis es provocado por los delincuentes; es decir, por los otros ya no en términos de cultura, sino en cuanto a sus propósitos y a su relación con la ley solidaria del mar. La banda de Kongre no lleva a la práctica la solidaridad que reina entre aquellos que pertenecen a la hermandad del mar. Ellos son los otros con los cuales es imposible dialogar, y serán –a lo largo de la novela– los que obstaculicen la misión del torrero; a diferencia de

---

[2] Defoe, D. *Aventuras de Robinson Crusoe*, Barcelona, Sopena, 1974.

Davis, quien ayuda a desarrollar la tarea para la que estaba destinado el faro. Se da entonces otro de los tópicos clásicos de la novela de aventuras, la existencia de dos tipos de personajes: los solidarios con el héroe y los opositores.

La cuestión de reconstruir la historia del desarrollo humano aparece también en otros relatos de Verne. Una de sus novelas más famosas, que pertenece –según los críticos e historiadores de su obra[3]– a la serie de los viajes extraordinarios se llama *La isla misteriosa*. En ella, los náufragos llegan a la isla a través del aire, por lo que no pueden salvar ningún útil que les sirva para reconstruir, en este nuevo terreno, la civilización de donde vienen. El personaje central de esta novela, Cyrus Smith, posee, para dicha reconstrucción, algo que recorre las novelas de Verne como el máximo bien: el conocimiento.

> *Amigos míos, esto es mineral de hierro; esto, una pirita: esto es arcilla; esto cal; eso carbón. He aquí lo que nos da la naturaleza, he aquí su parte en el trabajo común.*

En esa isla, el mito robinsoneano, es decir, el creado en torno de la novela de Defoe y de su visión del individualismo, aparece desvalorizado. Ya no se trata de un héroe solitario, sino que es un grupo de personas el que recorre las distintas etapas de la evolución de la humanidad. *La isla misteriosa*, como la mayoría de las islas verneanas, termina expulsando a sus ocupantes –al final, aquella estalla por una explosión volcánica–; esto también marca una diferencia con la de Robinson. A la isla de Defoe, el héroe vuelve en la segunda parte de la novela para verificar el desarrollo del poblado que había fundado.

En cuanto a la creación de una forma de vida más justa, nuestro espacio en cuestión aparece ligado a un concepto creado por un filósofo inglés: la utopía. Este concepto, que puede ser traducido como "región de la felicidad" o como "lugar que no existe", fue empleado por Tomás Moro quien, para exponer un sistema de gobierno que hiciera felices a

---

[3] Salbert, Miguel. *Julio Verne, ese desconocido*. Madrid, Alianza, 1985.

los hombres utilizó nada menos que una isla[4]. La obra de Moro fue publicada, por primera vez, en 1551 y describe una civilización que, entre otras cosas, deja de lado el dinero, hace que los bienes pertenezcan a todos y, además, tiene pocas leyes porque, según él: "para un pueblo instruido y organizado así, muy pocas bastan".

El concepto de *utopía* no se detuvo allí, y su desarrollo llega hasta los días de Julio Verne. El siglo XIX da a luz a una serie de pensadores utopistas, como Cabet, con su *Viaje a Icaria* (1839); y a otros, como Fourier o Saint-Simon, ambos sostenedores de que la cooperación entre los hombres permitiría un mejor dominio de la naturaleza a través de la ciencia[5]; el último tuvo una gran influencia sobre las ideas vernianas.

La simpatía de Verne hacia las ideas saint-simonianas tiene como eje esa profunda fe en la ciencia que se vislumbra, sobre todo, en la primera parte de su obra; pero una isla es la que le sirve a nuestro autor para revertir dicha visión.

Entre otras historias, es en *La isla a hélice*, aparecida en 1895, donde Verne evidencia este giro. En esta novela, se presenta una gran isla artificial de siete kilómetros de largo por cinco de ancho, construida en metal y movida por motores enormes de cinco millones de caballos de vapor; en ella, se encuentran los "dueños del mundo"; es decir, los reyes de la industria y del capital financiero. La isla se llama Standard Island; y su capital, Millard City. En ella, las casas son de material plástico y ladrillos transparentes; y aparecen detalles que señalan una forma satírica del confort producido por la ciencia. La luz, el agua fría y caliente, el sonido y la hora llegan a domicilio; los cepillos para la cabeza son movidos mecánicamente; y la lluvia es manejada a voluntad. Entre las exageraciones de esta novela, figura el hecho de que la impresión de la prensa escrita se realiza en pasta comestible para su mejor asimilación; y entre las formas de la deshumanización, aparece

[4] AA. VV. *Las utopías*. México, Fondo de Cultura Económica, 1985.
[5] Cole, G. D. H. *Historia del pensamiento socialista*. T. I: *los precursores*. México, Fondo de Cultura Económica, 1957.

el cálculo al que cada habitante tiene acceso en relación con su constitución física: cada uno sabe su "capacidad muscular a través del dinamómetro, su potencia de contracción del corazón medida por el esfignómetro, su grado de fuerza vital medida por el magnetómetro".

El giro más pronunciado que se da en este relato de Verne es el de su visión de los Estados Unidos. Sobre esta isla, perteneciente a la *Standard Island Company Limited*, que posee un capital de quinientos millones de dólares, ondea el pabellón de este país, que anexó Canadá, México y toda América Central. A la imagen de ese país que Verne había configurado como el lugar del futuro y de la libertad, se opone esta, la de una rapaz nación imperialista que no sólo anexiona otros países y territorios, sino que además, impone la ley del dólar.

Posteriormente, las islas de Verne se mudarán a otras latitudes y no poseerán estas virtudes científicas; estarán en el extremo sur del continente americano; y se las verá desde lejos gracias a un faro que ilumina desde el "fin del mundo". Estas islas serán el espacio del compañerismo y de la lucha contra los que no respetan la solidaridad como máxima expresión entre los surcadores de mares. La isla a la que Verne apela en sus últimos días –recordemos que *El Faro del Fin del Mundo* apareció en 1905, año de su muerte, y que ha sido corregida por su hijo– pertenece al territorio argentino; y el faro está habitado por tres honrados servidores de la misma nacionalidad.

Julio Verne: un hombre *a-isla-do*

En lo referente a la huella de la vida personal en su obra, este escritor francés aparece ligado a los espacios insulares desde su infancia. La primera residencia de sus padres fue precisamente la isla Feydeau, un islote arenoso en el que emergía un barrio residencial sobre el río Loire. Allí, en los primeros meses de 1828, nació, en el ámbito de una familia cuya situación económica no era floreciente, Julio Verne.

Sus biógrafos cuentan que las primeras noticias de América le llegaron a este autor en sus primeros años por boca de un tío, el pintor Le

Celle de Chateaubourg, pariente político del gran escritor y aventurero Chateaubriand, al que frecuentó luego de su regreso de Canadá. Las visitas a casa de este tío eran muy habituales, y los relatos del famoso escritor sobre los indios y los cazadores de la América Boreal que este pariente hacía revivir en esos encuentros llenaban las mentes de los hermanos Verne con un aire aventurero.

El ambiente de viajes marinos que rodeaba la isla, los relatos del tío y la convivencia con los veleros que pasaban hacia Nantes hicieron que Julio, un día del verano de 1839, intentara escaparse tras embarcarse en un buque que llevaba por nombre *Coralie* y que iba rumbo a la India. El padre descubrió la fuga y lo fue a buscar a la nave.

Esta anécdota da lugar al juramento de viajar "sólo con la imaginación", con que nuestro autor responde al castigo impuesto por su padre; además, pinta de cuerpo entero la frustración que debió sentir alguien que vio partir a su hermano (Paul) rumbo a su maravillosa vida de marino sin poder acompañarlo.

Las experiencias vitales sumadas al ambiente circundante hicieron de este navegante imaginativo un creador de lugares ligados al mar; y entre ellos, ubicó en un lugar central, las islas. Una de las últimas aparece en una novela titulada *Los náufragos del Jonathan*, que se publicó luego de su muerte en el año 1909. En ella Kaw-djer, el personaje principal, intenta fundar, junto a un grupo de náufragos en la fantástica isla de Hosta, una colonia que tenga como valores primordiales la libertad y la igualdad. La comunidad libertaria termina en fracaso al encontrarse oro en la isla y al desatarse la voracidad entre los náufragos y los recién llegados.

Ante el derrumbe de su ideal libertario, Kaw-djer, en quien algunos críticos ven las verdaderas contradicciones de Verne, deja el poder en manos de su hijo espiritual Hag y se retira a otra isla, concedida por el gobierno chileno a cambio del oro. En esta nueva isla, Kaw-djer alcanza su libertad y pretende ser útil a la sociedad tras instalar nada menos que un faro.

Ray Bradbury: un escritor precoz, un viajero espacial

En el otro relato incluido en esta edición –que lleva por título "La sirena", y cuyo autor es Ray Bradbury– el espacio que lo enmarca, a pesar de no ser insular, tiene un acentuado tono de aislamiento. Es claro que pertenece a esos lugares cerrados de la ficción de los que habíamos hablado con anterioridad. Los alrededores del faro que están descriptos en este texto funcionan más como un obstáculo para llegar a la comunidad más cercana que como una posibilidad de encuentro con otros seres humanos.

Un acercamiento a la infancia del autor de esta historia nos descubre, según cuentan algunos de sus biógrafos, a un individuo de once años que comienza a escribir historias en las bolsas de papel provenientes de las compras domésticas. Más allá de su educación formal (llegó a terminar la escuela secundaria), pasó muchas noches de su juventud leyendo en la biblioteca, a lo que seguía durante el día una incesante trabajo de escritura.

Los viajes a otras civilizaciones son, para este autor, moneda corriente. Su obra más famosa, *Crónicas marcianas*, transcurre no en el acotado espacio de una isla, sino en el aislamiento de ese planeta, y constituye un dramático intento de colonización de Marte por parte del género humano. Su desconfianza en los hombres planteada aquí se extiende a "La sirena". En este relato, el animal prehistórico es valorado por su capacidad de permanecer igual ante el paso del tiempo; los humanos, por el contrario, se han vuelto "imposibles" por los sucesivos cambios operados en ellos a lo largo del desarrollo histórico de su especie.

El faro de Verne: una luz argentina y solidaria

En *El Faro del Fin del Mundo*, este instrumento también está ligado al servicio prestado a los navegantes. Verne rescata la actitud del gobierno argentino al brindar –en aguas tan peligrosas como las del mar austral,

cercano al cabo de Hornos, donde se producen habitualmente naufragios– iluminación suficiente para evitar accidentes cuando se arriba a
la isla de los Estados. Lo argentino aparece vinculado a la solidaridad,
tanto en lo que hace al faro como a la relación establecida entre los
torreros oriundos de este país. Esta parte de América tiene su luz, y ella
sirve para evitar accidentes. En el paisaje inhóspito del sur argentino,
Verne no apela ya a su clásica fe en la ciencia de sus primeras novelas,
sino a la colaboración entre los hombres que, mediante una potente
luz, cuidan que sus semejantes de distintas nacionalidades no caigan
entre las rocas, presos de un mar turbulento.

Más allá de la aparición del paisaje argentino austral (específicamente, la zona cercana al Cabo de Hornos, que implica el pasaje del
océano Atlántico al Pacífico y viceversa) en autores clásicos del género
de aventuras, como Jack London o Herman Melville, Verne toma a
nuestro país como escenario de algunas novelas. *Los hijos del capitán
Grant*, que transcurre, en parte, en la Patagonia argentina (allí, un indio
patagón cumple funciones de guía; y se menciona el característico
ombú de las pampas), es uno de esos relatos.

La historia que nos ocupa está situada, en su totalidad, en el sur
argentino y en su mar. Aquí los hombres, en su afán de ser solidarios,
van a colocar un faro, una luz que indica el límite de la civilización. En
ese territorio, que el texto denomina el "fin del mundo", ser civilizado
implica la posibilidad de cooperar con alguien más allá de su nacionalidad. Entonces, nace la amistad entre un torrero argentino y un marino proveniente de una embarcación norteamericana, a quien Verne
–en uno de sus clásicos juegos con la identidad de sus personajes– da el
nombre del navegante que llegó, por primera vez, a las islas Malvinas:
John Davis[6].

---

[6] El escritor y periodista argentino Roberto J. Payró nos lo informa en su libro, *Viaje a la
Patagonia Austral* (1898).

El faro de Bradbury: una voz eterna y seductora

En el cuento de Ray Bradbury, "La sirena", el dato relevante del faro no es su luz, sino su voz. La solidaridad del texto verniano deja paso a ese llamado que despierta a lo que, desde hace miles de años, se encuentra en el fondo del mar.

La marca del género de aventuras que se encuentra en el texto de este autor norteamericano tiene que ver con el encuentro de un lugar inaccesible, incluso para los humanos; es decir un espacio desconocido que despierta, todavía, nuestra curiosidad. Ese ámbito es el lecho del mar y sus rincones inexplorados, algo que en este texto representa, aún, una inimaginable fuente de sorpresas para los lectores.

Los torreros, en este relato, no pelean por la posesión del faro, asisten a la puesta en escena de los misterios del mar. Lo que ellos comparten no es una acción arriesgada en procura de ejercer su oficio, como en *El Faro del Fin del Mundo*, es sólo un secreto, el secreto que el mar guarda en su interior.

El tiempo en el faro y sus estrategias

La lectura de estos textos pone en escena algo que había preocupado a nuestros autores en otros relatos: la noción del tiempo. En *El Faro del Fin del Mundo*, toda estrategia tiene como finalidad alargar la estadía de los delincuentes; toda jornada ganada acerca el día del arribo del buque argentino, que pondrá fin a las andanzas de la banda de criminales liderada por el pirata Kongre. En esta isla nuestros héroes, más allá de contar con las mareas y las tormentas, despliegan todos sus saberes para que el tiempo pase.

El tiempo en "La sirena" puede leerse como dos estrategias que se relacionan con la construcción del relato. En primer término, en clave de prehistoria, aparece como el lugar desde donde el animal marino vuelve; en segundo lugar, es el medio por el cual se sabe con exactitud cuándo aparecerá ese animal. Por lo que podríamos decir que lo temporal, en "La sirena", juega con un pasado remoto y con un presente recurrente. El viejo McDunn trenza estos dos hilos, sabe cuál es la noche en que aparecerá el dinosaurio y, además, reconstruye la memoria del animal, en la cual cabe un millón de años. El relato de Bradbury constituye entonces, para el lector, la posibilidad de llegar en la fecha exacta y de asistir a ese despliegue marino de la irrupción de lo remoto en el tiempo.

Mientras que, en otro texto de Verne, como *La vuelta al mundo en ochenta días*, los personajes corrían para recuperar el tiempo perdido, aquí, en *El Faro del Fin del Mundo*, lo que se pretende es que los enemigos pierdan la mayor cantidad de tiempo posible para, de este modo, evitar su partida. Esta disyuntiva temporal, seguramente, se nos presentará al leer esta novela; nos apresuraremos para empezar a recorrer sus heroicas acciones; pero, una vez inmersos en ellas, vamos a desear que el tiempo de estar en la ficción se alargue lo suficiente y no tengamos que partir de ese mundo marino y solidario que Verne nos propone.

❖

Julio Verne

EL FARO DEL FIN DEL MUNDO

Versión de Armando Minguzzi y Raúl Illescas,
revisada por Cristina Piña

Título original: *Le Phare du bout du Monde.*
La primera edición fue publicada póstumamente (Paris, J. Hertzel, 1905)
y corregida luego según la versión original establecida por Olivier Dumas, en 1999.

Nota del editor: para evitar que la acumulación de notas a pie de página vuelva lento el ritmo narrativo, pero intentando que la no comprensión del vocabulario entorpezca la lectura, hemos acompañado el texto de un mapa (lámina I - Pág. 31) el esquema de un buque mercante del siglo XIX (pág. 238) y un PEQUEÑO VOCABULARIO MARÍTIMO Y AUSTRAL **(Cuarto de herramientas)**, cuya consulta recomendamos.

Anotamos al pie de página sólo aquellos términos que nos parecieron indispensables para la comprensión del fragmento en el que se insertan.

CAPÍTULO 1

INAUGURACIÓN

El sol estaba a punto de desaparecer detrás de la línea de cielo y de mar que dibujaba el horizonte hacia el oeste. El tiempo era espléndido. Por el lado opuesto, algunas nubes pequeñas reflejaban los últimos rayos, que no tardarían en extinguirse en las sombras del crepúsculo, bastante extenso en esta latitud de cincuenta y cinco grados en el hemisferio austral.

Cuando el disco solar ya sólo mostraba su parte superior, resonó un cañonazo a bordo del aviso[1] *Santa Fe*, y la bandera de la República Argentina, desplegándose en la brisa, fue izada hasta el tope del gran mástil del navío.

En ese instante, resplandeció una vivísima luz en la cúspide del faro, construido a la distancia de un tiro de fusil en la zona posterior de la bahía de Elgor, en la cual había fondeado el *Santa Fe*.

Dos de los torreros[2], los obreros agrupados en la playa y la tripulación reunida en la proa de la embarcación saludaron con grandes aclamaciones la primera luz encendida en aquella costa lejana.

Les respondieron otros dos cañonazos, que se multiplicaron en ruidosos ecos. Luego se arrió el pabellón[3], de acuerdo con el reglamento de los barcos de guerra, y se hizo nuevamente el silencio en aquella Isla de los Estados, situada en el punto de confluencia entre el Atlántico y el Pacífico.

Los obreros abordaron también el *Santa Fe*, para pasar allí esa última noche, y solamente permanecieron en tierra los tres torreros, uno de ellos, de servicio en la cámara del faro.

---

[1] Un *aviso* es un barco de guerra pequeño y rápido que se usa en labores de vigilancia o correo. Encontrarán el esquema de un buque mercante de esa época en la página 238. Les sugerimos que se remitan a ella.
[2] Los *torreros* son quienes se ocupan del mantenimiento y operación de un faro.
[3] El *pabellón* es la bandera del país al que pertenece el barco.

Julio Verne – El Faro del Fin del Mundo

Los otros dos, en lugar de regresar al albergue, se quedaron conversando y paseando a lo largo de la bahía.

—Y bien, Vázquez —dijo el más joven de los dos—, mañana zarpa el aviso...

—Sí, Felipe —respondió Vázquez—, mañana mismo. Y es de esperar que tenga una buena travesía hasta llegar a puerto.

—¡Es muy lejos, Vázquez!...

—Es la misma distancia para regresar que para venir desde allí, Felipe.

—Me lo figuraba —respondió Felipe, riendo ante la respuesta de su compañero.

—Y sucede, mi muchacho —continuó Vázquez—, que a veces toma más tiempo venir que regresar, si cae el viento... Después de todo, quinientas millas no son nada del otro mundo cuando el barco tiene buena máquina y sabe llevar la lona[4].

—Y, además, el comandante Lafayate conoce bien la ruta.

—Que es muy sencilla, muchacho. Puso proa al sur para venir y proa al norte para volver; si la brisa continúa soplando desde tierra, podrá mantenerse al abrigo de la costa y navegará como por un río, el Río de la Plata o cualquier otro.

—Pero un río que no tiene más que una orilla —repuso Felipe.

—¿Qué importancia tiene, si es la buena? ¡Y siempre es la buena cuando el viento sopla a favor!

Notarán que a Vázquez le gustaba hablar en ese tono humorístico con su compañero.

—Justamente —respondió este—. Y si el viento salta a otro cuadrante...

—Eso sería mala suerte, Felipe, y espero que el *Santa Fe* no la tenga. En quince días puede navegar las quinientas millas y fondear en la rada de Buenos Aires... Por ejemplo, si el viento empezara a soplar del oeste...

—No encontraría ningún puerto donde refugiarse, ni del lado de la tierra ni del mar...

---

[4] *Saber llevar la lona* indica colocar las velas de modo que aprovechen el viento de la mejor manera posible. Encontrarán otras expresiones náuticas y descripción de las partes de un buque en el Pequeño Vocabulario Marítimo y Austral del **Cuarto de herramientas** (p. 230).

–Exactamente, muchacho: ni un refugio en la Tierra del Fuego ni en la Patagonia. En ese caso, no queda sino adentrarse en alta mar para no varar.

–Pero, en mi opinión, Vázquez, el buen tiempo va a durar.

–También yo opino lo mismo. Estamos casi en los comienzos de la primavera y tres meses por delante son, creo yo, suficientes.

–Además –añadió Felipe– los trabajos han terminado en muy buena época.

–Ya lo sé, muchacho, ya lo sé; a principios de diciembre. Como si dijéramos a comienzos de junio para los marineros del norte... ¡Son raros ahora esos golpes de viento que tardan menos en hacer naufragar un barco que en quitarte el sombrero! Y una vez que el *Santa Fe* llegue a puerto, puede soplar viento, rugir el huracán o arreciar una tempestad de mil demonios... ¡No se hundirán nuestra isla y su faro!

–Claro que no, Vázquez. Además, cuando el aviso vuelva con el relevo, después de haber dado noticias nuestras allá...

–Dentro de tres meses, Felipe...

–Sí... tres meses..., encontrará la isla en el mismo sitio.

–Y a nosotros en ella –respondió Vázquez frotándose las manos, después de lanzar una larga bocanada de humo que lo envolvió en un espeso vapor–. ¿Sabes, muchacho? No estamos a bordo de un barco al que la borrasca zarandea. O bien, si es una embarcación, está sólidamente anclada a la cola de América y no se soltará... ¿Que estos parajes son malos? ¡Estoy de acuerdo! ¿Que los mares del cabo de Hornos[5] gozan de una triste reputación? ¡Es justicia! Sí, son incontables los naufragios sobre sus costas y los raqueros[6] no pueden encontrar otras mejores para hacer fortuna. Pero todo esto va a cambiar, Felipe: aquí está la isla de los Estados con su faro, al que ningún huracán, así soplara desde todos los puntos cardinales, logrará apagar. ¡Los barcos lo verán a tiempo para rectificar su rumbo! ¡Guiados con su luz, no correrán el

---

[5] Para la ubicación de la isla, ver el mapa de la p. 31.
[6] Se llamó *raqueros* a los buques livianos y muy rápidos que patrullaban las costas y las cercanías de los puertos con el fin de robar o ejercer la piratería. Posteriormente se dio este nombre a los ladrones que frecuentaban esos lugares.

riesgo de caer sobre las rocas del cabo de San Juan o de la punta Several, ni en las noches más oscuras... Nosotros somos los encargados de mantener el faro, y lo haremos bien...

Había que oír a Vázquez hablar con esta animación, que reconfortaba a su camarada. Probablemente Felipe no consideraba tan a la ligera las largas semanas que habían de pasar los tres en aquella isla desierta, sin comunicación posible con sus semejantes, hasta el día en que fueran relevados de sus puestos.

Para concluir, Vázquez añadió:

—¿Sabes, muchacho? Después de cuarenta años de haber recorrido todos los mares del antiguo y el nuevo continente, como grumete, aprendiz, marinero, patrón... ahora que me ha llegado la edad del retiro, no podía desear nada mejor que ser torrero de un faro. ¡Y de qué faro! ¡El faro del fin del mundo!...

Y en verdad, en el extremo de aquella isla perdida, en las últimas tierras habitadas y habitables, ese nombre era muy apropiado.

—Dime, Felipe —prosiguió Vázquez mientras sacudía su pipa apagada en el hueco de la mano—, ¿a qué hora vas a relevar a Moriz?

—A las diez, y hasta las dos de la mañana...

—Bueno... Entonces yo te relevaré a las dos de la mañana y estaré de guardia hasta que amanezca.

—Convenido, Vázquez. Y por eso, lo más conveniente será que nos vayamos a dormir.

—¡A la cama, Felipe, a la cama!

Vázquez y Felipe subieron hacia la pequeña explanada en medio de la cual se alzaba el faro, y entraron en el interior de la torre cuya puerta se cerró tras ellos.

La noche transcurrió tranquila. En el instante en que alboreaba, Vázquez apagó la luz que alumbraba hacía doce horas.

Las mareas, generalmente débiles en el Pacífico, sobre todo a lo largo de las costas de América y de Asia que baña el vasto océano, son, por el contrario, muy fuertes en la superficie del Atlántico, y se hacen sentir con violencia en aquellos lejanos parajes de la *Magallania* [7].

Aquel día, la bajamar comenzaba a las seis de la mañana y al aviso le hubiera convenido, para aprovecharla, zarpar a esa hora. Pero los preparativos no habían concluido y el comandante no contaba con salir de la bahía de Elgor sino con la marea de la tarde.

El *Santa Fe*, de la marina de guerra de la República Argentina, era un barco de 200 toneladas[8], con una fuerza de 160 caballos[9], comandado por un capitán y un segundo oficial, y dotado de una tripulación de 50 hombres, incluidos los jefes contramaestres[10]. Cumplía tareas de vigilancia en las costas, desde la embocadura del Río de la Plata hasta el estrecho de Le Maire, en el océano Atlántico. En aquella época, el ingenio marítimo no había construido aún barcos de marcha rápida, como los cruceros o contratorpederos[11]. Así que el *Santa Fe*, por acción de su hélice, no pasaba de nueve millas por hora[12], velocidad por demás suficiente para patrullar las costas de la Patagonia, frecuentadas únicamente por barcos de pesca.

Aquel año, al aviso se le había encomendado la misión de vigilar los trabajos de construcción del faro que el gobierno argentino estaba haciendo levantar sobre la isla de los Estados, a la entrada del estrecho de Le Maire. El *Santa Fe* transportó el personal y los materiales necesarios para esta obra, que se había llevado a término de acuerdo con los planos de un hábil ingeniero de Buenos Aires.

Hacía alrededor de tres semanas que el barco se encontraba fondeado en la bahía de Elgor. Después de haber desembarcado provisiones para cuatro meses y de haberse asegurado de que nada les faltaría a los torreros del nuevo faro hasta el día del relevo, el comandante Lafayate se

---

[7] *Magallania* es el nombre antiguo con que se conoció a las tierras que están al norte del Estrecho, es decir, la actual Patagonia.
[8] La capacidad de carga de una embarcación era medida en diversas unidades. La *tonelada* correspondía a dos metros y seiscientos treinta y dos centímetros cúbicos de espacio para transportar diversas mercaderías.
[9] El *caballo* es una unidad de potencia que permite elevar 75 kg a un metro de altura, en un segundo.
[10] El *contramaestre*, al que también se denomina oficial de mar, es quien dirige a los marineros bajo las órdenes del oficial de guerra. En los buques mercantes es quien manda ejecutar las maniobras del barco, algunas veces bajo el mando del oficial de guardia.
[11] Tanto los *cruceros* como los *contratorpederos* son veloces buques de guerra. Los primeros poseen artillería de grueso calibre, tienen gran radio de acción y están acorazados; los segundos, de menor tamaño, se utilizan para la persecución de torpederos y también se denominan *cazatorpederos*.
[12] Nueve millas marinas equivalen a algo más de dieciséis kilómetros por hora. En la actualidad, una lancha de patrullaje alcanza una velocidad máxima de 30 a 50 millas por hora.

aprestaba a transportar de regreso a los obreros enviados a la isla de los Estados. Si circunstancias imprevistas no hubiesen retardado la terminación de los trabajos, el *Santa Fe* habría estado, haría ya un mes, de regreso en el puerto de Buenos Aires.

Durante su permanencia al abrigo de la bahía, el comandante no había tenido nada que temer de los vientos del norte, del sur y del oeste; únicamente la mar gruesa hubiera podido molestarlo; pero la primavera se había mostrado muy clemente y, ahora que ya comenzaba el verano, era de esperar que sólo se producirían borrascas pasajeras en los parajes magallánicos.

Eran las siete cuando el capitán Lafayate y su segundo Riegal salieron de sus camarotes, ubicados junto a la toldilla, en la popa del aviso. Los marineros acababan de baldear el puente[13] y el agua que habían arrojado los hombres de servicio terminaba de escurrirse por entre los imbornales. El primer contramaestre tomaba recaudos para que todo estuviese dispuesto a la hora de zarpar. Aunque la salida estaba prevista para la tarde, se les quitaban las fundas a las velas; se limpiaban los cobres de la bitácora y de las claraboyas; y se izaba el bote grande hasta los pescantes mientras se dejaba a flote el pequeño para el servicio de a bordo.

Cuando salió el sol, el pabellón nacional subió hasta el extremo del palo de mesana. Tres cuartos de hora más tarde, tocó cuatro veces la campana de proa y los marineros de guardia tomaron sus puestos para el primer rancho[14].

Después de desayunar juntos, los dos oficiales subieron a la toldilla, desde donde examinaron el estado del cielo, que se encontraba bastante despejado gracias a la brisa de tierra, y dieron orden al contramaestre de que los desembarcara.

Durante esa mañana, el comandante quería inspeccionar por última vez el faro y sus dependencias: el alojamiento de los torreros, los almacenes

---

[13] El *puente* de un barco es una plataforma estrecha y con baranda, que va colocada a cierta altura sobre la cubierta y de lado a lado. Desde allí el oficial de guardia comunica sus órdenes a los diferentes puntos del buque.

[14] El *rancho* es la comida de la tripulación, que se distribuye en horarios fijos.

donde se guardaban las provisiones y el combustible... asegurarse, en definitiva, del buen funcionamiento de los diversos aparatos.

Saltó a la playa y, acompañado del oficial, se dirigió hacia el recinto del faro.

Mientras caminaban, hablaron de esos tres hombres que se quedarían en la triste soledad de la isla de los Estados.

–El servicio en los faros es verdaderamente duro –dijo el capitán– y penoso, aun en aquellos que se comunican con tierra cotidianamente. Sin embargo, hay que tener en cuenta que esta buena gente, casi todos viejos marinos, ha llevado siempre una vida muy ruda...

–Sin duda –contestó Riegal–. Pero una cosa es ser torrero en costas que fácilmente se comunican con tierra, y otra es vivir en una isla desierta, que los barcos no abordan nunca, y que, apenas la reconocen, intentan alejarse de ella lo más rápidamente posible.

–Estoy de acuerdo con usted, Riegal. Por eso se hará el relevo cada tres meses. Vázquez, Felipe y Moriz van a debutar en el período menos riguroso.

–Efectivamente, mi comandante, y no tendrán que sufrir los terribles inviernos del cabo de Hornos...

–Terribles, puedo afirmarlo –respondió el capitán–. Después de un reconocimiento que efectuamos hace algunos años en el estrecho, desde la Tierra del Fuego hasta la Tierra de la Desolación, desde el cabo de las Vírgenes al cabo del Pilar[15], ya no me queda nada para aprender sobre tempestades. Pero, en fin, nuestros torreros tienen un refugio seguro que las borrascas no destruirán. No les faltarán víveres ni combustible, aunque su servicio se prolongase dos meses más del tiempo prefijado. Los dejamos gozando de buena salud, y gozando de buena salud los encontraremos; pues, si es cierto que el aire es fuerte, al menos es puro y saludable en la confluencia del Atlántico y el Pacífico. Después de todo, Riegal, hay que tener en cuenta que cuando la autoridad marítima solicitó torreros para el Faro del fin del mundo era tal la cantidad de postulantes que la elección resultó difícil.

Los dos oficiales acababan de llegar ante el faro, donde los esperaban

---

[15] Ver mapa en p. 31.

Vázquez y sus compañeros. Se les franqueó la entrada y los oficiales se detuvieron, después de haber contestado al saludo reglamentario de los tres hombres.

El capitán Lafayate, antes de dirigirles la palabra, los examinó desde los pies, calzados con fuertes botas de mar, hasta la cabeza, cubierta con el capuchón de la capa impermeable.

–¿Alguna novedad esta noche? –preguntó, dirigiéndose al jefe de los torreros.

–Ninguna, mi comandante –contestó Vázquez.

–¿No divisaron ningún barco en alta mar?

–Ninguno.

–¿Ni siquiera en el estrecho de Le Maire?...

–Ni en el estrecho: como el cielo estaba despejado, hubiéramos visto sus luces por lo menos a cuatro millas.

–¿Funcionaron bien las lámparas?

–Perfectamente, mi comandante, hasta la salida del sol.

–¿Tuvieron frío en la cámara de servicio[16]?

–No, mi comandante; está muy bien cerrada y el viento no puede franquear el doble cristal de las ventanas.

–Vamos a visitar el alojamiento y luego, el faro.

–A sus órdenes, mi comandante –respondió Vázquez.

Las dependencias para los torreros habían sido construidas en la parte baja de la torre, con gruesos muros capaces de desafiar todas las borrascas magallánicas. Los dos oficiales visitaron las distintas habitaciones, convenientemente acondicionadas. Nada había que temer de la lluvia, del frío ni de las tempestades de nieve, que son formidables en aquella latitud casi antártica.

Los cuartos estaban separados por un pasillo, al fondo del cual se abría la puerta que permitía el acceso al interior de la torre.

–Subamos –dijo el capitán Lafayate.

–A sus órdenes –repitió Vázquez.

---

[16] La *cámara de servicio* es la sala destinada al servicio de mantenimiento y vigilancia del faro. Encontrarán un esquema de un faro convencional en el **Cuarto de Herramientas**, pág. 237.

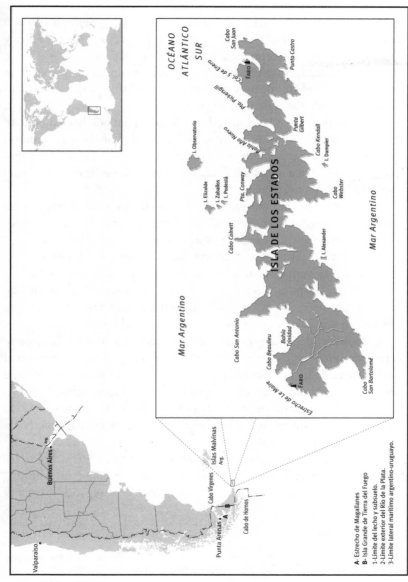

OCÉANO ATLÁNTICO SUR

Mar Argentino

Mar Argentino

ISLA DE LOS ESTADOS

Cabo San Juan
FARO
Cali, 5 de Enero
Pto. Pickersgill
Punta Castro
Punta Gilbert
Cabo Kendall
I. Dampier
Bahía Año Nuevo
Pta. Conway
Cabo Webster
I. Observatorio
I. Elizalde
I. Zaballos
I. Podestá
Cabo Colnett
I. Alexander
Cabo San Antonio
Cabo Beaulieu
Bahía Trinidad
FARO
Cabo San Bartolomé
Estrecho de Le Maire

Buenos Aires
Valparaíso
Cabo Vírgenes
Islas Malvinas Arg.
Punta Arenas
Cabo de Hornos

A- Estrecho de Magallanes
B- Isla Grande de Tierra del Fuego
1-Límite del lecho y subsuelo.
2-Límite exterior del Río de la Plata.
3-Límite lateral marítimo argentino-uruguayo.

31

—Basta con que nos acompañe usted.

Vázquez hizo una seña a sus compañeros para que permanecieran a la entrada del corredor. Después empujó la puerta de comunicación y empezó a subir la escalera, seguido de los dos oficiales.

Aquella estrecha escalera de caracol, cuyos escalones de roca estaban empotrados en el muro, no era oscura en absoluto, ya que varias troneras[17] la alumbraban, de piso en piso.

Cuando llegaron a la cámara de servicio, encima de la cual estaban instalados la linterna y los aparatos de luz, los dos oficiales se sentaron en el banco circular adosado al muro. A través de las cuatro pequeñas ventanas abiertas en aquella habitación, la mirada podía dirigirse hacia todos los puntos cardinales.

Si bien la brisa era moderada, silbaba con fuerza a esa altura, aunque sin llegar a ahogar los agudos chillidos de las gaviotas, las fragatas y los albatros[18], que pasaban dando grandes aletazos.

El capitán Lafayate y su segundo fueron a apostarse sucesivamente delante de las ventanas, para asegurarse de que estaban en buenas condiciones. Después, a fin de disponer de una vista más despejada de la isla y del mar que la circundaba, treparon por los escalones que conducían a la galería que rodeaba la linterna del faro.

La porción de la isla que se dibujaba ante sus ojos hacia el oeste estaba desierta, así como el mar al este y al sur, y como el estrecho al norte, demasiado extenso para que fuera posible distinguir su orilla septentrional. Al pie de la torre se abría la bahía de Elgor, animada entonces por el movimiento de los marineros del *Santa Fe*. Ni una vela, ni una columna de humo en todo el espacio que la vista abarcaba. Nada más que la inmensidad del océano.

Después de permanecer un cuarto de hora en la galería del faro, los dos oficiales descendieron seguidos por Vázquez, y volvieron a bordo.

Terminado el almuerzo, el capitán Lafayate y su segundo Riegal se

---

[17] Una *tronera* es una abertura muy pequeña, abierta en los muros de paredes gruesas o de fortificaciones.

[18] Encontrarán, en el PEQUEÑO VOCABULARIO MARÍTIMO Y AUSTRAL del **Cuarto de herramientas**, la descripción de la mayor parte de las especies vegetales y animales mencionadas por Verne.

Después, a fin de disponer de una visita más despojada de la isla y del mar que la circundaba, treparon por los escalones que conducían a la galería que rodeaba la linterna del faro.

hicieron conducir nuevamente a tierra. Las horas que precedían a la partida iban a dedicarlas a un paseo por la orilla norte de la bahía del Elgor. Varias veces ya, y sin piloto[19] –se comprenderá que no lo hubiera en la isla de los Estados– el capitán había entrado de día para fondear, como era habitual, en la caleta al pie del faro; pero, por prudencia, jamás dejaba de hacer un reconocimiento de aquella nueva región tan poco explorada y mal conocida.

Los dos oficiales prolongaron, pues, su excursión hasta la costa, y observaron ciertas señales. Obrando con precaución, no era una navegación muy difícil, pues había profundidad suficiente para una embarcación del calado del *Santa Fe*, aun con marea baja. Ahora que la iluminaba el faro, la bahía sería fácilmente navegable por la noche.

–Es verdaderamente lamentable –dijo el comandante– que las proximidades de esta bahía sean tan peligrosas, con esos arrecifes que se extienden a lo largo. De no ser así, los navíos en problemas podrían encontrar aquí un refugio, el único posible, pasado el estrecho de Magallanes.

Nada más cierto, pero todavía es lejano, sin duda, el momento en que las cartas de navegación indiquen un puerto de descanso en esta bahía de Elgor, sobre la costa este de la isla de los Estados.

A las cuatro, ambos oficiales estaban de regreso en el aviso, y subieron a bordo después de haberse despedido de Vázquez, de Felipe y de Moriz, que permanecieron en la playa para esperar el momento de la partida.

A las cinco, la negra humareda que salía por la chimenea del aviso indicaba que en las calderas del barco aumentaba la presión. El mar no tardaría en permanecer estacionario y el *Santa Fe* levaría anclas en cuanto el reflujo se hiciera sentir.

A las seis menos cuarto, el comandante dio orden de virar[20]. La hélice estaba lista para funcionar, y el vapor sobrante se escapaba silbando por la válvula de seguridad.

---

[19] El *piloto* es el que gobierna y dirige un buque en la navegación. Verne aclara lo dificultoso que era conseguir uno en este lugar, tan apartado de las rutas marítimas habituales, puesto que generalmente el piloto poseía amplio conocimiento de la zona.

[20] *Virar* es cambiar el rumbo del barco.

El segundo de a bordo vigilaba la maniobra desde la proa; y pronto se levó el ancla.

El *Santa Fe* se puso en marcha, saludado por los adioses de los tres torreros. Y si Vázquez y sus camaradas experimentaron una profunda emoción al ver partir el aviso, no fue menor la que sintieron los oficiales y la tripulación al dejar a estos tres hombres en aquella isla del extremo de América.

El *Santa Fe*, a velocidad moderada, siguió la costa que limita al noroeste la bahía de Elgor, y todavía no eran las ocho cuando ya estaba en plena mar. Tras doblar el cabo de San Juan, empezó a navegar a todo vapor, dejando el estrecho al oeste y, cuando cerró la noche, el Faro del fin del mundo apareció en el horizonte como una esplendorosa estrella.

Capítulo 2

La isla de los Estados

La isla de los Estados –llamada también tierra de los Estados– está situada en el extremo sudoeste del nuevo continente. Es el último fragmento del archipiélago magallánico, que las convulsiones de la época plutónica[21] lanzaron sobre estos parajes del paralelo 55, a menos de siete grados del círculo polar antártico. Bañada por las aguas de los dos océanos, es buscada por los navíos que pasan del uno al otro, ya sea que procedan del nordeste o del sudoeste, después de haber doblado el cabo de Hornos.

El estrecho de Le Maire, descubierto en el siglo XVII por el navegante holandés de este nombre, separa la isla de los Estados de la Tierra del Fuego, que dista de él alrededor de 39 millas[*]. Este estrecho ofrece a los barcos un paso más corto y más fácil, y les evita las formidables olas de estos peligrosos mares.

La Isla de los Estados mide 39 millas de oeste a este, desde el cabo San Bartolomé hasta el de San Juan, y 11 de ancho, entre los cabos de Colnett y Webster[22].

En plano geométrico, esta isla guarda cierto parecido con un crustáceo. La cola del animal terminaría en el cabo San Bartolomé y su boca estaría figurada por la bahía de Elgor, cuyas mandíbulas serían el cabo de San Juan y la punta Diegos.

La costa de la isla de los Estados es muy accidentada. Se trata de una

---

[21] El *plutonismo* es una teoría según la cual la formación de la corteza terrestre tiene su origen en la acción del fuego interior del planeta, de la que derivarían los volcanes. La "época plutónica" es entonces el pasado en el que, mediante este agente, se formó la superficie de la tierra.
[22] Para la descripción de la Isla, volvemos a remitir al mapa de la página 31. Hemos unificado la nomenclatura de acuerdo con la carta oficial del Servicio de Hidrografía Naval de la Armada Argentina.
[*] Alrededor de 71 kilómetros (N. del A.).

sucesión de caletas inaccesibles, sembradas de arrecifes que se prolongan, a veces, a lo largo de una milla. No existe ningún refugio posible para los barcos, contra las borrascas del sur o del norte. Apenas los buques de pesca pueden encontrar allí abrigo.

Su especial estructura hace que, a menudo, se produzcan naufragios en esta costa, amurallada por acantilados cortados a pique en algunos sitios, erizada en otros de enormes rocas contra las cuales, aun en épocas de calma, el mar, agitado por enormes olas, se estrella con incomparable furor.

La isla estaba deshabitada; pero tal vez no hubiera sido inhabitable, al menos durante la época de buen tiempo, es decir durante los meses de noviembre, diciembre, enero y febrero, que corresponden al verano en esta latitud. Los rebaños hubieran incluso encontrado abundante pastura en las vastas planicies que se extienden en el interior, especialmente en la región situada al este del cabo de Colnett y comprendida entre la punta Conway y el cabo Webster. Cuando la espesa capa de nieve se funde bajo los rayos del sol antártico, el pasto aparece bastante verde y el suelo conserva hasta el invierno una saludable humedad. Los rumiantes, adaptados al hábitat de las comarcas magallánicas, podrían prosperar en la isla. Pero en la época de los fríos sería necesario retirar el ganado a otra región más clemente, bien de la Patagonia o de la Tierra del Fuego.

Sin embargo, existen allí, en estado salvaje, algunas parejas de guanacos, especie muy rústica de gamos, cuya carne es bastante buena si se asa o se cocina a la parrilla convenientemente. Y esos animales no mueren de hambre durante el largo período invernal, porque saben encontrar bajo la nieve las raíces y el musgo suficientes para satisfacer sus estómagos.

Rompe la monotonía de la llanura alguno que otro árbol raquítico de efímera frondosidad, más amarilla que verde. Son principalmente hayas antárticas, cuyo tronco llega a medir, a veces, unos sesenta pies de altura, con ramas que se extienden horizontalmente. También se encuentran algunas retamillas[23] de una especie muy dura y cortezas de Winter, con las mismas propiedades que la canela.

---

[23] Las *retamillas* son plantas silvestres de flores amarillas y pequeños frutos rojos.

En realidad, estas llanuras y estos bosques no comprenden ni la décima parte de la superficie de la isla de los Estados. El resto no son sino masas rocosas, en las que predomina el cuarzo[24], gargantas profundas, bloques dispersos como consecuencia de antiguas erupciones volcánicas, pues, en la actualidad, se buscarían inútilmente cráteres volcánicos en esta región de la Tierra del Fuego o del archipiélago magallánico. Existen también esas llanuras extensas que parecen estepas cuando, durante los ocho meses de invierno, cubre aquella desolada región una uniforme capa de nieve, sin ninguna elevación que perturbe su uniformidad. A medida que se avanza hacia el oeste, el relieve de la isla cambia: los acantilados del litoral son más altos y escarpados. Allí se alzan, altaneros, picos de considerable altura, que alcanzan, a veces, los 3.000 pies sobre el nivel del mar y que permitirían una vista panorámica de toda la isla. Son los últimos eslabones de esta prodigiosa cadena andina, que se extiende a través de todo el nuevo continente.

Con semejantes condiciones climáticas, bajo la influencia de los terribles huracanes, la flora de la isla se reduce a unos pocos ejemplares, cuyas especies sólo se aclimatan en los alrededores del estrecho de Magallanes o en el archipiélago de las islas Malvinas, que distan unas cien leguas de la costa fueguina. Son las calceolarias, cítisos, pimpinelas, bromos, verónicas y estípulas, en los cuales la coloración no alcanza sino un grado muy débil.

Al abrigo de los árboles, entre la hierba de las praderas, estas pálidas flores muestran sus corolas, que apenas abiertas se marchitan. Al pie de las rocas de la costa, en cuyos declives se adhiere un poco de humus, el naturalista podría recoger algunos musgos y, al abrigo de los árboles, ciertas raíces comestibles, como las de las azaleas, que los pecherés[25] comen en lugar de pan, todas muy poco nutritivas.

Además, sería inútil buscar un curso de agua regular en toda la superficie de la isla de los Estados. No hay un río ni un riachuelo cuyo

---

[24] El *cuarzo* es un mineral de color blanco, de brillo similar al del vidrio, y de una dureza tal que raya el acero.
[25] *Pecherais* o *Pecherés* fue el nombre con que se denominó a un pueblo aborigen que habitaba la parte central del estrecho de Magallanes.

rumor se haga oír en ese suelo rocoso. La nieve se acumula en capas espesas, se mantiene durante ocho de los doce meses del año y, en la época de la estación cálida (menos fría, sería la expresión más exacta) se funde bajo los oblicuos rayos del sol y mantiene una humedad permanente. Entonces se forman, aquí y allá, pequeños lagos, estanques, cuyas aguas se conservan hasta las primeras heladas. Por este motivo, en el momento en que comienza esta historia, masas líquidas caían de las alturas vecinas al faro e iban a perderse, bulliciosas, en la pequeña caleta de la bahía de Elgor.

Si la flora y la fauna están apenas representadas en esta isla, los peces, en cambio, abundan a lo largo de toda la costa. Así es como, a pesar de los muy serios peligros que corren sus embarcaciones al atravesar el estrecho de Le Maire, los fueguinos acuden a veces a hacer fructíferas pescas.

Hay muy variadas especies: merluzas, tiburones, lochas, eperlanos, bonitos, dorados, gobios y mújoles[26]. E incluso la pesca de altura podría atraer a numerosos navíos, pues los cetáceos frecuentan de buen grado estos parajes, especialmente durante esta época: ballenas, cachalotes, y también focas y morsas. En efecto, estos animales marinos han sido perseguidos con tal imprevisión que se refugian en la actualidad en los mares antárticos, donde dicha persecución es tan peligrosa como dificultosa.

Se entenderá fácilmente que, sobre todo el perímetro de esta isla, donde se suceden los guijarros, las ensenadas y los bancos de rocas, los moluscos abundan tanto como los mariscos: mejillones, ostras, lapas, caracoles marinos y millares de crustáceos se deslizan entre los arrecifes.

En cuanto a las aves, están representadas por innumerables ejemplares: los albatros, de una blancura de cisne, las becadas, los chorlitos reales, las agachadizas, las alondras de mar, las chillonas gaviotas, los ensordecedores azores[27].

Sin embargo, no se puede concluir de esta descripción que la isla de los Estados pudiera excitar la codicia de Chile o de la República

---

[26] Algunas de estas especies citadas por Verne son inexistentes en la zona. Para determinar cuáles, pueden pedir ayuda al docente de Ciencias Naturales.
[27] Muchos autores no reconocen la existencia de estas aves en el escenario de la novela, lo que indicaría nuevamente lo irregular de la documentación acerca de la fauna utilizada por Verne.

Argentina. En definitiva, no es más que un peñasco, un enorme peñasco casi inhabitable. ¿A quién pertenecía en la época en que comienza esta historia?... Todo lo que se puede decir es que formaba parte de ese archipiélago magallánico, entonces indiviso[*], entre las dos repúblicas del extremo del continente americano.

Durante la época de buen tiempo, los fueguinos o pecherés raramente aparecen allí a menos que el temporal los obligue a tomar tierra. Por otra parte, con excepción de la bahía de Elgor, poco conocida hasta el momento, la isla no ofrece ningún refugio a los barcos, de vapor o de vela, que toman el estrecho de Le Maire o navegan al sur.

Por otro lado, para ir de un océano al otro, vengan del este o del oeste, la mayoría de los buques comerciales prefieren pasar por el estrecho de Magallanes, señalado con extrema precisión en las cartas marinas gracias al progreso de la navegación de vapor. Sólo avistan la isla de los Estados los barcos que se preparan para doblar o que han doblado el terrible cabo de Hornos.

Conviene subrayar que la República Argentina había tenido una feliz iniciativa al construir el Faro del fin del mundo, y las naciones pueden estarle agradecidas. En efecto, hasta entonces ninguna luz alumbraba aquellos parajes desde la entrada del estrecho de Magallanes al cabo de las Vírgenes, sobre el Atlántico, hasta su salida al cabo del Pilar, sobre el Pacífico. El faro de la isla de los Estados iba a prestar indiscutibles servicios a la navegación en esos peligrosos parajes. No existe otro en el cabo de Hornos, y el recién inaugurado seguramente iba a evitar no pocas catástrofes, asegurando a los navíos procedentes del Pacífico facilidades para embocar[28] el estrecho de Le Maire, evitar los arrecifes del cabo de San Juan o pasar por la parte inferior de la isla después de haber doblado la punta Several.

El gobierno argentino había, pues, decidido la construcción del nuevo faro al fondo de la bahía de Elgor. Después de un año de trabajos

---

[28] En el vocabulario marino, *embocar* es entrar por la boca de un canal, estrecho, etcétera.
[*] Ahora, como consecuencia del reparto de la Magallania en 1881, pertenece a la República Argentina (N. del A.).

bien realizados, acababa de efectuarse la inauguración, el 9 de diciembre de 1859.

A cincuenta metros de la pequeña caleta en que termina la bahía, había una elevación de cuatrocientos a quinientos metros cuadrados de extensión, cuya altura es de treinta a cuarenta metros. Un muro de piedra viva rodeaba este terraplén, esta terraza rocosa que debía servir como base a la torre del faro.

La torre se elevaba en el centro, por encima del anexo, formado por el alojamiento y los almacenes.

El anexo comprendía: 1.º, la habitación de los torreros, amoblada con camas, armarios, sillas y una estufa de carbón para caldearla, cuya chimenea conducía el humo por encima del techo; 2.º, la sala común, que servía de comedor, provista igualmente de un aparato de calefacción, con una mesa central, lámparas colgadas del techo, alacenas con diversos instrumentos como catalejos, barómetros, termómetros y las lámparas destinadas a reemplazar a las de la linterna en caso de accidente, y, finalmente, un reloj de pesas[29] adosado al muro; 3.º, los almacenes, donde se conservaban provisiones para unos seis meses (aunque el abastecimiento debiera efectuarse cada tres): allí había conservas de varias clases, tasajo, *corned-beef* [30], tocino, legumbres secas, galletas marineras, té, café, azúcar y algunos toneles de whisky y aguardiente en los que se añadiría el agua del arroyo que corría al pie del terraplén durante el deshielo, además de algunos medicamentos de uso corriente; 4.º, la reserva de aceite necesario para alimentar las lámparas del faro; 5.º, el depósito donde estaba dispuesto el combustible, en cantidad suficiente para cubrir las necesidades de los torreros durante los rigurosos inviernos antárticos.

Tal era el conjunto de construcciones que constituían un solo edificio, el cual era, a su vez, la base del faro.

---

[29] Se llama *relojes de pesas* a aquellos cuyo mecanismo se recarga tirando de cuerdas o cadenas que caen del cuerpo del reloj y culminan en piezas de madera o de metal. Estas últimas son las que reciben particularmente el nombre de pesas.
[30] *Corned-beef* está en inglés en el original, y significa "carne enlatada".

La torre era extremadamente sólida, construida con materiales proporcionados por la isla de los Estados. Las piedras, de gran dureza, sostenidas por tirantes de hierro dispuestos con gran precisión y encajados unos en otros, formaban un muro capaz de resistir las más violentas tempestades y los terribles huracanes que tan frecuentemente se desencadenan en este lejano límite de los dos océanos más vastos del globo. Como había dicho Vázquez, no había peligro de que el viento se llevara esa torre. Él y sus compañeros cuidarían un faro, ¡y lo harían bien, a pesar de las tormentas magallánicas!

La torre medía 32 metros de altura y, si se suma la elevación del terraplén, el faro se encontraba a 223 pies[31] sobre el nivel del mar. Por lo tanto, podía ser visto, desde lo lejos, a una distancia de diez millas, distancia que capta el ojo a esta altura. Pero, en realidad, su alcance no superaba las ocho millas[*].

En aquella época no funcionaban todavía los faros con gas hidrógeno carburado o con fluido eléctrico. Además, a causa de las dificultades de comunicación de la isla con los países más próximos, se imponía el alumbrado con aceite, dotándolo de todos los perfeccionamientos de que la ciencia y la industria disponían por aquel entonces.

En suma, esa visibilidad de diez millas resultaba suficiente para las naves que procedían del este, del nordeste y del sudeste, a las que les quedaba un largo campo para alcanzar el estrecho de Le Maire o dirigirse hacia el sur de la isla. Todos los peligros podían evitarse si los barcos observaban estrictamente las instrucciones publicadas por la autoridad marítima: mantener el faro al nornoroeste en el primer caso, y al sudsudoeste, en el segundo. El cabo de San Juan o la punta Several, si se los dejaba hacia babor o estribor, respectivamente, podrían franquearse con tiempo para no verse arrastrados por el viento ni por las corrientes.

Por otra parte, para los casos excepcionales en que un barco se viera obligado a refugiarse en la bahía de Elgor guiándose por el faro, tendría de su parte todas las probabilidades para fondear. Por lo tanto, el

---

[31] Un *pie* francés equivale a 33 cm, por lo que el faro se encontraba a algo más de 74 metros sobre el nivel del mar.

[*] Alrededor de 14 kilómetros (N. del A.).

Santa Fe, a su regreso, podría fácilmente dirigirse a la pequeña caleta, incluso durante la noche. Como la bahía tenía tres millas de longitud hasta la extremidad del cabo de San Juan, y era de diez el alcance de la luz del faro, el aviso tendría aún ocho millas por delante, antes de llegar a los primeros acantilados de la isla.

Antiguamente, los faros estaban provistos de espejos parabólicos[32], que tenían el grave inconveniente de absorber casi la mitad de la luz que generaban. Pero el progreso había dicho su palabra en esta materia, como en todas las cosas: se empleaban entonces espejos dióptricos, que sólo permiten que se pierda una pequeña parte de la claridad de las lámparas.

No es necesario aclarar que el Faro del fin del mundo poseía una luz fija. No había que temer que el capitán de un barco pudiera confundirla con otra cualquiera, pues no existía ningún otro faro en aquellos parajes, ni siquiera, como se ha dicho, en el cabo de Hornos. Por lo tanto, no se había considerado necesario distinguirla ni por apagones, ni por destellos[33], lo que permitía prescindir de un mecanismo siempre delicado, cuyas reparaciones hubieran sido muy dificultosas en esta isla habitada únicamente por tres torreros.

La linterna estaba provista de lámparas de doble corriente de aire y de mechas concéntricas. Su llama producía una intensa claridad en un pequeño volumen; por lo tanto, se podía instalar lo más cerca posible del foco de las lentes. El aceite las alimentaba en abundancia por medio de un sistema análogo al de la lámpara Carcel[34]. En cuanto al aparato dióptrico, dispuesto en el interior de la linterna, se componía de lentes escalonadas, que incluían un cristal central de forma común, que encerraba una serie de anillas de mediano espesor y de un perfil tal que todas tenían el mismo foco principal. Gracias a la forma que les daba un cilindro anular, se prestaban a todas las exigencias de una claridad de

---

[32] Los *espejos parabólicos*, utilizados primigeniamente en los faros, tenían una sección plana y superficie cónica; posteriormente se utilizaron *espejos dióptricos*, que son superficies pulimentadas que refractan los rayos luminosos.

[33] A la fase de aumento de intensidad de la luz del faro se le da el nombre de *destello*.

[34] La *lámpara Carcel* es una antigua lámpara marina que tiene una mecha cilíndrica y funciona a base de aceite. El sistema fue inventado por el relojero francés Bertrand G. Carcel (1750-1812).

No es necesario aclarar que el Faro del fin del Mundo poseía una luz fija.

luz fija. En efecto, el haz cilíndrico de rayos paralelos producidos detrás del sistema de lentes se transmitía al exterior en las mejores condiciones de visibilidad, a una distancia de ocho millas.

Como había abandonado la isla con un tiempo bastante claro, el comandante del aviso pudo efectivamente comprobar que nada había que corregir en la instalación y el funcionamiento del nuevo faro.

Es evidente que este buen funcionamiento no dependía más que de la exactitud y la vigilancia de los torreros. Si estos mantenían las lámparas en perfecto estado, ponían cuidado en renovar las mechas y vigilaban que el aceite alimentara la luz en las proporciones debidas; si regulaban bien el tiro, levantando o bajando los tubos de cristal que rodeaban las mechas; si encendían las luces al anochecer y las apagaban al despuntar el día; si no abandonaban nunca, en fin, la minuciosa vigilancia que era necesaria, el faro estaba llamado a brindar los más grandes servicios a la navegación en los lejanos parajes del océano Atlántico.

No había motivo, por otra parte, para poner en duda la buena voluntad y el constante celo de Vázquez y sus dos compañeros.

No está de más recordar que la seguridad de los tres torreros parecía ser absoluta, por aislada que estuviera la isla de los Estados, a mil quinientas millas del puerto de Buenos Aires, única fuente posible de provisiones y auxilio. Los pocos fueguinos o pecherés que se trasladaban allí a veces durante la buena época no permanecían mucho tiempo. Terminada la pesca, se daban prisa en atravesar nuevamente el estrecho de Le Maire, para regresar a la costa de la Tierra del Fuego o a las islas del archipiélago. Nunca se advirtió la presencia de otras personas. Las costas de la isla eran bastante temidas por los navegantes como para que un barco sintiera la tentación de buscar en ellas un refugio, que se podría encontrar con mayor facilidad en numerosos puntos del archipiélago magallánico.

Sin embargo, se habían adoptado todas las precauciones en previsión del arribo de gente sospechosa a la bahía de Elgor.

Los anexos estaban defendidos, con puertas muy sólidas que se cerraban desde el interior, y no se hubiera podido forzar las rejas de las ventanas de los almacenes y del alojamiento. Además, Vázquez, Moriz y Felipe poseían carabinas, revólveres y municiones en abundancia.

Por último, en el extremo del pasillo que desembocaba en el pie de la torre se había colocado una puerta de hierro, imposible de romper o derribar. Y en cuanto a la posibilidad de penetrar en el interior del faro a través de las aberturas, ¿cómo hacerlo a través de los estrechos tragaluces de la escalera, defendidos por sólidos travesaños? ¿O cómo alcanzar la galería, salvo trepando por la cadena del pararrayos?

Tales y tan importantes eran los trabajos que se habían llevado a cabo con éxito en la isla de los Estados, gracias a la diligencia del gobierno de la República Argentina.

CAPÍTULO 3

LOS TRES TORREROS

En esta época del año, de noviembre a marzo, es cuando la navegación se vuelve activa en los parajes magallánicos. El mar allí es siempre turbulento. Pero aunque nada detiene ni calma las inmensas olas de los dos océanos, al menos el estado de la atmósfera es más parejo y las tormentas, generalmente pasajeras. Los barcos de vapor y los veleros se aventuran más fácilmente, en esta época de tiempo dócil, a rodear el nuevo continente doblando el cabo de Hornos.

Y sin embargo, ni el paso de los barcos, fuera por el estrecho de Le Maire o por el sur de la isla de los Estados, rompería la monotonía de las prolongadas jornadas de esta estación. Nunca habían sido numerosos, y lo fueron menos todavía desde que el desarrollo de la navegación de vapor y el perfeccionamiento de las cartas marítimas volvieron menos peligroso el estrecho de Magallanes, ruta más corta y más fácil a la vez.

No obstante, esta monotonía no es de naturaleza tal que afecte a los torreros asignados al servicio de los faros. La mayor parte de ellos, antiguos marinos o pescadores, no son personas preocupadas por contar los días y las horas, sino que saben ocuparlos y distraerse. Además, el servicio no se limita a asegurar el alumbrado desde la puesta del sol hasta el amanecer. A Vázquez y a sus compañeros se les había recomendado que vigilaran los alrededores de la bahía de Elgor; que se trasladaran varias veces por semana al cabo de San Juan y observaran la costa este, hasta la punta Several, sin alejarse nunca más de tres o cuatro millas. Debían llevar al día el "libro del faro", y anotar en él todos los incidentes que acaecieran: el paso de los barcos de vela y de vapor, su nacionalidad, su nombre y matrícula, si les era posible verlo; la altura de las mareas, la dirección y la fuerza del viento, los cambios del tiempo, la duración de las lluvias, la frecuencia de las borrascas, los ascensos y descensos del

barómetro, el estado de la temperatura y otros fenómenos, lo que permitiría trazar la carta meteorológica[35] de estos parajes.

Vázquez, argentino, como sus compañeros Felipe y Moriz, debía desempeñar en la isla de los Estados las funciones de torrero jefe del faro. Tenía entonces cuarenta y siete años de edad y era un hombre vigoroso, con una salud a toda prueba y de notable resistencia, como corresponde a un marino que había navegado todos los mares: resuelto, enérgico y familiarizado con el peligro. Se había visto más de una vez muy cerca de la muerte, de la que se salvó gracias a su serenidad y arrojo. No sólo debía a su edad que lo hubieran elegido jefe, sino a su carácter bien templado, que inspiraba una confianza absoluta. Aunque sólo había llegado a la jerarquía de primer contramaestre, se había retirado de la Marina de Guerra de la República Argentina gozando de la estima general. Así, cuando solicitó esta plaza en la isla de los Estados, las autoridades marítimas no vacilaron en confiársela.

Felipe y Moriz eran también marineros, adultos (tenían cuarenta, y treinta y siete años respectivamente). Vázquez conocía a sus familias desde hacía mucho tiempo y los había propuesto al gobierno para integrar el equipo. Felipe, como él, permanecía soltero. Moriz era el único casado de los tres, sin hijos, y su mujer, a quien no veía en tres meses, servía en una pensión del puerto de Buenos Aires.

Después de transcurridos tres meses, Vázquez, Felipe y Moriz reembarcarían en el *Santa Fe*, que llevaría a la isla de los Estados a otros tres torreros, a quienes ellos mismos relevarían tres meses más tarde.

Es decir, que volverían a prestar servicio en el faro en junio, julio y agosto, en pleno invierno. Después de una primera estadía no demasiado inclemente, debían esperar una segunda bastante más penosa. Pero, como es de suponer, esto no les causaba ninguna inquietud a Vázquez y sus compañeros: estarían aclimatados como para poder desafiar impunemente el frío, las tempestades y todos los rigores de las estaciones antárticas.

---

[35] En el lenguaje de los marinos, se les dice *cartas meteorológicas* al conjunto de estas que: trazan las curvas isotermas, es decir, que unen los puntos de igual temperatura (carta termal) y establecen la dirección de los temporales y su aparición (carta de lluvias y tormentas). También, a las llamadas "de vientos y corrientes" que señalan la dirección de estos.

Desde aquel día, el 10 de diciembre, se organizó el servicio de manera regular. Cada noche, las lámparas funcionaban bajo la vigilancia de uno de los torreros, de guardia en la cámara de servicio, mientras los otros dos descansaban en sus habitaciones, hasta la hora del relevo. Durante el día, inspeccionaban los aparatos, los limpiaban, les cambiaban las mechas si era necesario, y los dejaban listos para proyectar sus potentes rayos a la puesta del sol.

Entre tanto, cumpliendo las indicaciones del servicio, Vázquez y sus camaradas bajaban a la bahía de Elgor hasta el mar, ya fuera a pie o en la pequeña embarcación que se dejara a disposición de los torreros, una chalupa de medio puente provista de un trinquete y un foque[36], que se guarecía en una pequeña caleta donde nada podía sucederle, ya que altos acantilados la protegían de los vientos del este, los únicos que eran de temer.

Huelga aclarar que, cuando se hacían estas excursiones a la bahía, uno de los torreros quedaba siempre de guardia en la galería superior del faro, pues podía pasar un barco que quisiera enviar su número[37]. Era importante, entonces, que uno de los torreros estuviera siempre en su puesto. Convenía inspeccionar constantemente el mar, y esto no podía hacerse más que desde la parte superior del faro, pues desde la playa la mirada se encontraba con el obstáculo de los acantilados que ocultaban el mar en la dirección oeste y noroeste. De aquí la obligación de la guardia permanente en la cámara de servicio, para poderse comunicar con los buques.

Durante los primeros días que siguieron a la partida del aviso no ocurrió incidente alguno digno de mención. El tiempo se mantenía bueno y la temperatura, bastante elevada. El termómetro acusaba a veces 10 grados centígrados sobre cero. El viento provenía de alta mar y, generalmente, no pasaba de ser una agradable brisa desde el amanecer hasta que anochecía; después, por la noche, soplaba desde la tierra, es

---

[36] Tanto el *trinquete* como el *foque* son velas.

[37] El *número*, en la lengua de los marinos, era la forma de identificación que mediante señales de bandera hacían los buques para ser reconocidos. En el ámbito de la marina de guerra, era el que le asignaba el general de la escuadra a cada nave a su mando, para distinguirla entre las demás.

decir que remontaba hacia el noroeste y venía de las vastas llanuras de la Patagonia y de la Tierra del Fuego. Sin embargo, llovió en algunas ocasiones y, como el calor iba en ascenso, eran de esperarse algunas tormentas que podrían modificar el estado atmosférico.

Sin embargo, gracias a la influencia de los rayos solares, que adquirían una fuerza vivificante, la flora en cierta medida empezaba a manifestarse. La pradera que circundaba el faro, despojada por completo de su manto de nieve, mostraba su tapiz de un verde pálido. En los bosques de hayas antárticas, podía uno recostarse placenteramente bajo las nuevas frondas. El riachuelo, abundantemente alimentado por el deshielo, corría desbordante hasta la bahía. Los musgos y los líquenes reaparecían al pie de los árboles para tapizar los flancos de las rocas, al igual que las coclearias, tan eficaces contra las afecciones escorbúticas[38]. En fin, si no era la primavera –esta hermosa palabra no tiene aplicación en los parajes magallánicos– era el verano que, durante algunas semanas todavía, reinaba en aquel límite extremo del continente americano.

Una tarde, antes de que llegase el momento de encender el faro, Vázquez, Felipe y Moriz, sentados en el balcón circular que daba al este, charlaban, según su costumbre, y, naturalmente, el torrero-jefe era el que dirigía y sostenía la conversación.

–Y bien, muchachos –dijo Vázquez, después de haber llenado concienzudamente su pipa, ejemplo que fue imitado por los otros dos–, ¿comienzan a habituarse a la nueva experiencia?

–Desde luego, Vázquez –respondió Felipe–, en el poco tiempo que llevamos no podemos quejarnos ni de aburrimiento ni de fatiga.

–Efectivamente –añadió Moriz–, y nuestros tres meses pasarán más pronto de lo que yo había creído.

–Sí, muchacho, ¡ya verás cómo volarán como una corbeta[39] ligera, rodeada de sus sobrejuanetes, sus pericos, sus alas de paloma y sus velas[40]!

---

[38] Las *afecciones escorbúticas* hacen referencia al escorbuto, una enfermedad general que produce el empobrecimiento de la sangre, trastornos en las encías y hemorragias.

[39] La *corbeta* es una embarcación mercante de tres palos.

[40] Con estos términos Verne se está refiriendo a los distintos tipos de velas que hacen crecer la velocidad de navegación de un buque.

—Y a propósito de barcos —observó Felipe—, en todo el día no hemos divisado ni uno en toda la extensión del mar.

—Ya vendrán, Felipe, ya vendrán —repuso Vázquez, llevándose la mano derecha a los ojos y curvándola a modo de catalejo. No hubiera valido la pena construir en la isla de los Estados este hermoso faro, un faro que envía sus destellos a diez millas de distancia, para que ningún buque lo aprovechara.

—Además, nuestro faro es muy nuevito —observó Moriz.

—¡Tú lo has dicho, muchacho! —respondió Vázquez—. Y es preciso darles tiempo a los capitanes para que se enteren de que ahora esta costa está alumbrada. Cuando lo sepan, no dudarán en pasar cerca de ella y reconocerán el beneficio que representa el estrecho para la navegación por estos rumbos... Pero no basta saber que hay un faro; también es preciso estar seguro de que siempre está encendido, desde el anochecer hasta la salida del sol.

—Esto no se sabrá —se creyó Felipe en la obligación de señalar— hasta que el *Santa Fe* haya regresado a Buenos Aires.

—Es cierto —asintió Vázquez—; y cuando se publique el informe del comandante Lafayate, las autoridades se apresurarán a difundir la noticia en todo el mundo marítimo. Pero a esta altura la mayoría de los navegantes no puede ignorar lo que se ha hecho aquí.

—En cuanto al *Santa Fe* —prosiguió Moriz—, que zarpó hace sólo cinco días, su travesía durará...

—Lo que deba durar —interrumpió Vázquez—. ¡A lo sumo, otra semana! Hace buen tiempo, el mar está en calma y el viento sopla en la dirección favorable... el aviso tiene el viento a favor día y noche y, con la ayuda de su máquina, mucho me asombraría si no navegara a nueve o diez nudos.

—A esta altura —dijo Felipe—, ya debe haber pasado el estrecho de Magallanes y doblado el cabo de las Vírgenes.

—Seguramente, muchacho, —declaró Vázquez—, en este momento navega por las costas de la Patagonia y puede desafiar a correr a los caballos de los patagones[41]. ¡Aunque en la Argentina los hombres y las

---

[41] *Patagones* es el nombre que utilizó Magallanes para designar a los aborígenes de la zona. Al principio se creyó que el nombre se debía al tamaño de sus pies, cuando en realidad se debía a su gran

bestias corren tan velozmente como una fragata de primera categoría navegando a vela llena!

Resulta comprensible que el recuerdo del *Santa Fe* no se apartara de la mente de esta gente valerosa. Era como un pedazo de tierra natal que acababa de dejarlos para reintegrarse a la patria, y lo seguían con el pensamiento hasta el fin del viaje.

–¿Hoy lograste buena pesca? –preguntó Vázquez a Felipe.

–Bastante buena, Vázquez. Pesqué algunas docenas de gobios con caña, y un cangrejo con la mano, que debe pesar por lo menos tres libras y que se escabullía entre las rocas.

–¡Bravo! –respondió Vázquez–. ¡Y no temas despoblar la bahía! Los peces abundan más cuanto más se pescan, según se dice, y esto nos permitirá economizar nuestras provisiones de carne en conserva y de manteca salada... En cuanto a las legumbres...

–En cuanto a mí –anunció Moriz–, bajé hasta el bosque de hayas y desenterré unas buenas raíces. Tal como he visto hacer al cocinero del aviso, les voy a preparar un platillo que hará historia...

–¡Que será muy bien venido –declaró Vázquez–. ¡No hay que abusar de las conservas, por muy buenas que sean... ¡No hay punto de comparación con el alimento que se acaba de cazar, o de pescar, o de cocinar!

–¡Eso! –intervino Felipe–. Y si se acercaran algunos rumiantes del interior de la isla... como una pareja de guanacos...

–No seré yo el que rechace un solomillo o un pernil de guanaco[42] –terció Vázquez–. ¡Una buena presa de caza es una buena presa de caza, y al estómago no le queda más que dar las gracias una vez que se la sirven! Aunque, muchachos, cuidado con alejarse del faro para ir a cazar, ya sea un animal grande o pequeño... Si se presenta una pieza de caza, muy bien, trataremos de cobrarla... Pero lo esencial es obedecer estrictamente las instrucciones y no alejarse del faro, salvo para observar lo que sucede en la bahía de Elgor o en alta mar, entre el cabo de San Juan y la punta Diegos.

---

estatura. Es posible que el empleo de este término se deba a que, en esa época, circulaba la novela de caballería *Primaleón*, en la que el héroe se encuentra, en la zona montañosa de una isla, con los terribles y gigantes "patagones".

[42] El *pernil* es el anca y muslo del animal, y el solomillo es, en los animales de matadero, la capa muscular que se extiende entre las costillas y el lomo.

—Sin embargo —objetó Moriz, que amaba la caza—, si se presentase una buena pieza a tiro de fusil...

—Si es a un tiro de fusil, a dos y aun a tres, no digo nada... —respondió Vázquez—. Pero ya saben que el guanaco es demasiado salvaje para frecuentar la buena sociedad (la nuestra, se entiende). ¡Mucho me sorprendería si viéramos aunque fuera sólo un par de cuernos[43] por encima de las rocas, del lado del bosque de hayas o en las cercanías del faro!

En efecto; desde que comenzaron los trabajos no se había visto ningún animal en las proximidades de la bahía de Elgor.

El segundo del *Santa Fe*, a quien le decían Nemrod[44], varias veces había tratado de cazar un guanaco, pero su tentativa había resultado estéril, a pesar de que se había internado cinco o seis millas. No faltaba caza mayor en la isla, pero no se presentaba al alcance de los fusiles. Quizás el segundo habría tenido más suerte si hubiera franqueado las alturas entre el cabo de Colnett y el cabo Webster, para llegar hasta el otro extremo de la isla. Pero hasta allá, esa parte occidental donde se yerguen los grandes picos, la marcha debía ser sin duda sumamente difícil, y ni él ni nadie de la tripulación del *Santa Fe* había intentado reconocer los alrededores del cabo San Bartolomé.

Durante la noche del 16 al 17 de diciembre, mientras Moriz cumplía la guardia de seis a diez en la cámara de servicio, apareció una luz en dirección este, a cinco o seis millas de distancia, mar adentro. Se trataba, evidentemente, de la luz de un buque, el primero que se divisaba en aguas de la isla desde el establecimiento del faro. Moriz pensó, con razón, que esto interesaría a sus camaradas, quienes todavía no dormían, y bajó a avisarles.

Vázquez y Felipe subieron enseguida con Moriz y, provistos de catalejos, se apostaron en la ventana que daba al este.

—Es una luz blanca —dijo Vázquez.

---

[43] El *guanaco* es un camélido que no posee cuernos, dato que muestra la irregular información que manejaba Verne en lo que hace a fauna del lugar. Es posible que la confusión surja de la comparación que realiza con el gamo, que sí los posee. (Ver P. V. M. y A.).
[44] Nemrod es el nombre bíblico de uno de los hijos de Cus, a su vez hijo de Cam, un héroe babilónico que fundó la ciudad de Erec. Se lo reconoce como un gran cazador, de allí que su nombre se asocie con quienes se destacan en esta actividad.

—Y por consiguiente —añadió Felipe—, no es una luz de posición, ya que no es ni verde ni roja.

La observación era exacta, porque las luces de posición, según su color, se colocan una a babor y la otra a estribor del barco.

—Y como es blanca —agregó Vázquez—, no cabe duda de que está suspendida del estay de trinquete, lo que indica un vapor[45] a la altura de la isla.

Sobre este punto no había ninguna duda: se trataba realmente de un vapor que doblaba el cabo de San Juan. ¿Se dirigiría hacia el estrecho de Le Maire o lo pasaría por el sur? Esta era la pregunta que se hacían los torreros.

Siguieron la marcha del barco a medida que se aproximaba y, después de una media hora, supieron a qué atenerse acerca de su ruta.

El vapor, dejando el faro por babor al sudsudoeste, se dirigía resueltamente hacia el estrecho. Pudo verse una luz verde en el momento de pasar frente a la boca del cabo de San Juan; y pronto desapareció en la oscuridad.

—¡Es el primer barco divisado desde el Faro del fin del mundo! —exclamó Felipe.

—Y no será el último —aseguró Vázquez.

Al día siguiente, por la mañana, Felipe señaló un gran velero[46] que apareció en el horizonte. Hacía buen tiempo y la atmósfera, limpia de brumas por la leve brisa del sudeste, permitía divisar el barco a una distancia de por lo menos diez millas.

---

[45] La *navegación de vapor* posee una frondosa historia. La idea original de impulsar un buque con vapor surge en 1690 de la mano de Denis Papin, y el primer proyecto de vincular el vapor a la navegación, que tuvo como inspirador a un relojero inglés llamado Jonathan Hulls, data de 1736. Más allá de este período experimental, en 1807, el norteamericano Robert Fulton establece, con su barco el *Clermont*, un servicio regular de navegación de vapor entre Nueva York y Albany. En 1842, un buque así impulsado, de origen inglés y cuyo nombre es Driver, alcanza a dar la vuelta al mundo. El siglo XIX, en el que Julio Verne escribió casi toda su obra, fue una centuria en la que la navegación de vapor se desarrolló aceleradamente, hasta llegar a la invención de la turbina, en el año 1891.

[46] En esa época se llamaba *velero* al buque que navegaba impulsado por velas, entre los que se encontraban fragatas, galeones, pailebotes, bergantines y otros buques de grandes dimensiones, en contraposición con los vapores. En la actualidad se reserva el nombre de *velero* para hablar de una embarcación ligera.

Advertidos Vázquez y Moriz, subieron a la galería del faro. El velero señalado se distinguía por encima de los últimos acantilados del litoral, un poco a la derecha de la bahía de Elgor, entre la punta Diegos y la Several.

El barco navegaba rápidamente a una velocidad no menor que los 12 o 13 nudos. Pero, como marchaba en línea recta hacia la isla de los Estados, no podía asegurarse todavía si iba a pasar por el norte o el sur.

Como buenos marineros, siempre interesados por estas cosas, Vázquez, Felipe y Moriz discutían acerca del caso. Finalmente, el razonamiento acertado resultó el de Moriz, quien había sostenido que el velero no buscaba la entrada del estrecho. En efecto, cuando estuvo tan sólo a una milla y media de la costa maniobró a fin de doblar la punta Several.

Era un gran navío, que desplazaba por lo menos 1.800 toneladas, provisto de tres palos y del tipo de los modernos barcos construidos en esa época en Norteamérica, con una velocidad de marcha verdaderamente maravillosa.

—Que mi catalejo se convierta en un paraguas —exclamó Vázquez— si ese barco no ha salido de un astillero de Nueva Inglaterra.

—Tal vez nos envíe su número... —dijo Moriz.

—No haría sino cumplir con su deber —contestó sencillamente el torrero-jefe.

Esto es lo que sucedió: en el momento en que el *clipper* [47] se disponía a doblar la punta Several, fueron izados una serie de pabellones y de banderines en la botavara de la cangreja, señales que Vázquez tradujo consultando el libro depositado en la cámara de guardia.

Era el *Montank*, del puerto de Boston, Nueva Inglaterra, Estados Unidos de América. Los torreros le contestaron izando la bandera argentina hasta el extremo del pararrayos, y no dejaron de observarlo hasta que desapareció detrás de las alturas del cabo Webster, sobre la costa sur de la isla.

—Y ahora —dijo Vázquez—, buen viaje al *Montank*, y quiera el cielo que no se encuentre con alguna ola gigante a la altura del cabo de Hornos.

---

[47] El *clipper* o *cliper* (en español) es un velero cuyo casco es de acero o hierro y está construido para alcanzar gran velocidad.

Durante los días sucesivos, el mar permaneció casi desierto. Apenas pudieron entreverse dos lejanas velas en el horizonte, al este. Los barcos, que pasaban a una decena de millas de la isla de los Estados, ciertamente no trataban de abordar las costas de América. Según la opinión de Vázquez, debían ser balleneros que se dirigían a los parajes antárticos, donde actualmente se realiza la pesca de cetáceos[48].

Hasta el 20 de diciembre no hubo que consignar más que observaciones meteorológicas. El tiempo se había tornado variable, con bruscos cambios de viento del nordeste al sudeste. En varias ocasiones, cayeron lluvias bastante fuertes, acompañadas a veces de granizo, lo que indicaba cierta tensión eléctrica en la atmósfera. Había que temer, por lo tanto, algunas tormentas, que resultan de gran intensidad, incluso en esta época del año.

En la mañana del 21, Felipe se paseaba fumando sobre el terraplén, cuando creyó ver un animal junto al bosque de hayas.

Después de haberlo observado durante unos instantes, fue en busca de su catalejo a la sala común y, gracias a este instrumento que aumentaba diez veces el tamaño de los objetos, veía el animal a una distancia del terraplén diez veces menor.

Así, el animal que se hallaba a unas mil toesas[49], sobre la cresta de un montículo de piedras ubicado detrás del bosque, parecía estar sólo a unas cien y, por otra parte, perfectamente visible.

Felipe reconoció sin esfuerzo que se trataba de un guanaco de gran talla, que brindaba la ocasión de cobrar una buena pieza.

Enseguida, Vázquez y Moriz, a quienes Felipe acababa de llamar, salieron del anexo y se unieron a él en el terraplén. Los tres coincidieron en que era preciso cazarlo. Si conseguían abatir al guanaco, disfrutarían de un plato de carne fresca, que variaría agradablemente el menú habitual.

---

[48] Las primeras expediciones para cazar ballenas fueron realizadas por los vascos y datan del siglo XIV. Hasta 1850 los métodos de pesca eran los mismos, con barcos de 300 a 450 toneladas y una tripulación de entre 35 y 40 hombres. Los marinos, armados de arpones, perseguían a estos animales en unas lanchas de 7 a 10 metros de longitud, llamadas *balleneras*. La caza de ballenas alcanzó gran desarrollo en los inicios del siglo XX, en que la construcción de los llamados buques factoría que realizan todas las operaciones de aprovechamiento del animal, lo hizo posible.

[49] La *toesa* es una antigua medida francesa de longitud, que equivale a 1,946 metros.

Luego, volviéndose al faro, hizo señas a sus compañeros para que se les uniera.

Esto fue lo convenido: Moriz, armado con una de las carabinas, abandonaría el recinto y trataría de colocarse, sin ser advertido, a la retaguardia del animal, que permanecía inmóvil, para empujarlo hacia la bahía, donde estaría apostado Felipe.

—Tengan mucho cuidado, muchachos —les recomendó Vázquez— ¡esos animales tienen la vista y el oído muy aguzados! En cuanto te vea o te sienta, Moriz, se tomará las de Villadiego y, si no estás lo bastante cerca, puedes economizar tu pólvora y tus balas... ya que huirá tan rápidamente que no alcanzarás a dispararle. En ese caso, es mejor dejarlo partir, pues no hay que alejarse del faro. ¿De acuerdo?

—De acuerdo —contestó Moriz.

Vázquez y Felipe se apostaron sobre el terraplén y, con el catalejo, pudieron comprobar que el guanaco no se había movido del sitio donde había aparecido; luego la atención de los dos hombres se centró en Moriz.

Este se dirigía hacia el bosque de hayas, donde estaría a cubierto y desde donde podría, sin espantar al animal, llegar hasta las rocas para sorprenderlo por detrás, obligándolo a huir de la costa de la bahía.

Sus compañeros pudieron seguirlo con la mirada hasta el momento en que alcanzó el bosque, en el cual desapareció.

Pasó alrededor de una media hora y el guanaco continuaba inmóvil; Moriz debía encontrarse ya a tiro de fusil.

Vázquez y Felipe esperaban, pues, una detonación y que el animal cayese, herido de mayor o menor gravedad, o que, por el contrario, huyera a toda velocidad.

Sin embargo, ninguna detonación turbó el silencio de la isla y, para gran sorpresa de Vázquez y Felipe, el guanaco, cuya cabeza se agitaba como si hubiera percibido el peligro, en lugar de escapar, se desplomó sobre las rocas, con las patas colgando, como si no hubiera tenido fuerzas para sostenerse.

Casi de inmediato, Moriz, que había conseguido deslizarse entre las rocas, apareció súbitamente y se lanzó hacia el guanaco, que no se movió; se inclinó sobre él, lo palpó y se levantó bruscamente. Luego, volviéndose al faro, hizo señas a sus compañeros para que se le unieran.

—Ocurre algo extraordinario –dijo Vázquez–. ¡Vamos, Felipe!

Y los dos, después de haber descendido del terraplén, corrieron hacia el bosque de hayas. No tardaron más de diez minutos en sortear la distancia.

—¿Y el guanaco?... –interrogó Vázquez.

—Aquí está –contestó Moriz, mostrando el animal echado a sus pies.

—¿Está muerto? –preguntó Felipe.

—Muerto –repuso Moriz.

—¿De vejez, entonces?...

—No... ¡A causa de una herida!...

—¡Herido! ¿Ya estaba herido?

—Sí... ¡De una bala en un costado!

—¡Una bala! –repitió Vázquez.

Y así era, en verdad. Después de haber sido herido, se había arrastrado hasta esa plaza, donde cayó muerto.

—¿De modo que hay cazadores en la isla? –murmuró Vázquez.

Inmóvil y pensativo, echó en torno a él una ojeada inquieta...

CAPÍTULO 4

LA BANDA KONGRE

Si Vázquez, Felipe y Moriz se hubiesen trasladado al extremo occidental de la isla de los Estados habrían podido comprobar cuánto difería esta costa de la que se extendía entre el cabo de San Juan y la punta Several. Habrían buscado en vano una bahía donde los barcos, sorprendidos por las tormentas del Pacífico, encontraran refugio. Allí no había más que rocas, que se elevaban hasta 200 pies de altura; la mayor parte de ellas, cortadas a pico, se prolongaban bajo aguas profundas, incesantemente batidas por la violenta resaca, aun en tiempo de calma.

Delante de estas áridas rocas, en cuyas grietas anidaban millares de aves marítimas, se destacaba un buen número de arrecifes, que se prolongaban hasta dos millas mar adentro. Entre ellas serpenteaban estrechos canales de pasos impracticables, excepto para embarcaciones de muy poco calado. Las playas de fina arena, entre la que crecían raquíticas plantas acuáticas, estaban sembradas de conchillas, rotas en su mayor parte por las olas que rompían contra el acantilado. No faltaban grandes cavernas, grutas profundas, secas y oscuras, de entrada sumamente angosta, cuyo interior no era barrido por las ráfagas ni inundado por las olas, ni siquiera en la temible época del equinoccio. Se llegaba a ellas atravesando pendientes pedregosas, trozos de rocas que a menudo desordenaba la pleamar. En cuanto a la comunicación con la meseta superior, hondonadas difíciles de escalar daban acceso a la cima y, para llegar al límite de esa meseta central de la isla, hubiera sido necesario franquear una distancia de dos a tres millas. En resumen, el carácter salvaje, desolado, se acentuaba más de este lado que en el litoral opuesto, en el que se abría la bahía de Elgor.

Aunque el oeste de la isla de los Estados estaba protegido contra los vientos del noroeste por las alturas de la Tierra del Fuego y del archipié-

lago magallánico, el mar se encrespaba con tanto furor como en el cabo de San Juan, la punta Diegos y la Several. De suerte que, si se había construido un faro del lado del Atlántico, no era menos necesario otro en la zona del Pacífico, para los barcos que buscasen el estrecho de Le Maire, después de haber doblado el cabo de Hornos. Tal vez el gobierno chileno pensara seguir, algún día, el ejemplo de la República Argentina.

En todo caso, si se hubieran comenzado al mismo tiempo los trabajos en los dos extremos de la isla de los Estados, se habría visto comprometida la situación de una banda de bribones refugiada en las cercanías del cabo San Bartolomé.

Varios años atrás, esos malhechores de la peor calaña se habían instalado en la entrada de la bahía de Elgor, y alojado en una profunda caverna, oculta en el acantilado. Esta caverna les ofrecía un seguro asilo y, como jamás barco alguno hacía escala en la isla de los Estados, podían considerarse totalmente seguros.

Estos hombres, una docena en total, tenían por jefe a un individuo llamado Kongre, a quien un tal Carcante servía de segundo.

Toda esta escoria era originaria de América del Sur, y cinco de ellos procedían de la Argentina o de Chile. En cuanto a los demás, seguramente nativos de la Tierra del Fuego reclutados por Kongre, sólo habían tenido que atravesar el estrecho de Le Maire para completar la banda en aquella isla, cuya costa septentrional ya conocían por haber pescado en sus aguas durante el verano.

Acerca de Carcante se sabía que era chileno, pero hubiera sido difícil decir en qué ciudad o en qué aldea de esa república había nacido y a qué familia pertenecía. De treinta y cinco a cuarenta años de edad, mediana estatura, más bien delgado, pero todo nervios y todo músculos, y, por lo tanto, vigoroso en extremo, de carácter taimado y alma perversa, jamás hubiese retrocedido ante un robo o un crimen que perpetrar y era digno de secundar al jefe de la banda.

De este último nada se sabía. Jamás había dicho cuál era su nacionalidad. ¿Realmente se llamaba Kongre? Tampoco se sabía. Lo único seguro era que este nombre es muy corriente entre los indígenas del archipiélago magallánico y de la Tierra del Fuego. Durante el viaje de

El Astrolabio y *La Zelea*, el capitán Dumont D'Urville[50], al hacer escala en el abra Peckett, en el estrecho de Magallanes, recibió a bordo a un patagón que se llamaba así. Pero era dudoso que este Kongre fuese originario de la Patagonia. No tenía el rostro estrecho en la parte superior y ancho en la inferior que caracteriza a los hombres de esta comarca; tampoco la frente estrecha, los ojos alargados, la nariz aplastada y la estatura, que, por regla general, era elevada entre esta gente. Además, su fisonomía, en conjunto, estaba lejos de presentar la expresión de dulzura que se encuentra en la mayor parte de los habitantes de la Patagonia.

Kongre tenía un temperamento tan violento como enérgico, lo que se reconocía fácilmente en sus rasgos duros, mal disimulados bajo la espesa barba, que ya empezaba a blanquearse, aunque no pasaba de los cuarenta. Era un verdadero bandido, un terrible malhechor capaz de perpetrar todos los crímenes, que no había logrado encontrar otro refugio que aquella isla desierta, de la que sólo se conocía el litoral.

Pero ¿cómo habían logrado subsistir Kongre y sus compañeros desde que buscaran asilo en aquella isla? Vamos a explicarlo brevemente.

Cuando Kongre y su cómplice Carcante, a consecuencia de un crimen que les hubiera valido la horca o el garrote[51], huyeron de Punta Arenas, el principal puerto del estrecho de Magallanes, llegaron a la Tierra del Fuego, donde hubiera sido difícil perseguirlos. Allí, viviendo entre pecherés, supieron cuán frecuentes eran los naufragios en la isla de los Estados, que todavía no alumbraba el Faro del fin del mundo. No había duda de que esas riberas debían estar llenas de despojos, algunos verdaderamente valiosos, de dichos naufragios. Kongre tuvo entonces la idea de organizar una banda de raqueros con dos o tres bandidos de su calaña que había encontrado en la Tierra del Fuego, a los que se

---

[50] Julio Sebastián César Dumont D'Urville (1790-1842) fue un célebre navegante francés. Recorrió la zona donde se desarrolla la novela como segundo de la corbeta *La Coquille*, en un viaje de circunnavegación que duró desde 1822 hasta 1825. Posteriormente, al mando de ese buque, que luego pasó a llamarse *El Astrolabio*, y de *La Zelea*, realizó un viaje de exploración hacia el Polo antártico en 1837.
[51] El *garrote* es una de las formas con que se ejecutaba la pena de muerte mediante estrangulación, y consistía en un collar de acero que se iba cerrando sobre la garganta del condenado.

añadirían unos diez pecherés, que no valían más que ellos. Una embarcación indígena los transportó a la otra orilla del estrecho de Le Maire. Pero aunque Kongre y Carcante eran marinos y habían navegado bastante tiempo por los parajes difíciles del Pacífico, no pudieron evitar una catástrofe. El mar embravecido los arrojó contra las rocas del cabo de Colnett, donde su embarcación se destrozó.

Llegaron así hasta la bahía de Elgor, que conocían algunos de los pecherés, y no vieron defraudadas sus esperanzas. La playa entre el cabo de San Juan y la punta Several estaba cubierta de despojos de naufragios antiguos y recientes: fardos, cajas de provisiones capaces de asegurar la subsistencia de la banda durante mucho tiempo, armas, revólveres y fusiles que fácilmente podían recomponerse, municiones bien conservadas en sus estuches metálicos, lingotes de oro y plata de gran valor, procedentes de ricos cargamentos australianos, muebles, planchas, maderas de todas clases y algunos fragmentos de esqueletos, pero ningún sobreviviente de esos siniestros marítimos.

Por lo demás, los navegantes conocían bien esta temible isla de los Estados, y hacía ya muchos años se imponía la construcción de un faro en su extremo oriental. Sin haberlo visto, resultaba imposible saber qué era ese cúmulo de arrecifes en las cercanías de la bahía de Elgor, que se internaba una o dos millas en el mar. Todo barco que la tempestad empujaba hacia allí se perdía irremisiblemente, con sus cuerpos y bienes.

Kongre no se estableció con sus compañeros en el fondo de la bahía, sino a la entrada de esta, lo que convenía más a sus proyectos, pues así podía vigilar el cabo de San Juan. La casualidad le hizo descubrir una caverna, cuya entrada estaba oculta bajo espesas plantas marítimas, laminarias y fucos[52], suficientemente espaciosa como para alojar a toda la banda. Situada en la parte posterior de un contrafuerte del acantilado, en la orilla norte de la bahía, nada tenía que temer de los vientos del mar. Se transportó a ella todo lo que, procedente de los naufragios, podía servir para acondicionarla: ropas de cama, vestidos y, también, gran

---

[52] Las *laminarias* y los *fucos* son dos tipos de algas de color pardusco que nacen en las costas atlánticas.

cantidad de conservas de carne, cajas de bizcochos, y barriles de aguardiente y de vino. Una segunda gruta, vecina de la primera, servía para almacenar todos los vestigios de naufragios que tenían valor y, además, el oro, la plata, las piedras preciosas que encontraron en la playa. Si más adelante Kongre conseguía apoderarse de un barco, atraído mediante engaños a la bahía, lo cargaría con todo el producto de ese pillaje y regresaría a las islas del Pacífico, escenario de sus primeras piraterías.

Como hasta entonces no se había presentado la ocasión, los malhechores no habían podido abandonar la isla de los Estados. Es cierto que en esos dos años su riqueza no cesó de aumentar, ya que se produjeron otros naufragios de los que sacaron gran provecho. Y hasta ellos mismos, siguiendo el ejemplo de los raqueros de las costas peligrosas del antiguo y el nuevo mundo, provocaron las catástrofes. En las noches de tormenta, si un barco se presentaba a la altura de la isla, lo atraían hacia los arrecifes encendiendo fogatas, y si, excepcionalmente, alguno de los náufragos lograba salvarse de las olas, era asesinado inmediatamente. Tal fue la obra criminal de estos bandidos cuya existencia se ignoraba, sin comunicación alguna con la Tierra del Fuego o el archipiélago magallánico, y que incrementó la lista de siniestros en esos parajes del Atlántico.

Sin embargo, la banda continuaba prisionera en la isla. Kongre había logrado provocar la pérdida de algunos barcos, pero no atraerlos hasta la bahía de Elgor, donde hubiera intentado apoderarse de ellos. Por otra parte, ningún buque había hecho escala en la bahía, poco conocida entre los capitanes; e incluso en ese caso, hubiera sido necesario que la tripulación careciera de fuerzas suficientes para defenderse de esta docena de bandidos.

El tiempo transcurría y la caverna estaba abarrotada de restos de naufragio de gran valor. Puede suponerse cuánta sería la impaciencia, la rabia de Kongre y de los suyos. Era el eterno tema de conversación entre Carcante y su jefe.

—¡Estar varados en esta isla como un barco en la costa, cuando tenemos un cargamento que vale muchos miles de piastras[53]!...

---

[53] La *piastra* es una moneda de plata cuyo valor cambia según los países donde se utiliza.

–¡Sí –contestaba Kongre–, es preciso partir, cueste lo que cueste!...

–¿Cuándo y cómo? –replicaba Carcante, y esta pregunta quedaba siempre sin respuesta–. Nuestras provisiones terminarán por agotarse –repetía Carcante–. Si la pesca nos rinde, puede faltar la caza. Y, además, ¡qué inviernos hemos pasado en esta isla!... ¡Rayos y centellas!... ¡Cuando pienso en los que todavía nos quedan...!

A todo esto, ¿qué podía contestar Kongre? Era poco locuaz, poco comunicativo. ¡Pero qué cólera bullía en su interior al sentir su impotencia!

No podía hacer nada, ¡nada!... Si, a falta de un barco que la banda pudiera sorprender fondeado, alguna embarcación fueguina viniera desde el cabo de Colnett, a Kongre no le hubiera costado gran cosa apoderarse de ella. Y, en ese caso, si no era él, por lo menos Carcante o uno de los chilenos se embarcaría y, una vez en el estrecho de Magallanes, se presentaría la ocasión de llegar hasta Buenos Aires o Valparaíso. Con el dinero, que poseían en abundancia, comprarían un barco de ciento cincuenta o doscientas toneladas, que Carcante, con algunos marineros, conduciría a la bahía de Elgor, atravesando el archipiélago magallánico en una navegación de sólo quince días. Una vez que el barco estuviera en la caleta, se desharían de la tripulación.

Ese era el estado de las cosas cuando, quince meses antes del comienzo de esta historia, se modificó bruscamente la situación.

A principios de octubre de 1858, un vapor con pabellón argentino apareció frente a la isla y maniobró para entrar en la bahía de Elgor.

Kongre y sus compañeros reconocieron enseguida que era un barco de guerra, contra el cual nada podían intentar. Después de hacer desaparecer todo rastro de su presencia y disimular la entrada de las dos cavernas, se refugiaron en el interior de la isla, en espera de que el buque partiera.

Era el *Santa Fe*, procedente de Buenos Aires, que llevaba a bordo a un ingeniero, encargado de la construcción de un faro en la isla de los Estados, y que iba a determinar su emplazamiento.

El aviso no permaneció más que algunos días en la bahía de Elgor y zarpó sin haber descubierto el escondrijo de Kongre y los suyos.

Mientras tanto, Carcante, que se había deslizado de noche hasta la caleta, pudo averiguar por qué el *Santa Fe* había hecho escala en la isla

Mientras tanto, Carcante, que se había deslizado de noche hasta la caleta, pudo averiguar por qué el Santa Fe...

de los Estados. ¡Se iba a construir un faro en el fondo de la bahía de Elgor!... La banda no tenía más remedio que abandonar aquellos lugares, y esto habrían hecho si hubieran podido.

Kongre tomó el único partido posible. Conocía perfectamente la parte oeste de la isla, en los alrededores del cabo San Bartolomé, donde otras cavernas podían asegurarle refugio. Sin perder un día –puesto que el aviso no tardaría en volver con los obreros para dar comienzo a los trabajos– se ocupó de transportar lo indispensable para asegurarles un año de vida, creyendo, con razón, que esa orilla no sería frecuentada mientras duraran los trabajos. Sin embargo, no tuvo tiempo suficiente para desocupar las dos cavernas, y se vio obligado a retirar sólo la mayor parte de las provisiones, conservas, vinos, ropa y algunos de los preciosos objetos que guardaban. Luego, disimulando cuidadosamente las entradas con piedras y hierba seca, dejaron lo demás a la buena de Dios.

Cinco días después de su partida, el *Santa Fe* reaparecía, por la madrugada, en la entrada de la bahía y fondeaba en la caleta. De inmediato desembarcaron los obreros y el material que transportaba. Y, como se había decidido realizar el emplazamiento sobre el terraplén, empezaron de inmediato los trabajos de construcción que, como sabemos, se realizaron con rapidez.

Por eso la banda Kongre no tuvo más remedio que ocultarse en el cabo San Bartolomé. Un arroyo, alimentado por el deshielo, proporcionaba la cantidad de agua necesaria. La pesca y, en cierta medida, la caza les permitieron economizar las provisiones que habían llevado desde la bahía de Elgor.

¡Pero con qué impaciencia Kongre, Carcante y sus compañeros esperaban que el faro se concluyera y que el *Santa Fe* partiese para no volver hasta tres meses después, cuando trajera el relevo!

No hace falta decir que Kongre y Carcante, cuidándose de que no los descubrieran, estaban al corriente de todo lo que se hacía en el fondo de la bahía. Ya fuera recorriendo la orilla hacia el sur o hacia el norte, o acercándose por el interior, u observando desde las alturas vecinas, desde el cabo de Colnett o el Webster, pudieron darse cuenta del estado de los trabajos y calcular en qué fecha terminarían. En ese momento, Kongre pondría en ejecución un proyecto largamente meditado. Y quién sabe si ahora, que la bahía Elgor estaría iluminada, no haría escala algún barco y podrían apoderarse de él, tras sorprender y asesinar a su tripulación.

En cuanto a una posible excursión de los oficiales del aviso al extremo occidental de la isla, Kongre creyó que no era de temer. Nadie intentaría, al menos ese año, aventurarse hasta los alrededores del cabo San Bartolomé, a través de las áridas llanuras y de los parajes casi intransitables de la parte montañosa, que no podían franquearse sino a costa de grandes fatigas. Verdad es que acaso el comandante del aviso quisiera hacer una recorrida por la isla; pero era poco probable que se decidiera a desembarcar en la costa, erizada de escollos; y, en todo caso, la banda tomaría las medidas necesarias para no ser descubierta.

Por lo demás, esa eventualidad no se produjo, y llegó así el mes de diciembre, durante el cual se terminarían las instalaciones del faro. Los torreros se quedarían solos y Kongre lo sabría por los primeros destellos que el faro lanzase en esos parajes del Atlántico.

Así, durante las últimas semanas, alguno de los de la banda permanecía en observación en una de las alturas, desde la que se podía ver la luz del faro a una distancia de siete u ocho millas, con la orden de regresar lo más rápidamente posible en cuanto se encendiera la luz por primera vez.

Fue precisamente Carcante quien, la noche del 9 al 10 de diciembre, llevó la noticia al cabo San Bartolomé.

—¡Sí! —exclamó el bandido al reunirse con Kongre en la caverna—. ¡El diablo acaba de encender ese faro; que el diablo lo apague!…

—No, no nos hace falta —repuso Kongre, extendiendo su mano amenazadora en dirección al faro.

Transcurrieron algunos días y, a principios de la semana siguiente, cuando Carcante, que cazaba en los alrededores del cabo de Colnett, hirió de bala a un guanaco. Como se sabe, el animal huyó y fue a caer en el lugar donde Moriz lo encontró. A partir de ese día, Vázquez y sus camaradas, convencidos de que no eran los únicos habitantes de la isla, vigilaron más cuidadosamente los alrededores de la bahía de Elgor.

Llegó el momento en que Kongre se decidió a abandonar el cabo

San Bartolomé para trasladarse al cabo San Juan. Los bandidos resolvieron dejar el material en la caverna, sin llevar más víveres que los necesarios para una jornada, pues contaban con las provisiones del faro. Era el 22 de diciembre. Partiendo al alba y siguiendo un camino que ya conocían por el interior de la isla, a través de su parte montañosa, recorrerían la mitad del camino durante el primer día de marcha. Después de esta etapa, que cubría quince millas, harían alto al abrigo de los árboles o en algún desnivel del terreno sólo para pasar la noche. Ir por el litoral hubiera implicado alargar el camino, dadas las irregularidades de una costa llena de caletas y flanqueada de promontorios, y duplicar tanto la fatiga como el tiempo. Por otra parte, significaba correr el riesgo de ser avistados desde lo alto del faro, después de pasar el cabo de Colnett o el cabo Webster, cosa que no había que temer si avanzaban por el interior de la isla.

Al día siguiente, después de ese alto, antes incluso de la salida del sol, Kongre emprendería una segunda etapa, aproximadamente igual a la de la víspera, dirigiéndose a la bahía de Elgor, que podría alcanzar esa noche.

Kongre suponía que sólo habría dos torreros afectados al servicio del faro, cuando eran tres. Pero poco importaba la diferencia. Vázquez, Moriz y Felipe no podrían resistirse a la banda, cuya presencia en los alrededores del faro no sospechaban. Los sorprenderían en un ataque nocturno y dos sucumbirían primero en el alojamiento, tras lo cual darían fácilmente cuenta del tercero en su puesto de la cámara de servicio.

Kongre sería, pues, dueño del faro, y, luego, podría dedicarse tranquilamente a traer del cabo San Bartolomé todo el material que había dejado allí y volver a dejarlo, según le hiciera falta, en la cueva ubicada a la entrada de la bahía de Elgor.

Tal era el plan trazado por este temible bandido, y estaba muy seguro de que tendría éxito. Pero no tanto de que la suerte lo favoreciera después.

En efecto, luego las cosas ya no dependerían de él. Era imprescindible que un buque se refugiase en la bahía de Elgor. Claro que este refugio sería conocido por los navegantes tras el viaje del *Santa Fe*, que comunicaría que un nuevo faro iluminaba la costa oriental de la isla de los Estados. Si lo sorprendía el mal tiempo, o no podía avanzar ante el embate de los vientos de mar adentro, un barco, sobre todo si era de mediano tonelaje, no dudaría en refugiarse en la bahía, en lugar de huir a través de un mar agitado, ya fuera por el estrecho o por el sur de la isla... Kongre había resuelto que este barco caería en su poder y les daría la posibilidad tan esperada de escapar a través del Pacífico, donde se asegurarían de que sus crímenes quedaran impunes.

Pero era necesario que todo eso sucediera antes de que el aviso estuviera de vuelta con el relevo. Si para ese momento no habían logrado abandonar la isla, Kongre y los suyos se verían obligados nuevamente a refugiarse en el cabo San Bartolomé. Y entonces las circunstancias variarían radicalmente. Cuando el comandante Lafayate tomara conocimiento de la desaparición de los tres torreros no tendría dudas de que habían sido víctimas de un secuestro o de un asesinato, y organizaría una batida por toda la isla. El aviso no partiría hasta que la registraran del cabo San Juan al cabo San Bartolomé. ¿Cómo escaparía la banda a la persecución y cómo subsistiría si esa situación se prolongaba?... Si era necesario, el Gobierno argentino enviaría otros barcos; y aunque Kongre lograra apoderarse de una embarcación de pecherés –cosa muy poco probable– el estrecho estaría vigilado con tanto celo que sería imposible atravesarlo y refugiarse en la Tierra del Fuego. ¿Favorecería, pues, la fortuna a esos bandidos permitiéndoles abandonar la isla cuando todavía estuvieran a tiempo de hacerlo?

La tarde del día 28, Kongre y Carcante se paseaban conversando por la punta del cabo San Bartolomé y, siguiendo sus costumbres de antiguos marinos, observaban el mar y el cielo.

El tiempo era regular. En el horizonte se elevaban algunas nubes y soplaba un viento fuerte del nordeste, que resultaba favorable para un barco que quisiera tomar el estrecho de Le Maire por el poniente.

Eran las seis y media de la tarde cuando Kongre y su compañero se disponían a regresar a su albergue habitual. En aquel momento, Carcante dijo:

—¿Queda acordado que dejamos todos nuestros objetos en el cabo San Bartolomé?

—Sí –respondió Kongre–, y será fácil traerlos más adelante... cuando seamos los dueños del faro y...

No terminó la frase. Con los ojos clavados en el mar, se detuvo y dijo:

–Carcante, mira allí... allí, al lado del cabo...

Carcante observó el mar en la dirección indicada.

–¡Oh! No hay duda, es un barco.

Efectivamente, un barco con todas las velas desplegadas navegaba a unas dos millas del cabo San Bartolomé.

Aunque tenía el viento en contra, avanzaba poco a poco y, si buscaba el estrecho, lo alcanzaría antes de la noche.

–Es una goleta[54] –dijo Carcante.

–Sí, una goleta de ciento cincuenta a doscientas toneladas –respondió Kongre.

No cabía duda alguna de que la goleta intentaba alcanzar el estrecho en lugar de doblar el cabo San Bartolomé. Todo consistía en saber si estaría a esa altura antes de que cayera la noche. Con ese viento, ¿no corría peligro de que la corriente la arrojara contra los arrecifes?

La banda entera se había agrupado en el extremo del cabo.

No era la primera vez, desde que esta se hallaba instalada allí, que aparecía un barco a tan corta distancia de la isla de los Estados. Sabemos que los bandidos procuraban atraerlos hacia las rocas mediante fuegos movedizos. De nuevo propusieron los hombres recurrir a ese medio.

–No –contestó Kongre–. No conviene que esta goleta se pierda... Procuraremos apoderarnos de ella... La corriente y el viento le son contrarios, y la noche va a ser muy oscura. Le será imposible entrar en el estrecho. Mañana la tendremos todavía a la vista y ya veremos lo que conviene hacer.

Una hora después, el barco desaparecía en medio de una profunda oscuridad, sin que ninguna luz revelara su presencia en el mar.

Durante la noche, el viento saltó al sudoeste.

Al rayar el día, cuando Kongre y sus compañeros bajaron a la playa, vieron la goleta encallada en los arrecifes del cabo San Bartolomé.

---

[54] Una *goleta* es una embarcación de 9 a 10 metros de largo con dos (a veces tres) palos y velas cangrejas (trapezoidales). En la página 238 encontrarán el esquema de esta embarcación.

CAPÍTULO 5

LA GOLETA MAULE

Nada tenía que aprender Kongre del oficio de marino. Pero si había comandado un barco, ¿cuál era y en qué mares? Únicamente Carcante, marino como él y su segundo antaño, cuando navegaba, tal como ahora en la isla de los Estados, podría haberlo dicho, pero no lo decía.

Seguramente no se calumniaba a estos miserables echándoles en cara el nombre de piratas. Debían de haber ejercido este criminal oficio en los parajes de las Salomón y de las Nuevas Hébridas[55], donde los barcos todavía eran atacados con frecuencia en aquella época. Y sin duda, como consecuencia de la batida organizada contra los piratas por el Reino Unido, Francia, y América en esta parte del Océano Pacífico, nuestros bandidos tuvieron que refugiarse en el archipiélago magallánico primero y luego en la isla de los Estados, donde se convirtieron en raqueros.

Cinco o seis de los compañeros de Kongre y de Carcante también habían navegado como pescadores y marineros de buques mercantes y estaban hechos a la vida de mar. En cuanto a los fueguinos, completarían la tripulación si la banda lograba apoderarse de la goleta.

Esta goleta, a juzgar por su casco y su arboladura[56], no debía cargar más de 150 a 160 toneladas. Una ráfaga del oeste la había arrojado durante la noche a un banco de arena sembrado de rocas, contra las que hubiera podido estrellarse. Pero no parecía que el casco hubiese sufrido

---

[55] Se conoce con el nombre de Salomón a un archipiélago compuesto por siete islas grandes y muchas otras de menor tamaño. Estas islas, cercanas al extremo sur de Nueva Guinea, están en el Océano Pacífico y pertenecen a la Melanesia (Oceanía). Las Nuevas Hébridas, situadas en la misma zona, también son un archipiélago (veintiséis islas) y forman un arco al sur de las Salomón. Se las conoce, desde 1980, con el nombre de República de Vanuatu.

[56] La *arboladura* de un buque es el conjunto de sus mástiles y velas.

gran cosa. Inclinada sobre babor, con la roda[57] vuelta oblicuamente hacia la tierra, descubría hacia el mar su banda de estribor. En esta posición, se veía su puente desde el castillo de proa hasta la camareta de popa. Su arboladura estaba intacta: el mástil de mesana, el palo mayor, el bauprés con sus aparejos, sus velas medio amainadas, salvo la mesana, el sobrejuanete y el galope que habían sido arriadas.

La tarde del día anterior, cuando la goleta fue divisada a la entrada del cabo san Bartolomé, luchaba contra un viento nordeste bastante fuerte, tratando de llegar hasta la entrada del estrecho de Le Maire. En el momento en que Kongre y sus compañeros la perdieron de vista en medio de la oscuridad, la brisa mostraba tendencia a caer, y bien pronto fue insuficiente para asegurar a un barco velero una velocidad apreciable. Había que admitir que la goleta, entonces muy arrimada a la tierra, había querido vanamente elevarse de allí, lo que indicaba el braceo de las vergas. De pronto, con la brusquedad propia de estos parajes, el viento había cambiado y la goleta se vio impulsada contra el banco de arena.

En cuanto al capitán y la tripulación, todo se reduce a conjeturas. Pero, probablemente, al ver que la corriente llevaba la goleta contra una costa peligrosa, erizada de arrecifes, habían echado al agua un bote, creyendo que, si permanecían a bordo, morirían todos porque la goleta iba a destrozarse irremediablemente contra las rocas. Deplorable inspiración, ya que el bote no tardó en zozobrar y, si hubieran permanecido a bordo, el capitán y sus hombres habrían salido sanos y salvos. En cambio, no cabía duda de que habían perecido pues no se veía ni uno solo; y después, los cuerpos fueron arrastrados por la marea descendente.

Dirigirse a la goleta durante la bajamar no presentaba ninguna dificultad. A partir del cabo San Bartolomé, se podía avanzar de roca en roca hasta el lugar donde estaba encallada, que distaba media milla o un poco más. Eso hicieron Kongre y Carcante, acompañados por dos de sus hombres. Los otros permanecieron vigilando al pie del acantilado, para observar si quedaba algún sobreviviente del naufragio.

---

[57] La *roda* es la madera gruesa y curva que forma la proa del barco.

Cuando Kongre y sus compañeros llegaron al banco de arena, la goleta estaba totalmente en seco. Pero como la marea haría subir las aguas entre siete y ocho pies, no cabía duda de que el buque volvería a disponer de su calado, si su interior no se hallaba averiado. Kongre no se había equivocado al calcular el porte de la goleta en 160 toneladas. Caminó en torno de ella, inspeccionándola, y al llegar a la popa leyó: *Maule*[58], *Valparaíso*.

Era, entonces, un navío chileno que acababa de encallar en la isla de los Estados durante la noche del 27 al 28 de diciembre.

—Ya tenemos lo que nos hacía falta —dijo Carcante.

—Si la goleta no tiene alguna vía de agua en el casco —objetó uno de los individuos.

—Una vía de agua o cualquier otra avería se repara —se limitó a decir Kongre.

Fue entonces a examinar la carena del lado del mar. No parecía haber sufrido daño alguno. La roda, un poco hundida en la arena, se veía intacta, lo mismo que el codaste, y el timón continuaba sujeto a sus herrajes. En cuanto a la parte del casco que descansaba en tierra, no era posible examinarla hasta que subiese la marea. Kongre sabría a qué atenerse tras dos horas de flotación.

—A bordo —dijo Kongre.

Si la inclinación del barco hacía fácil la subida por babor, no permitía, en cambio, andar por el puente. Hubiera sido preciso arrastrarse gateando sobre el empalletado. Kongre y los otros lo salvaron apoyándose en los cabos del palo mayor.

El choque no debió de haber sido muy rudo y, salvo algunos tablones que no estaban sujetos, todo seguía en su sitio. Como la goleta no era de hechura muy fina, no estaba demasiado inclinada y seguramente se levantaría por sí misma con la marea, a no ser que se llenara de agua por tener averiadas sus obras vivas[59].

El primer cuidado de Kongre fue deslizarse hasta la camareta, cuya

---

[58] *Maule* es el nombre de una provincia de Chile y de un río que marca el límite norte de ese territorio. También se llama así a un macizo de los Andes de ese país.
[59] *Obra viva* u *obras vivas* es la denominación que se emplea para designar el fondo de la nave.

puerta abrió tras no pocas dificultades. En el comedor de oficiales encontró el camarote del capitán. Penetró apoyándose en los tabiques y, apoderándose de los papeles de a bordo, volvió con ellos en busca de Carcante.

Ambos examinaron la lista de la tripulación y he aquí lo que averiguaron:

La goleta *Maule*, del puerto de Valparaíso, Chile, de 157 toneladas, estaba al mando del capitán Pailha, contaba con seis hombres de tripulación y había zarpado en lastre el 3 de diciembre con rumbo a las islas Falkland.

Estas islas, llamadas también Malvinas, están situadas a [...][60] millas de la Tierra del Fuego y, después de haber doblado sin accidente alguno el cabo de Hornos, la *Maule* se disponía a embocar el estrecho de Le Maire, cuando se perdió en los arrecifes de la isla de los Estados. Ni el capitán Pailha ni ninguno de sus hombres habían logrado salvarse, pues, en caso de que alguno de ellos hubiera sobrevivido, habría encontrado refugio en el cabo San Bartolomé. Pero hacía ya dos horas que había despuntado el día y nadie había aparecido en tierra.

Como vemos, la goleta no llevaba cargamento, puesto que se dirigía en lastre a las islas Malvinas. Pero lo importante era que Kongre tuviese un barco a su disposición para dejar la isla con su siniestro botín, y dispondría de él si lograba poner a flote la *Maule*.

Para registrar el interior de la bodega hubiera sido preciso cambiar de sitio el lastre, que estaba compuesto por hierros viejos amontonados. Quitarlos suponía cierto tiempo y la goleta correría peligro en caso de que el viento llegara de alta mar. Convenía, entonces, sacarlo del barco en cuanto flotara; ahora bien, eso no tardaría en ocurrir y en pocas horas se alcanzaría la pleamar.

Kongre le dijo a Carcante:

—Vamos a preparar todo para levantar la goleta en cuanto tenga suficiente agua bajo la quilla. Es posible que no haya sufrido averías graves.

—Muy pronto lo sabremos —repuso Carcante—, pues la marea empieza

---

[60] En este punto, el original presenta una laguna. Invitamos al lector a reponer el dato que la muerte impidió a Verne averiguar.

—Ya tenemos lo que nos hacía falta —dijo Carcante.

a subir. Y entonces ¿qué haremos, Kongre?

—Sacar la *Maule* fuera de los arrecifes y conducirla a lo largo del cabo San Bartolomé, al fondo de la caleta, delante de las cavernas. Allí no tocará fondo ni durante la bajamar, puesto que sólo cala[61] seis pies...

—¿Y luego? —preguntó Carcante.

—Ya lo pensaremos —respondió sencillamente Kongre.

Todos se pusieron a trabajar para no perder la próxima marea, lo que hubiera retrasado doce horas la puesta a flote de la goleta. Era necesario a toda costa que estuviese fondeada en la caleta antes del mediodía. Allí estaría relativamente segura, si el tiempo continuaba en calma.

En primer lugar, Kongre, ayudado por sus hombres, colocó el ancla fuera de la serviola de estribor y la fijó en el banco alargando la cadena en toda su extensión. De este modo, en cuanto la quilla no descansara sobre la arena, sería posible sacar la goleta hasta donde descansara en aguas profundas. Antes de que la marea empezase a bajar habría tiempo suficiente de llevarla a la caleta y, en las horas previas al mediodía, practicarían un completo reconocimiento en la cala.

Todas las disposiciones del jefe fueron tan rápidamente ejecutadas que todo estaba hecho cuando llegó la primera ola. El banco de arena estaría cubierto en breve. Así, pues, Kongre, Carcante y media docena de compañeros subieron a bordo, en tanto que los otros se dirigían al pie del acantilado.

Ahora sólo había que esperar. Con frecuencia, el viento procedente de alta mar arreciaba con la marea ascendente, lo que era de temer, ya que hubiera podido hacer que la *Maule* encallara más aún y empujarla todavía más hacia el banco que se ensanchaba por el lado de tierra. Ahora bien, la época era de mareas bajas y quizás el mar no hubiera subido lo suficiente para librar a la goleta de derivar hacia la costa, por poco que fuese.

Pero parecía que las circunstancias favorecían los proyectos de Kongre. La brisa arreció un poco y el viento del sur ayudó a poner a flote la *Maule*.

---

[61] La *cala* o *calado* es la profundidad que alcanza en el agua la parte del barco que se sumerge.

Kongre y los otros se mantenían en la proa, que debía flotar antes que la popa. Si, como se esperaba no sin razón, la goleta podía girar sobre su talón, bastaría virar para hacer que la roda se tumbara sobre el mar y, entonces, remolcada por la cadena, cuya extensión era de unas cincuenta toesas, volvería a encontrarse en su elemento natural.

Entre tanto, el mar iba ganando tierra poco a poco. Ciertos estremecimientos indicaban que el casco sentía ya la acción de la marea. Esta subía en extensas oleadas. No se hubieran podido pedir circunstancias más favorables.

Aunque Kongre estaba seguro de poder desbarrancar la goleta y ponerla a resguardo en una de las caletas del cabo San Bartolomé, le preocupaba, sin embargo, una eventualidad. ¿Estaría desfondado el casco por el lado de babor, el que descansaba sobre la arena y no había sido posible examinar? Si existía una vía de agua, y por ella entraba el mar, no habría más remedio que abandonarla donde estaba para que la primera tempestad terminara de destruirla.

¡Qué preocupación la suya! ¡Con qué impaciencia Kongre y sus compañeros seguían los progresos de la marea! Si alguna tabla estaba desfondada o si el calafateado[62] había cedido, el agua no tardaría en anegar la bodega y la *Maule* ni siquiera se enderezaría.

Pero poco a poco fueron recobrando la tranquilidad. El agua subía a lo largo de los flancos sin penetrar en el interior. Algunas sacudidas indicaban que el casco estaba intacto y que el puente iba tomando su horizontalidad.

—¡No hay vía de agua! —exclamó Carcante.

—¡Atención al cabrestante! —ordenó Kongre.

Las manivelas estaban a punto y los hombres sólo esperaban una orden para maniobrar.

Kongre, inclinado sobre la borda, observaba la marea, que subía desde hacía una hora y media. La roda empezaba a moverse y la parte anterior de la quilla ya no tocaba la arena. Pero el codaste todavía estaba hundido y el timón no operaba con libertad. Faltarían todavía otros treinta minutos para que se desprendiese la popa.

---

[62] *Calafatear* un buque es cerrar o tapar junturas de madera, por lo general con estopa y brea.

Kongre quiso precipitar la maniobra y desde la proa gritó:

—¡Virar!

Las manivelas, vigorosamente manipuladas, sólo lograron estirar la cadena y la roda no se volvió hacia el lado del mar. Como era de temer que el ancla se desprendiera del fondo, y hubiera sido difícil volverla a echar, Kongre hizo detener el viraje.

La goleta estaba completamente enderezada y Carcante, recorriendo la bodega, se aseguró de que no había entrado el agua. Por lo tanto, aunque existiera alguna avería, por lo menos la tablazón no estaba desunida. Hasta se podía pensar que la *Maule* no había sufrido ninguna avería en el momento de encallar ni durante las doce horas pasadas en el banco de arena. En estas condiciones no llevaría mucho tiempo conducirla hasta la caleta del cabo San Bartolomé. Se la cargaría durante la tarde, y al día siguiente estaría en disposición de hacerse a la mar. Por otra parte, había que aprovechar el tiempo. El viento era favorable a la partida de la *Maule*, tanto si remontaba el estrecho de Le Maire como si seguía la costa meridional de la isla de los Estados para llegar hasta el Atlántico.

Alrededor de las nueve, la marea llegaría a su punto culminante y, como ya hemos dicho, una marea de cuarto menguante no es nunca muy fuerte; pero, dado el calado de la goleta, era de esperar que se retirara del banco de arena.

En efecto, poco después de las ocho y media, la proa empezó a levantarse. La *Maule* golpeó el fondo con el talón, pero sin riesgo de avería, en principio porque la marea llegaba sin violencia y, después, porque no había encallado en un lecho de piedra.

Kongre, una vez que examinara nuevamente la situación, concluyó que podía intentarse nuevamente el remolque en buenas condiciones. Sus hombres se pusieron a virar y, luego de recoger unas doce brazas de la cadena, consiguieron por fin que la proa de la *Maule* mirara hacia el mar. El ancla había aguantado. Sus garfios estaba sólidamente encastrados en el intersticio de unas rocas y antes se hubieran roto que cedido a la tracción del cabrestante.

—¡Adelante! —volvió a gritar Kongre.

—Adelante! —volvió a gritar Kongre.

Y todos pusieron manos a obra, hasta Carcante, mientras Kongre, inclinado sobre la borda, vigilaba la popa de la goleta.

Hubo unos momentos de duda, pues la segunda mitad de la quilla seguía rozando la arena.

Kongre y los suyos no dejaban de sentir una viva inquietud. El mar sólo subiría unos minutos más y era necesario que antes de ese tiempo la *Maule* estuviera completamente a flote, pues si no quedaría encallada en aquel lugar hasta la próxima marea. Ahora bien, durante dos días la altura de la marea iría disminuyendo todavía más y no recobraría su plenitud hasta pasadas cuarenta y ocho horas.

Había llegado el momento de hacer un supremo esfuerzo. Fácil es imaginar cuál sería el furor, (mejor dicho, la rabia) de esos hombres al sentirse impotentes. ¡Tener bajo sus pies el navío que anhelaban desde hacía tanto tiempo, que les aseguraba la libertad, la impunidad tal vez, y no poder arrancarlo del banco de arena!...

Empezaron a oírse imprecaciones y juramentos, mientras hacían girar el cabrestante con el temor de que el ancla se rompiera o se desprendiera. En ese caso, sería preciso esperar la marea de la tarde para arrojar de nuevo el ancla y añadir la segunda. Ahora bien, ¿podía predecirse lo que ocurriría dentro de veinticuatro horas y si las condiciones atmosféricas serían tan favorables?

Precisamente, algunas nubes bastante espesas se formaron hacia el noroeste. Es cierto que, si se mantenían allí, la situación de la goleta no empeoraría, ya que el banco de arena estaba resguardado de los elevados acantilados de la costa, pero ¿no era de temer la mar gruesa?, ¿no acabaría el oleaje la obra que se había iniciado la noche anterior al encallar la goleta?...

Además, los vientos del noroeste, aunque soplara sólo una brisa, no favorecerían la navegación en el estrecho. En lugar de zarpar con viento a la cuadra, quizá la *Maule* se vería obligada a ir de bolina[63] durante varios días y, cuando se trata de la navegación, un retraso siempre puede ser grave.

---

[63] *Ir de bolina* significa navegar contra la dirección del viento, formando el menor ángulo.

Era evidente que la marea empezaba a bajar lentamente y que pronto las rocas iban a aparecer en torno del banco.

Se oyeron nuevos juramentos y los hombres, derrengados, casi sin aliento, se disponían a renunciar a una empresa que no podía tener éxito.

Kongre corrió hacia ellos, los ojos enfurecidos, desbordante de cólera. Agarrando un hacha, amenazó con partirle la cabeza al primero que desertase de su puesto, y todos sabían que cumpliría su amenaza.

Los bandidos se aferraron a las manivelas y, gracias a su esfuerzo, la cadena se estiró como si fuera a romperse, aplastando el forro de cobre del escobén.

Por fin, se oyó un ruido: el trinquete del cabrestante acababa de caer en la ranura. La goleta se había inclinado un poco hacia el lado del mar. La barra del timón, al moverse, indicó que se desprendía poco a poco de la arena.

–¡Hurra!... ¡Hurra!... –gritaron los hombres, sintiendo que la *Maule* estaba a flote. Su talón acababa de deslizarse sobre el lecho. El viraje del cabrestante se aceleró y, pocos instantes después, la goleta, mantenida por el ancla, flotaba fuera del banco.

Kongre se precipitó de inmediato hacia la rueda. La cadena cedió, se desprendió el ancla y se la izó a la serviola. Sólo faltaba dar con el estrecho paso entre los arrecifes para llegar a la caleta del cabo San Bartolomé.

Entonces Kongre hizo desplegar el foque, que sería suficiente para navegar. Por el estado del mar había agua por todas partes y, media hora más tarde, después de haber sorteado las rocas a lo largo de la playa, la goleta fondeaba un poco más adelante del cabo.

Capítulo 6

En la bahía de Elgor

La operación de poner a flote la goleta había tenido un éxito completo, pero no todo había terminado. Era preciso que la nave estuviera completamente segura en aquel fondeadero del cabo San Bartolomé. Aunque las rocas la cubrían al sur y al sudeste, gracias a la curvatura de la punta, y los acantilados del litoral la defendían contra los vientos del este, en todos los otros puntos del horizonte estaba expuesta a las ráfagas. En la época de las fuertes mareas del equinoccio no hubiera podido permanecer en la caleta ni veinticuatro horas.

Kongre no lo ignoraba y su intención era abandonar el fondeadero al día siguiente, con la bajamar, la cual pensaba aprovechar para remontar en parte el estrecho de Le Maire.

No obstante, antes era necesario completar la inspección del barco y verificar el estado del interior de su casco. Aunque ya estaban convencidos de que la goleta no hacía agua, era posible que, si no los forros, por lo menos las cuadernas hubieran sufrido al encallar y fuera necesario hacer algunas reparaciones, en previsión de una travesía bastante larga.

Kongre puso enseguida a sus hombres a trabajar, a fin de trasladar el lastre que tenía en la bodega hasta la altura de las varengas de babor y de estribor. No era necesario desembarcarlo, lo que abreviaba el tiempo y la fatiga; sobre todo el tiempo, que era lo más importante en la situación poco segura en que se encontraba la *Maule*.

El hierro viejo que constituía el lastre fue primero transportado de proa a popa de la cala para poder investigar bien la parte anterior de las vagras. Este examen lo realizaron Kongre y Carcante, ayudados por un chileno, un tal Vargas, que había trabajado anteriormente como carpintero en los astilleros de Valparaíso y conocía bien el oficio.

En toda la porción comprendida entre la roda y el tarugo que sirve

de apoyo al palo de mesana, no existía ninguna avería. Tanto las varengas, como las cuadernas y los forros estaban en buen estado; revestidos de cobre, no se resintieron por el choque al encallar la goleta contra el banco de arena.

Cuando desalojaron el lastre hacia la parte delantera, comprobaron que el casco también estaba intacto desde el palo de mesana hasta el palo mayor. Los cadenotes que sostenían el puente no estaba doblados ni torcidos, y la escala que daba acceso a la escotilla central no se había descentrado.

Se ocuparon entonces del último tercio de la bodega, que comprendía desde el fondo de la bóveda hasta el codaste.

Encontraron sólo una avería de cierta importancia, ya que, si bien no había ninguna vía de agua, las cuadernas de babor presentaban una depresión de un metro y medio de longitud. Esta abolladura debía provenir de un choque contra alguna roca, antes que la goleta encallase en el banco de arena. Si la borda no había cedido totalmente, si el calafateo no se había movido (lo que impidió que el agua penetrara en la bodega) esta avería, al menos, presentaba cierta gravedad, frente a la que un marino se preocuparía con razón. Se imponía una reparación antes de hacerse a la mar, a menos que se tratase de una breve travesía, y, aun así, con la condición de que la goleta no se fatigara demasiado y hubiera buen tiempo. Era probable que esa reparación demandara una semana, suponiendo que Vargas dispusiera de los materiales y herramientas necesarios para el trabajo.

Cuando Kongre y sus compañeros supieron a qué atenerse, tremendas maldiciones sucedieron a los hurras con que habían saludado el salvamento de la *Maule*. ¿Acaso la goleta no podría navegar?... ¿Acaso no podrían abandonar la isla de los Estados?

Kongre intervino diciendo:

–Efectivamente, la avería es grave. En el estado en que está no podemos contar con la *Maule*, que con mar gruesa podría abrirse. Debemos recorrer cientos de millas para llegar a las islas del Pacífico. Sería arriesgarnos a sufrir un naufragio. Pero esta avería puede repararse, y la repararemos.

–¿Dónde? –preguntó uno de los chilenos, que no ocultaba su inquietud.

–No será aquí –declaró otro de sus compañeros.

–No –contestó Kongre, con tono resuelto–. En la bahía de Elgor.

A fin de cuentas, era posible. En cuarenta y ocho horas podrían franquear la distancia que los separaba de la bahía. No tenían más que costear el litoral, por el norte o por el sur de la isla. En la caverna donde habían dejado todo lo procedente del pillaje, el carpintero tendría a su disposición la madera y las herramientas necesarias para reparar la avería. Si era preciso permanecer fondeados dos o tres semanas allí, lo harían. El buen tiempo duraría todavía dos meses y, al menos, cuando Kongre y sus compañeros abandonasen la isla de los Estados lo harían a bordo de un barco que ofrecería absoluta seguridad.

Además, Kongre siempre había tenido el propósito, tras dejar el cabo San Bartolomé, de pasar algún tiempo en la bahía de Elgor. Por ningún precio quería renunciar a los objetos de todo tipo almacenados en la caverna cuando los trabajos del faro obligaron a la banda a refugiarse en el extremo opuesto a la isla. De este modo, no se modificarían sus proyectos, salvo en cuanto a la duración de su permanencia, que se prolongaría. Pero las circunstancias los obligaban.

La confianza volvió, pues, y se realizaron los preparativos para partir al día siguiente, en cuanto hubiera pleamar.

La presencia de los torreros del faro no era algo que pudiera inquietar a Kongre y sus compañeros. ¿Qué podían hacer contra esos malhechores?...

Y cuando Carcante le dijo unas palabras a Kongre, al quedarse solos, obtuvo esta respuesta:

–Antes de que llegara esta goleta, estaba decidido a tomar posesión de la bahía de Elgor; y, tras haber llegado hasta allí, no será difícil deshacernos de esos guardianes... Sólo que, en vez de llegar por el interior de la isla, evitando ser advertidos, llegaremos por mar, abiertamente. La goleta irá a fondear en la caleta, se nos recibirá sin recelo y...

Kongre completó su pensamiento con un gesto que no pasó inadvertido para Carcante. Y, en verdad, todas las probabilidades de éxito estaban de parte de ese miserable. A menos que ocurriese un milagro, ¿cómo iban a escapar Vázquez, Moriz y Felipe de la suerte que les esperaba?

La tarde se dedicó a los preparativos de la partida. Kongre ordenó que se volviera a cargar el lastre y se ocupó de embarcar las provisiones, las armas y los otros objetos llevados al cabo San Bartolomé.

El cargamento se efectuó con rapidez. Desde su salida de la bahía de Elgor (y de esto hacía más de un año), Kongre y sus compañeros se habían alimentado principalmente con las provisiones de reserva y sólo les quedaban muy pocas, que se depositaron en la despensa. En cuanto a la ropa de cama, la vestimenta, los utensilios, el oro y la plata, se colocaron en la cocina, las cabinas de la tripulación, la roda de atrás y la bodega de la *Maule*, en espera del material todavía almacenado en la cueva de la entrada de la bahía.

En resumen, se puso tal diligencia en la tarea que a las cuatro de la tarde estaba a bordo toda la carga. La goleta hubiera podido zarpar inmediatamente, pero Kongre no se aventuraba a navegar de noche, a lo largo de un litoral erizado de arrecifes que se extendía a lo largo de muchas millas. Aún no había decidido si tomaría o no el estrecho de Le Maire para llegar a la altura del cabo de San Juan. Esto dependería de la dirección del viento; sí, en el caso de que soplara del sur, y no si continuaba soplando del norte y tendía a arreciar, ya que entonces sería preferible pasar por el sur, con lo que la *Maule* quedaría resguardada por la isla. Cualquiera fuese la ruta escogida, la travesía, según estimaba, no debía durar más de treinta horas, el descanso nocturno incluido.

Llegado el atardecer, ninguna modificación se había producido en el estado atmosférico. Ni la más ligera bruma empañaba la limpidez del cielo, y la línea del horizonte era de una pureza tal que un rayo verde atravesó el espacio en el momento en que el disco solar desaparecía detrás del horizonte.

Todo hacía presagiar una noche tranquila y, efectivamente, lo fue. La mayor parte de los hombres la habían pasado a bordo, unos sobre cubierta, otros en la cala. Kongre ocupaba el camarote del capitán Pailha, a mano derecha, y Carcante el del segundo, a mano izquierda.

Varias veces subieron al puente a observar el mar y el cielo para convencerse de que la *Maule* no corría ningún riesgo y que nada retrasaría su partida.

En efecto, el amanecer fue soberbio. En aquella latitud, es muy raro ver salir el sol por encima de un horizonte tan despejado.

A primera hora, Kongre desembarcó de la canoa y, a través de un estrecho barranco, casi al final del cabo San Bartolomé, alcanzó la cima del acantilado.

Desde esa altura, su mirada pudo recorrer un vasto espacio de mar en tres direcciones del compás[64]. Únicamente al este se encontró con las lejanas masas montañosas que se elevan entre los cabos de Colnett y Webster.

El mar se mostraba en calma al sur y al oeste, y un poco agitado en la abertura del estrecho, porque el viento iba tomando fuerza y tendía a refrescar.

Por lo demás, no se observaba ninguna vela ni columna de humo, y era casi seguro que la goleta no se cruzaría con ninguna otra embarcación en su corta travesía hasta el cabo de San Juan.

Kongre resolvió partir inmediatamente, temiendo, con razón, que se levantara un viento muy fresco, y deseoso ante todo de no fatigar la goleta exponiéndola a las olas del estrecho, siempre impetuosas cuando cambia la marea, se decidió a costear la orilla meridional de la isla y llegar a la bahía de Elgor, doblando las puntas Several y Diegos. Además, la distancia era aproximadamente igual, ya se fuera por el sur o por el norte.

Kongre saltó a tierra y se dirigió hacia la caverna para comprobar que no se había olvidado ningún objeto. Nada revelaría, por lo tanto, la presencia de un grupo de hombres en la extremidad oeste de la isla de los Estados.

Eran poco más de la siete. El reflujo que comenzaba ya favorecía la salida de ese estrecho canal, que desembocaba del otro lado de los arrecifes.

Se levó el ancla, y luego se izaron el trinquete y el foque, que debían ser suficientes, con aquella brisa del noroeste, para empujar a la *Maule*

---

[64] Se llamaba *compás*, en el léxico marino de esa época, a la brújula.

fuera de los bancos, y allí la goleta se puso inmediatamente en marcha. Kongre estaba a cargo del timón mientras Carcante vigilaba en proa. Bastaron diez minutos para salvar los arrecifes, y la goleta no tardó en experimentar un ligero balanceo y cabeceo.

Por orden de Kongre, Carcante hizo colocar el trinquete y la cangreja, que en el aparejo de una goleta hace las veces de vela mayor, y luego izar la gavia hasta arriba. Una vez amuradas esas velas, la *Maule* puso proa al sudoeste a fin de doblar el punto extremo de la isla.

Tras una media hora, la goleta terminó de contornear las rocas del cabo San Bartolomé. Tomó entonces dirección este, a media milla de tierra, tras orzar[65] un cuarto, a fin de ceñir el viento más de cerca, pero este favorecía su marcha, al abrigo de la costa meridional de la isla.

Entre tanto, Kongre y Carcante pudieron convencerse de que aquel barco ligero navegaba bien en cualquier marcha y, seguramente, durante el buen tiempo no correría riesgo alguno al aventurarse en los mares del Pacífico, después de dejar atrás las últimas islas del archipiélago magallánico.

Tal vez Kongre hubiera podido llegar a la bahía de Elgor al anochecer; pero la goleta hubiera pasado tarde a través de la punta Several y prefería remontar la bahía antes de que el sol hubiera desaparecido detrás del horizonte. No forzó, pues, la marcha, ni utilizó el juanete de proa ni la espiga del palo mayor, y se contentó con navegar a una velocidad media de cinco a seis millas por hora.

Durante esta primera jornada, la *Maule* no encontró ningún barco, y la noche iba a caer cuando llegó del otro lado del cabo Webster, tras haber efectuado aproximadamente la mitad de su travesía.

Allí se amontonaban enormes rocas y se elevaban los más escarpados acantilados de la isla. La goleta fondeó a un cable de la costa, en una ensenada cubierta por el cabo. Un barco no hubiese estado más seguro en un puerto e incluso en un estanque. Sin duda, si el viento hubiera soplado del sur, la *Maule* habría estado muy expuesta en ese estrecho, y sobre esa costa de la isla de los Estados, que recibe directamente el ataque de las tempestades polares.

---

[65] Se llama *orzar* a la acción de inclinar la proa hacia la parte de donde viene el viento.

Pero parecía que el tiempo se iba a mantener con brisa nordeste y, decididamente, la suerte continuaba favoreciendo los proyectos de Kongre y los suyos.

La noche del 2 al 3 de enero fue la más tranquila. El viento, que había cesado hacia las diez, empezó a soplar hacia el comienzo del día: se levantó alrededor de las cuatro de la madrugada.

Desde que despuntara el alba, Kongre tomó sus disposiciones para zarpar. Se restableció el velamen, agolado[66] durante la noche, el cabrestante recogió el ancla y la *Maule* se puso en marcha.

El cabo Webster se prolonga cuatro o cinco millas en el mar, de norte a sur. La goleta tuvo, pues, que remontar para encontrar la costa, que corre hacia el este hasta la punta Several en una longitud de una veintena de millas.

La *Maule* reanudó su marcha en las mismas condiciones de la víspera, en cuanto encontró aguas apacibles al abrigo de los altos acantilados de la costa.

¡Y qué costa tan espantosa y, sin duda, más aterradora que la del estrecho! Enormes bloques amontonados y en equilibrio inestable, ya que muchos de ellos obstruían las playas hasta el límite bañado por la marea, prodigiosa extensión de arrecifes negruzcos que no dejaban ni un espacio libre donde no ya un buque de poco tonelaje, sino ni siquiera una pequeña embarcación hubiera podido atracar. Ni una caleta que fuese abordable, ni un banco de arena donde poner el pie. No había sino la monstruosa muralla que la isla de los Estados oponía a las terribles olas procedentes de los parajes antárticos.

La goleta se deslizaba a media vela, a menos de tres millas del litoral. Kongre no conocía esta costa y temía, con motivos, aproximarse demasiado. Por otra parte, como no quería fatigar la *Maule*, se mantenía en medio de las aguas tranquilas que no hubiese encontrado mar adentro.

Sin embargo, la navegación había sido bastante rápida durante esta segunda jornada para que la *Maule*, hacia las tres, se encontrara en la latitud de la punta Several. Tras haberla contorneado, no le quedaba sino

---

[66] Un velamen *agolado* es el que está debidamente asegurado.

navegar hacia el norte unas seis o siete millas para encontrarse en la boca de la bahía de Elgor.

Por lo tanto, no parecía haber dudas de que, antes de la caída del sol, llegara a su fondeadero, en la parte baja del faro, en la pequeña caleta que el *Santa Fe* había abandonado tras veintitrés días de estadía.

Kongre no ignoraba que, solamente más allá de la punta, la marcha de la *Maule* se vería retrasada por los vientos del nordeste, que la tomarían por detrás, y se vería obligada a luchar contra ellos durante varias horas. Si hubieran arreciado en el momento de la pleamar, apenas se hubiera mantenido en ruta, a tal punto la corriente la empujaba por debajo. Tal vez, el bandido hasta se vería en la necesidad de refugiarse detrás de la punta Several y esperar a la mañana siguiente para llegar a la bahía.

Sin embargo, como tenía gran apuro por finalizar el viaje esa noche, tomó sus disposiciones para doblar la punta Several.

Ante todo, fue preciso internarse en el mar, pues la punta se prolongaba unas dos millas hacia el este. Ya se veía que el mar estallaba con violencia y las olas lanzaban espuma furiosamente, a pesar de que la brisa no era muy fuerte. Esto obedecía a la situación de este extremo de la isla, donde se encontraban corrientes que, al propagarse desde el Atlántico y el Pacífico, trastornaban profundamente estos parajes. El mar siempre es tumultuoso allí y las olas rompen furiosamente, aun cuando reine la calma en las otras costas de la isla.

Como el viento soplaba del nordeste, les sería contrario hasta la entrada de la bahía. Tenía sentido, entonces, voltear, pues la goleta no había superado los cuatro cuartos, como máximo. Había que contar, pues, con algunas horas de navegación muy dura y, en consecuencia, sumamente agotadora.

Por otra parte, esta costa oriental era muy escarpada en toda su extensión. La defendía una formidable barrera de arrecifes, es decir que Kongre debía mantenerse a una prudente distancia.

Se puso entonces al timón y, por orden suya, Carcante tensó las escotas a fin de ceñir el viento lo más posible. Por otra parte, tal vez (cosa que se produjo súbitamente), si la orientación de la costa modificaba la dirección de la brisa, si esta soplaba un poco más del norte, la *Maule* podría avanzar sin tener que correr las tablazones, y alcanzar la punta Diegos en la boca de la bahía sin esforzarse demasiado, y era precisamente esto último lo que más les importaba evitar.

Por fin, la goleta, con sus amuras a babor, encontró el cabo al norte, después de avanzar tres buenas millas mar adentro. Desde esta distancia, la costa se mostraba en toda su extensión desde el cabo de San Juan hasta la punta Several.

Al mismo tiempo, aparecía la torre del Faro del fin del mundo, al que Kongre veía por primera vez. Con el catalejo, que encontró en el camarote del capitán Pailha, pudo distinguir a uno de los torreros, que, apostado en la galería del faro, observaba el mar.

Como aún quedaban por lo menos tres horas de luz, no había duda de que la goleta no había logrado escapar a la mirada de los guardianes y que su entrada en las aguas de la isla de los Estados había sido adver-  tida. Mientras Vázquez y sus compañeros vieron cómo se dirigía hacia alta mar, sin duda creyeron que ponía rumbo hacia las Malvinas, pero desde que navegaba de bolina ¿no se preguntarían si no buscaba fondear en la bahía?

Poco le importaba a Kongre que la *Maule* fuese vista desde el faro; tampoco que supusieran que tenía intención de fondear. Esto no modificaba en nada sus proyectos.

Para su completa satisfacción, este final de travesía iba a efectuarse en condiciones bastante favorables. El viento soplaba un poco más del este. Manteniendo las velas dispuestas para relingar, la goleta ascendía sin verse obligada a dar bordadas para llegar a la punta Diegos.

Y era una feliz coyuntura. En el estado en que se encontraba el casco, quizá no hubiese podido soportar una serie de viradas que la hubiesen fatigado, y quién sabe si no se hubiera abierto una vía de agua antes de llegar a la caleta.

Eso fue lo que ocurrió. Cuando la *Maule* se encontraba a dos mi- llas de la bahía, uno de los hombres, que acababa de bajar a la bodega, volvió a subir gritando que el buque hacía agua por una grieta en el casco.

Precisamente en ese lugar habían cedido las cuadernas al chocar contra una roca. Si el casco había resistido hasta entonces, ahora acababa de abrirse, pero sólo unas pulgadas.

En suma, aquella avería no tenía ninguna importancia. Retirando el lastre, Vargas consiguió sin gran trabajo obturar la vía de agua por medio de un tapón de estopa, y casi se detuvo la inundación.

Pero, se entiende, sería indispensable repararla con cuidado. En el estado en que la había puesto su encalladura en el cabo San Bartolomé, no hubiera podido afrontar los mares del Pacífico sin correr el riesgo de una segura perdición.

Eran las seis cuando la *Maule* se encontró a la entrada de la bahía de Elgor, a una milla y media de distancia. Kongre hizo entonces recoger las velas altas, de las que podía prescindir. Sólo conservó la gavia, el gran foque y la cangreja. Con este velamen, la *Maule* alcanzaría sin esfuerzo el fondeadero de la caleta de la bahía de Elgor.

Por otra parte, no olvidemos que Kongre conocía perfectamente la ruta que había que seguir y hubiera podido servir de piloto.

Hacia las seis y media, un haz de rayos luminosos se proyectó sobre el mar. El faro acababa de ser encendido, y el primer barco, cuya marcha iba a alumbrar a través de aquella bahía, era una goleta chilena que había caído en manos de una banda de piratas, a quienes llevaba al antiguo teatro de sus crímenes, donde se disponían a cometer otros más.

Eran ya casi cerca de las siete, y el sol declinaba detrás de los altos picos de la isla de los Estados cuando la *Maule* dejó a estribor el cabo de San Juan. La bahía se abría ante ella hasta la punta Diegos... Una hora le bastaría para llegar al pie del faro.

El crepúsculo ofrecía la suficiente claridad para que Kongre y Carcante, al pasar por delante de las cavernas, pudieran cerciorarse de que sus orificios de entrada no habían sido descubiertos bajo el amontonamiento de piedras y de residuos que los obstruía. En consecuencia, nada había denunciado su presencia en esa parte de la isla y encontrarían el producto de sus rapiñas en el mismo estado en que lo habían dejado.

—Esto va bien —dijo Carcante a Kongre, a cuyas espaldas se mantenía.

—Y luego irá mejor —respondió Kongre.

Allí estaban Felipe y Moriz, que preparaban la chalupa para ir a bordo de la goleta.

En cuarenta y cinco minutos como máximo, la *Maule* llegaría a la caieta donde debía echar el ancla.

En ese instante descubrieron a los dos hombres que acababan de bajar del terraplén a la playa.

Allí estaban Felipe y Moriz, que preparaban la chalupa para ir a bordo de la goleta. Vázquez, por su parte, estaba de guardia en la cámara de servicio. Por esta circunstancia, Kongre y sus compañeros pensaron que la guardia del faro estaba confiada sólo a esos dos hombres.

Cuando la goleta llegó a la mitad de la caleta, había amainado su gavia y su cangreja, y sólo navegaba con el gran foque que Carcante hizo abatir.

La oscuridad empezaba a envolver el fondo de la bahía de Elgor cuando el ancla fue arrojada al fondo.

Moriz y Felipe saltaron entonces al puente de la goleta.

De inmediato, a una señal de Kongre, el primero recibió un hachazo en la cabeza y cayó mortalmente herido. Simultáneamente, dos disparos de revólver abatían a Felipe cerca de su compañero. Un último grito y los dos habían dejado de respirar.

A través de una de las ventanas de la cámara de servicio, Vázquez había oído los disparos y visto a sus camaradas asesinados por la tripulación de la goleta.

Ya sabía la suerte que le esperaba si caía en poder de aquellos criminales. No había que esperar nada de estos asesinos. ¡Pobre Felipe, pobre Moriz!... Nada había podido hacer para salvarlos... Y permanecía allí en lo alto, espantado del horrible crimen perpetrado en pocos segundos.

Después del primer momento de estupor, Vázquez recobró su sangre fría y evaluó rápidamente la situación. Era preciso a toda costa evitar caer en manos de estos miserables. Cabía suponer que, una vez terminadas las maniobras de a bordo, algunos de ellos saltarían a tierra y se les ocurriría subir al faro, tal vez con la intención de apagarlo, para hacer que la bahía fuera impracticable durante la noche.

Sin titubear, Vázquez dejó la cámara de servicio y se precipitó por la escalera hacia las habitaciones del piso bajo. No encontró a nadie pues, en efecto, nadie había desembarcado todavía.

No había un instante que perder. Se oía ya el ruido de la chalupa que llevaba a tierra a algunos hombres de la tripulación.

Vázquez tomó dos revólveres y se los puso en el cinto; metió algunas provisiones en un saco, que se echó a la espalda, y salió del faro. Descendió rápidamente por el talud y, sin que advirtieran su presencia, desapareció en la oscuridad.

CAPÍTULO 7

LA CAVERNA

¡Qué horrible noche iba a pasar el desgraciado Vázquez en aquella situación! Sus infortunados camaradas asesinados y arrojados después por la borda. Sus cadáveres seguramente serían arrastrados por el reflujo hacia el mar. No pensaba que, si no hubiera estado de guardia en el faro, su suerte hubiera sido la misma. Pensaba únicamente en los amigos que acababa de perder.

"¡Pobre Moriz, pobre Felipe!", se decía, y grandes lágrimas caían de sus ojos. "Habían ido a ofrecer, con toda confianza, sus servicios a esos miserables, que les contestaron con tiros de revólver... ¡Ya no los volveré a ver...! ¡Ya no volverán a contemplar su país ni su familia!... Y la mujer de Moriz, que lo esperaba dentro de dos meses... ¡cuando se entere de su muerte!"

Vázquez sollozaba. Él, el jefe, sentía un sincero afecto por sus dos subordinados... ¡Los trataba hacía tantos años! Por sus consejos habían pedido que los destinaran al servicio del faro y ahora se encontraba solo... ¡solo!...

¿Pero de dónde venía aquella goleta y qué tripulación de bandidos llevaba a bordo?... ¿Acaso se había apoderado de ella tras haber masacrado al capitán y a sus hombres? ¿Bajo qué pabellón navegaba y por qué aquella escala en la bahía de Elgor? ¿Quería decir que la conocían?... No había duda al respecto, pues ningún capitán hubiera osado arriesgar su barco allí. Entonces, ¿qué venían a hacer?... ¿Por qué apenas desembarcados habían apagado el faro? ¿Querrían impedir que algún barco se refugiara en la bahía?

Estas preguntas embargaban el espíritu de Vázquez sin que pudiera responderlas. No le importaba el peligro que corría. Y, sin embargo, los malhechores no tardarían en comprobar que en el faro había tres torreros... ¿Se pondrían a buscar al tercero? ¿Acabarían por descubrirlo?

Lo repetimos: Vázquez no pensaba en sí mismo. Desde el lugar donde se había refugiado, sobre la orilla de la bahía, a menos de doscientos pasos de la caleta, veía moverse las luces de los fanales, tanto a bordo de la goleta como en el recinto del faro o a través de las ventanas del alojamiento. Hasta oía a esa gente hablar en voz alta y en su propia lengua. ¿Eran, pues, compatriotas, o acaso chilenos, peruanos, bolivianos, mexicanos, brasileños[67] que hablaban español?

Por fin, alrededor de las diez, se apagaron las luces y ningún ruido turbó esa profunda oscuridad.

Sin embargo, Vázquez no podría permanecer en aquel sitio. Cuando amaneciera sería descubierto, y ya sabía la suerte que le esperaba si no lograba ponerse fuera del alcance de aquellos criminales.

¿Hacia qué lado dirigiría sus pasos? Quizás el interior de la isla fuera más seguro. Tal vez, si llegaba hasta la entrada de la bahía, podría recogerlo algún barco que navegara cerca de la costa. Pero ya fuera en el interior o en el litoral, ¿cómo asegurar su existencia hasta el día que llegase el relevo? Sus provisiones se agotarían muy pronto, antes de cuarenta y ocho horas. ¿Cómo renovarlas? No tenía con qué pescar, ni medio alguno para encender fuego. ¿Se vería, pues, obligado a vivir exclusivamente de moluscos o mariscos?

Su energía acabó por imponerse. Era necesario tomar una decisión y lo hizo inmediatamente. Esta fue la de llegar hasta la ribera del cabo de San Juan para pasar la noche allí. Cuando amaneciera, ya vería qué resolución tomar.

Vázquez dejó el lugar desde donde observaba la goleta. No se oía ni el más leve ruido. Sin duda, los malhechores se consideraban completamente seguros en la caleta y no habían establecido guardia a bordo.

Vázquez siguió la orilla norte a lo largo del acantilado. No se oía más que el rumor de la marea descendente y, de vez en cuando, el grito de algún pájaro retrasado que se refugiaba en el nido.

Eran las once cuando Vázquez se detuvo en la extremidad del cabo.

---

[67] Como sabe el lector, los brasileños hablan portugués. J. Verne comete aquí la misma falta que en la novela *Los hijos del capitán Grant*, donde Paganel, uno de los personajes, aprende portugués para poder dialogar con los chilenos. (Parte *I*, cap. 15).

Allí, sobre la playa, no encontró otro abrigo que una estrecha concavidad, donde permaneció hasta el amanecer.

Antes de que el sol iluminara el horizonte, Vázquez descendió hasta la orilla y miró si alguien venía del lado del faro o del ángulo que formaba el acantilado al comienzo del cabo de San Juan.

Toda esta parte del litoral estaba desierta, tanto la costa derecha como la costa izquierda de la bahía. No se veía ninguna embarcación, aunque la tripulación de la Maule tuviera dos a su disposición: el bote de la goleta y la chalupa afectada al servicio del faro.

Ningún barco aparecía en alta mar.

Vázquez pensó qué peligrosa sería la navegación por aquellos parajes del estrecho de Le Maire ahora que el faro no funcionaba. En efecto, los barcos que llegaran de alta mar no podrían fijar su posición. Con la esperanza de divisar la luz del faro instalado en la bahía de Elgor, pondrían rumbo al oeste con toda tranquilidad, arriesgándose a estrellarse en la terrible costa comprendida entre el cabo de San Juan y la punta Several.

—¡Esos miserables han apagado el faro —exclamó Vázquez— y como les interesa que no alumbre, seguramente no volverán a encenderlo más!

Efectivamente, era una circunstancia muy grave, pues tendía a aumentar la posibilidad de accidentes, de los que los malhechores podrían aprovecharse durante su estadía. Ya no necesitarían atraer a los buques mediante fuegos, como hacían antes, pues aquellos se acercarían confiadamente para tomar la altura del faro.

Vázquez, sentado sobre una roca, reflexionaba acerca de todo lo que había pasado en la víspera. Observaba también si la corriente arrastraba hasta allí los cuerpos de sus infortunados compañeros. No, pues el reflujo ya había hecho su obra y los había devorado la profundidad del mar.

La situación se le revelaba en toda su espantosa realidad. ¿Qué podía hacer? Nada... nada más que esperar el regreso del *Santa Fe*. Pero faltaban todavía dos largos meses para que el aviso se presentara en la entrada de la bahía. Aun admitiendo que Vázquez no fuera descubierto por la tripulación de la goleta, ¿cómo iba a proveerse de alimento para

su subsistencia? Sería fácil encontrar un refugio dentro de alguna gruta del acantilado, y además el verano duraría hasta la época del relevo. Pero si hubiese sido en pleno invierno, Vázquez no habría podido resistir los rigores de la temperatura, que hacía descender el termómetro a 30 o 40 grados bajo cero. ¡Se hubiera muerto de frío antes que de hambre!

Vázquez se puso inmediatamente a buscar un refugio. Los malhechores seguramente ya sabían que eran tres los torreros del faro y no había duda de que tratarían de apoderarse a toda costa del que se les había escapado. En consecuencia, no tardarían en buscarlo por los alrededores del cabo de San Juan.

Debemos insistir en que Vázquez era absolutamente dueño de sí: la desesperación no había logrado apoderarse de su carácter bien templado. Con los sentimientos de piedad propios de un viejo marino, depositaba su confianza en Dios, que no lo abandonaría y nunca permitiría que esos bandidos lograran escapar del castigo por sus crímenes.

Después de algunas pesquisas, logró descubrir una estrecha concavidad, de unos diez pies de profundidad y cinco o seis de ancho, cerca del ángulo que el acantilado formaba con la playa del cabo de San Juan. Una arena fina cubría el suelo, que estaba fuera del alcance de las más altas mareas y no recibía directamente el azote del viento de alta mar. Vázquez se introdujo en esta concavidad, donde depositó los objetos que había podido llevar consigo y las escasas provisiones contenidas en el saco. Un arroyo, alimentado por el deshielo, le aseguraba el agua necesaria para apagar la sed.

Como el hambre se hacía sentir, Vázquez la apaciguó con un bizcocho y un pedazo de *corned-beef*. Pero cuando se disponía a salir para beber, oyó un ruido a corta distancia y se detuvo.

"Son ellos", se dijo.

Tumbándose cerca de la pared, de manera que pudiera ver sin ser visto, miró en dirección a la bahía.

Un bote tripulado por cuatro hombres descendía hacia donde él estaba. Dos remaban en proa. Los otros dos, uno de los cuales llevaba el timón, iban en la popa.

Era el bote de la goleta, no la chalupa del faro.

"¿Qué vienen a hacer?", se preguntó Vázquez. "¿Estarán buscándome? Por la manera en que la goleta navegó por la bahía, estos miserables ya la conocen y no es la primera vez que ponen el pie en la isla. No descendieron hasta aquí para visitar la costa. ¿Qué se proponen si no vienen a capturarme?"

Vázquez observó a aquellos hombres. A su juicio, quien gobernaba el bote, el de más edad de los cuatro, debía de ser el jefe, el capitán de la goleta. No hubiera podido asegurar cuál era su nacionalidad, pero, a juzgar por su tipo, le pareció que pertenecía a la raza española de América del Sur.

En este momento, el bote se encontraba casi en la entrada de la bahía, que acababa de recorrer por la margen izquierda, a cien pasos de la hondonada donde se ocultaba Vázquez, que no lo perdía de vista.

El jefe hizo una seña y los remos se detuvieron, al mismo tiempo que un diestro golpe de timón hizo atracar el bote en la arena.

Enseguida desembarcaron los cuatro hombres y uno de ellos, después de arrojar el *rezón*[68], lo introdujo en la arena.

Y esta es la conversación que llegó a oídos de Vázquez:

—¿Es aquí?

—Sí, allí está la caverna, veinte pasos antes de que el acantilado dé la vuelta...

—Es una suerte que esta gente del faro no la haya descubierto.

—Ni ninguno de los que han trabajado durante quince meses en la construcción del faro.

—Bueno, estaban muy ocupados en el fondo de la bahía.

—Y, además, la abertura estaba tan bien disimulada que hubiera sido difícil encontrarla.

—Vamos —dijo el jefe.

Con dos de sus compañeros, llegó oblicuamente, a través de la playa, hasta el pie del acantilado.

Desde su escondite, Vázquez seguía todos sus movimientos, aguzando el oído para no perder palabra. Bajo sus pies crujía la arena de la playa, sembrada de conchillas, pero pronto cesó el ruido de los pasos y Váz-

---

[68] El *rezón* es una ancla pequeña para embarcaciones menores.

quez no vio más que un hombre yendo y viniendo junto al bote.

"Por aquí tienen una caverna", se dijo Vázquez, "¿qué guardarán en ella?".

Ya no tenía dudas de que la goleta llevaba a bordo una banda de piratas, raqueros establecidos en la isla de los Estados antes de que los trabajos empezaran. ¿Era en esa caverna donde tenían ocultas sus rapiñas? ¿Irían a transportarlas a bordo de la goleta?

De pronto lo asaltó el pensamiento de que, sin duda, habría allí una reserva de provisiones de las que podría aprovecharse...

Fue como un rayo de esperanza que iluminó su espíritu. En cuanto el bote regresara a la caleta, saldría de su escondite y buscaría la entrada de la caverna, se deslizaría por ella y encontraría víveres suficientes para subsistir hasta que llegase el aviso...

Y lo que pediría, entonces, si se aseguraba la existencia por algunas semanas, era que los miserables no pudiesen abandonar la isla.

"¡Sí, que sigan allí cuando regrese el *Santa Fe* y que el comandante Lafayate les haga pagar sus crímenes!"

¿Pero se realizarían estos deseos? Pensándolo bien, Vázquez se decía que la goleta no permanecería en la bahía de Elgor más de dos o tres días, tiempo necesario para embarcar cuanto había almacenado en la caverna. Luego abandonarían para siempre la isla de los Estados.

Pronto sabría Vázquez a qué atenerse.

Después de pasar una hora en el interior de la caverna, los tres hombres reaparecieron y se pasearon por la playa. Desde la cavidad en la que se escondía, Vázquez pudo seguir oyendo la conversación que mantenían en voz alta, y de la que muy pronto sacaría provecho.

—Bueno, esa buena gente no nos ha desvalijado durante nuestra ausencia.

—Y cuando la *Maule* se haga a la mar tendrá todo su cargamento.

—Y las provisiones necesarias para la travesía, lo que nos sacará de apuros.

—Efectivamente; porque con las que había en la goleta no hubiéramos podido llegar hasta las islas del Pacífico.

—En un año, no fueron capaces de descubrir nuestros tesoros, ni tampoco de echarnos del cabo San Bartolomé.

—Que vengan ahora los capitanes a buscar el famoso Faro del fin del Mundo.

–¡No hubiera valido la pena atraer los barcos hacia los arrecifes de la isla para luego perder todo el beneficio!

Al oír esta conversación, que más de una vez había provocado risotadas entre aquellos miserables, Vázquez, con el corazón lleno de cólera, estuvo tentado de arrojarse sobre ellos con el revólver en la mano y romperles la cabeza a los tres, pero se contuvo. Más valía no perder palabra de esta conversación. Ya conocía los abominables crímenes que estos malhechores habían cometido en aquella parte de la isla y no lo sorprendió que agregaran:

–Que vengan ahora los capitanes a buscar el famoso Faro del fin del mundo... ¡Será como si estuvieran ciegos!...

–Y como ciegos seguirán dirigiéndose hacia la isla, donde sus buques no tardarán en hacerse trizas...

–Espero que antes de la partida de la *Maule* vengan uno o dos barcos a naufragar en las rocas del cabo de San Juan. Es preciso que carguemos nuestra goleta hasta la borda, ya que el diablo nos la ha enviado.

–¡Y el diablo hace bien las cosas!... Un buen barco que nos llega al cabo San Bartolomé, sin capitán ni marineros, de los que, por otra parte, nos hubiéramos desembarazado...

Esto explicaba en qué condiciones la goleta *Maule* había caído en las manos de aquella banda en la punta oeste, donde los piratas, sin duda, se habían refugiado al comienzo de los trabajos, y de qué manera se habían perdido vidas y bienes en los arrecifes de la isla, atraídos por las maniobras de esos raqueros.

–Y ahora, Kongre –preguntó uno de sus hombres–, ¿qué vamos a hacer?

–Volver a la *Maule*, Carcante –contestó Kongre, a quien Vázquez había reconocido como jefe de la banda.

–¿No vamos a vaciar la caverna?

–Antes es necesario componer las averías de la goleta, y sin duda las reparaciones van a durar una semana larga... por lo menos.

–Entonces –dijo Carcante–, llevemos algunas herramientas en el bote.

–Sí... y volveremos cuando sea preciso. Vargas encontrará aquí todo lo que le haga falta para su trabajo.

–No perdamos tiempo, Kongre –respondió Carcante–, la marea no tardará en subir y debemos aprovecharla...

–Entendido –contestó Kongre–. Cuando la goleta esté a punto, cargaremos las mercancías. No hay temor de que nos las roben.

–Oye, Kongre –añadió Carcante–, no hay que olvidar que eran tres los torreros del faro y que uno de ellos se nos ha escapado.

–Eso no me preocupa, Carcante. Antes de dos días se habrá muerto de hambre, a menos que se alimente de musgos y mariscos... Además, cerraremos la entrada de la caverna.

–Sea como fuere, es fastidioso que tengamos que reparar averías. Si no fuera por esto, mañana mismo la *Maule* hubiera podido zarpar... También es cierto que durante la escala algún barco puede estrellarse contra la costa, sin que nos tomemos el trabajo de atraerlo. ¡Y lo que para él sea una pérdida, no lo sería para nosotros!

Kongre y sus compañeros volvieron a entrar en la caverna, de donde salieron con herramientas y trozos de tablones. Después de tomar la precaución de cerrar la entrada, se embarcaron en el bote, en el momento en que la marea llegaba a la bahía.

Desatracaron la embarcación y esta, con la ayuda de los remos, no tardó en desaparecer tras una punta de la orilla.

Cuando ya no hubo peligro de que lo vieran, Vázquez volvió a la playa. Ahora sabía todo lo que le hacía falta; entre otras cosas, dos importantes: la primera, que podía conseguir provisiones en cantidad suficiente para algunas semanas; la segunda, que la goleta tenía averías, cuya reparación exigiría quince días o tal vez más, pero no el tiempo suficiente para que estuviese allí cuando regresara el aviso.

En cuanto a retrasar su salida, una vez que estuviera lista para hacerse a la mar, Vázquez no podía atreverse siquiera a soñarlo... Si algún barco pasaba a corta distancia del cabo de San Juan, él le haría señales... si fuera preciso, se arrojaría al agua para llegar a bordo nadando... Una vez a bordo, pondría al capitán al tanto de la situación... y si el barco tenía una tripulación bastante numerosa, no dudaría en llegar a la bahía de Elgor y apoderarse de la goleta... Y si los malhechores huían hacia el interior de la isla, abandonarla sería imposible para ellos... ¡y, cuando regresara el *Santa Fe*, el comandante Lafayate sabría echar mano de esa

banda o destruirla hasta que no quedase uno solo de sus hombres!... Pero ¿aparecería algún barco a la altura del cabo de San Juan?... Y si así sucedía, ¿vería las señales que le hiciesen desde la costa?

En cuanto a su seguridad personal, aunque Kongre no tenía dudas de la existencia de un tercer torrero, Vázquez no se preocupaba... sabría eludir las pesquisas... Pero lo esencial era saber si podría asegurar su manutención hasta la llegada del aviso, de manera que se dirigió, sin pérdida de tiempo, a la caverna.

CAPÍTULO 8

LA MAULE EN REPARACIÓN

Kongre y sus compañeros se disponían, sin pérdida de tiempo, a reparar las averías de la goleta, y así dejarla lista para una larga travesía por el Pacífico, después de haber embarcado en ella toda la carga almacenada en la caverna, y a hacerse a la mar lo antes posible.

Las reparaciones del casco de la *Maule* no constituían una operación de gran importancia. Vargas, el carpintero, conocía bien su oficio, por lo que, no faltando útiles ni materiales, el trabajo se ejecutaría en buenas condiciones.

En primer lugar, era necesario dejar en seco la goleta, llevarla a la playa, echarla sobre estribor para que las reparaciones pudieran hacerse al aire libre, y sustituir las cuadernas y los tablones del casco.

Posiblemente esto exigiera cierto tiempo, pero Kongre disponía de él, ya que tendrían, por lo menos, dos meses de bonanza.

En cuanto al relevo de los torreros, ya sabía Kongre a qué atenerse.

En efecto, en el libro del faro que encontró en una habitación había hallado todo lo que le interesaba conocer: el relevo se llevaría a cabo cada tres meses, por lo cual el aviso *Santa Fe* no llegaría a la bahía de Elgor antes de los primeros días de marzo, y aún estaban en los primeros de enero.

Asimismo en el libro constaban los nombres de los tres torreros: Moriz, Felipe y Vázquez. Además, las camas indicaban que las habitaciones del faro habían estado ocupadas por tres personas. Por lo tanto, uno de los torreros había podido sustraerse a la muerte. ¿Dónde se habría refugiado? Ya sabemos que a Kongre no le preocupaba su presencia en la isla. Solo y sin recursos, el fugitivo pronto sucumbiría a la miseria y al hambre.

Sin embargo, aunque disponían del tiempo necesario para las

reparaciones de la goleta, había que contar con posibles retrasos, lo que aconteció desde el principio, por lo que no pudieron poner manos a la obra.

En efecto, durante la noche del 3 al 4 se produjo un brusco cambio atmosférico. En verdad, si la *Maule* se hubiera detenido veinticuatro horas en la bahía de Elgor, sin duda habría naufragado en las rocas de la punta Several.

Esa noche, densas masas de nubes negruzcas se acumularon en el horizonte hacia el sur. Mientras la temperatura se elevaba hasta 16 grados, el barómetro caía súbitamente, lo cual indicaba tempestad. Numerosos relámpagos surcaron el cielo. El trueno estalló por todas partes y el viento se desencadenó con extraordinaria violencia. El mar, enfurecido, saltaba sobre los arrecifes para estrellarse contra el acantilado de la costa. Con tan mal tiempo, un barco de mucho tonelaje, ya se tratara de un velero o de un vapor, hubiera corrido el riesgo de estrellarse contra las costas de la isla; con mayor motivo, un barco de tan poca estabilidad como la *Maule*.

Tal era la impetuosidad de la borrasca que una ola gigantesca invadió toda la caleta. En la pleamar, el agua subió hasta el pie de los acantilados y la playa de la parte baja del faro quedó totalmente inundada. Unas olas iban a romper en el alojamiento de los torreros y los golpes de mar llegaban hasta el bosquecito de hayas.

Todos los esfuerzos de Kongre y sus compañeros tendían a mantener la *Maule* en su fondeadero. Varias veces estuvo a punto de desprenderse del ancla, amenazando con encallarse en la playa. En dos ocasiones, se temió un desastre completo.

Aunque velaba día y noche por la goleta, la banda se había instalado en los anexos del faro, donde no tenían nada que temer de la tormenta. Allí fueron transportadas las camas de a bordo y hubo sitio suficiente para alojar a este grupo de unos quince hombres. No habían tenido tan confortable alojamiento en todo el tiempo que llevaban en la isla de los Estados.

En cuanto a las provisiones, no había de qué preocuparse. Bastaban las que tenían en los almacenes del faro, aunque hubiera sido preciso mantener el doble de bocas durante tres meses; y, en caso de necesidad, se hubiera podido recurrir a las reservas de la caverna. En suma, el aprovisionamiento de la goleta estaba asegurado para una larga travesía por los mares del Pacífico.

El mal tiempo duró hasta el 12 de enero y no se apaciguó hasta la noche del 12 al 13. Toda una semana perdida, ya que resultaba imposible emprender cualquier tipo de trabajo. Hasta Kongre juzgó prudente devolver una parte del lastre a la goleta, que se balanceaba como un bote. Bastante apurados se vieron para alejarla de las rocas del fondo, contra las cuales se hubiera estrellado como si se tratara de la entrada de la bahía de Elgor.

El viento cambió esa noche y saltó bruscamente al sudsudoeste. El mar se puso muy agitado del lado del cabo San Bartolomé, pues soplaba una brisa de dos rizos. Si la *Maule* hubiera estado todavía en la ensenada del cabo, seguramente se habría destrozado.

Durante esa semana había pasado un solo barco cerca de la isla de los Estados. Como era de día, no tuvo necesidad de los servicios del faro, y no pudo comprobar que ya no estaba encendido entre la puesta y la salida del sol. Venía del noroeste y se adentró, apocando velas, en el estrecho de Le Maire, con el pabellón francés flotando en la botavara.

Pasó a unas tres millas de la costa y fue necesario emplear el catalejo para reconocer su nacionalidad. En consecuencia, si bien Vázquez les hizo señales desde el cabo de San Juan, no podían advertirlas a bordo, y así fue, pues un capitán francés no hubiera vacilado en enviar un bote para recoger a un náufrago.

La mañana del 13, se desembarcó de nuevo el lastre y se amontonó en la arena, a resguardo de la marea. El reconocimiento de la cala pudo hacerse con más detenimiento que en el cabo San Bartolomé. El carpintero declaró que las averías eran más graves de lo que en un principio se supuso. La *Maule* había sufrido mucho durante su travesía cuando dobló la punta Several, para ceñir el viento del nordeste y luchar contra un mar embravecido. En ese momento, se había abierto la vía de agua en la popa. El barco no hubiera podido prolongar su navegación más allá de la bahía de Elgor. Era preciso, por lo tanto, ponerla en seco, a

fin de proceder a reemplazar dos varengas, dos cuadernas y un trozo de tablazón de unos cuatro pies de largo.

Como ya sabemos, gracias a los objetos de toda clase recogidos en la cueva, no faltarían materiales. El carpintero Vargas, ayudado por sus compañeros, no dudaba de que ejecutaría su trabajo convenientemente. Si no lo lograba, le sería imposible a la *Maule*, reparada a medias, aventurarse a través del Pacífico. Por otra parte, debía considerarse una suerte que ni los mástiles, ni las velas, ni los aparejos tuvieran daño alguno. No hace falta decir que el nombre de la *Maule* y de su puerto de matrícula serían cambiados antes de la partida.

La primera operación era recostar la goleta en la playa para que diera de banda sobre estribor, lo que no podía hacerse sin el auxilio de la marea, ante la falta de aparejos que fueran bastante potentes. Pero era necesario esperar otros dos días para que la marea fuera lo suficientemente fuerte para conducir la goleta a la playa, donde quedaría en seco después de que aquella se retirara. Esta marea de la luna nueva no se produciría antes de cuatro días.

Kongre y Carcante aprovecharon este retraso para volver a la caverna; y esta vez lo hicieron con la chalupa del faro, más grande que el bote de la *Maule*. En ella transportarían una parte de los objetos de valor, el oro y la plata, procedentes del pillaje, las alhajas y otros ricos materiales, que se depositarían en el almacén del anexo.

La chalupa partió en la mañana del 14 de enero. El reflujo se dejaba sentir desde hacía dos horas y volvería con la marea de la tarde.

El tiempo era bastante bueno. Los rayos del sol se filtraban entre las nubes, empujadas hacia el sur por una ligera brisa.

Antes de partir, siguiendo su cotidiana costumbre, Carcante había subido a la galería del faro para observar el horizonte. El mar estaba completamente desierto; no se descubría en el estrecho navío alguno, ni siquiera una de esas barcas de pecheres que llegaban a veces desde el lado del cabo de Colnett.

Desierta estaba también la isla en toda la extensión que la vista podía abarcar.

Mientras la chalupa descendía con la corriente, Kongre observaba atentamente la margen izquierda, separada unas quinientas o seiscientas toesas de la margen opuesta, a media milla del faro. ¿Dónde estaría el tercer torrero que había escapado de la muerte? Aunque no constituyese para él motivo de inquietud, era evidente que hubiera sido mejor desembarazarse de él, cosa que haría en cuanto se presentara la ocasión.

La orilla estaba tan desierta como la bahía, y sólo la animaban los gritos y el vuelo de millares de pájaros que anidaban en el acantilado.

Hacia las once de la mañana, la chalupa atracó frente a la caverna, ayudada no sólo por la marea sino también por la brisa que impulsaba su vela y su foque.

Kongre y Carcante desembarcaron, dejando al cuidado de la barca a dos de sus hombres, y se dirigieron a la caverna, de la que no salieron hasta media hora después.

Les pareció que las cosas estaban en el mismo estado en que las habían dejado. Por otra parte, había tal montón de objetos heterogéneos, que hubiera sido muy difícil, incluso a la luz de un farol, comprobar la falta de alguno.

Kongre y su compañero sacaron dos cajas, cuidadosamente cerradas, procedentes del naufragio de un barco inglés, que encerraban una cantidad considerable de monedas de oro y piedras preciosas. Las depositaron en la chalupa y se disponían a partir, cuando Kongre manifestó el deseo de ir hasta el cabo de San Juan. Desde allí se podría observar la costa en dirección norte y sur.

Carcante y él subieron hasta la cumbre del acantilado y descendieron hasta el extremo del cabo.

Desde este sitio la vista llegaba, por un lado, al contorno de la orilla que se perfilaba hasta el estrecho de Le Maire, y, por el otro, hasta la punta Several.

–Nadie –dijo Carcante.

–Nadie –contestó Kongre.

Regresaron entonces los dos hacia el bote y, como comenzaba la marea, se dejaron arrastrar por la corriente. A las tres estaban de regreso en la bahía de Elgor.

Dos días después, el 16, Kongre y sus compañeros procedían a varar la *Maule*. A las once habría pleamar, y se tomaron todas las disposiciones necesarias. Una amarra echada sobre tierra les permitiría remolcar la goleta, cuando el agua tuviese la altura suficiente.

En realidad, la operación no ofrecía ni dificultades ni riesgos, y la marea se encargaría de realizarla.

Cuando la marea estuvo lo suficientemente alta para que la goleta pudiera ser remolcada a la playa, se la arrastró sobre el cordaje y sólo fue preciso franquear diez toesas.

Sólo había que esperar el reflujo. Una hora después, el agua empezó a descubrir las rocas más cercanas al acantilado y la quilla de la *Maule* descansó sobre la arena. A las tres, completamente en seco, yacía sobre el lado de estribor.

Ya podían empezar los trabajos. Sólo que, como no había sido posible conducir la goleta hasta la playa vecina al pie del acantilado, habría que interrumpir inevitablemente la tarea todos los días durante algunas horas, pues el barco flotaría al regresar la marea. Pero, por otra parte, como a partir del 16 de enero el mar iría perdiendo cada vez más altura, el tiempo de inactividad disminuiría gradualmente y, durante una quincena, la faena podría proseguirse sin interrupción.

El carpintero puso inmediatamente manos a la obra. Si bien no se podía contar con los pecherés de la banda, al menos los otros, Kongre y Carcante incluidos, le darían una mano.

Como consecuencia, pudieron trabajar en el interior y en el exterior de la goleta. Se quitó la parte del casco averiado sin dificultad, una vez que se hubo retirado el cobre que lo forraba. Así quedaron al descubierto las cuadernas y las varengas que era preciso sustituir. La madera traída de la caverna, en forma de planchas y pedazos curvos, bastaría para la reparación, y no había necesidad de abatir un árbol del bosque de las hayas, ni de desbastarlo, lo que hubiera representado un trabajo de consideración.

Durante los quince días siguientes, Vargas y los otros, favorecidos por el tiempo, que seguía siendo bueno, trabajaron duramente. La mayor dificultad consistió en quitar las varengas y cuadernas que debían reemplazarse. Estas piezas estaban acopladas y empernadas en cobre, y unidas por clavijas de roble. El conjunto estaba muy bien ajustado y, decididamente, la *Maule* había salido de uno de los mejores astilleros de Valparaíso. Vargas tropezó con muchas dificultades para terminar esa primera parte de su trabajo y, si no hubiera contado con las herramientas de carpintero que recogió en la caverna, no habría podido llevarlo a buen término.

Cae de su peso que durante los primeros días fue necesario suspender la tarea en el período de pleamar. Luego, la marea fue tan débil que apenas alcanzaba los primeros declives de la playa. La quilla no entraba en contacto con el agua y podía trabajarse tanto en el interior como en el exterior. Pero era importante volver a colocar en su sitio el revestimiento antes de que creciera la marea.

Por otra parte, no haría falta recostar la goleta sobre el flanco de babor cuando la reparación se hiciera de ese lado. El casco, a estribor, estaba intacto y, después de un examen muy cuidadoso, Vargas había comprobado que, en ese lado, no había sufrido nada al encallar en el cabo San Bartolomé. Eso implicaría ganar tiempo.

Por prudencia, y sin llegar a quitar el forro de cobre, Kongre hizo que reforzara todas las junturas por debajo de la línea de flotación, cuyo calafateo se renovaría con brea y estopa recogida entre los restos del naufragio.

Los trabajos continuaron en las mismas condiciones y casi sin interrupción hasta fines del mes de enero. El tiempo no dejó de ser favorable, salvo por algunas horas de violentas lluvias, pero que en total fueron muy pocas. Es cierto, sin embargo, que en ese clima tan variable, siempre podían producirse problemas atmosféricos.

Durante este período, comprobaron la presencia de dos barcos en la zona de la isla de los Estados.

El primero era un vapor inglés procedente del Pacífico, que, después de haber remontado el estrecho de Le Maire, se alejó en dirección al nordeste, probablemente con destino a un puerto de Europa. En pleno día, salió del estrecho, por lo menos a dos millas del cabo de San Juan. Apareció después de la salida del sol y estaba fuera de la vista al anochecer. Su capitán no tuvo ocasión de comprobar que el faro estaba apagado.

El segundo barco era un gran navío de tres palos, cuya nacionalidad no pudo saberse. Era ya de noche cuando se mostró a la altura del cabo San Bartolomé, para seguir la costa oriental de la isla hasta la punta Several. Carcante, que estaba en la cámara de servicio, sólo pudo distinguir su luz roja de babor. Pero el capitán y la tripulación de ese velero, si llevaban varios meses navegando, podían ignorar que se hubiera concluido la construcción del faro.

Este último buque siguió la costa lo suficientemente cerca para que los hombres pudieran distinguir unas señales, por ejemplo, un fuego encendido en el cabo Webster o en la punta Several. ¿Intentó Vázquez llamar su atención?... Como fuera, cuando salió el sol, el buque había desaparecido en dirección este.

Otros veleros y vapores pasaron por el horizonte, probablemente rumbo a las Malvinas, sin tener conocimiento, siquiera, de que existía la isla de los Estados.

En los primeros días del mes de febrero, durante las fuertes mareas, el tiempo sufrió intensas modificaciones. El viento soplaba hacia el sudoeste y embestía directamente la entrada de la bahía de Elgor.

Afortunadamente, si bien las reparaciones no estaban totalmente concluidas, por lo menos las cuadernas, las varengas y el revestimiento, que ya se habían reemplazado, impermeabilizaban la *Maule* y no había peligro de que el agua pudiera entrar en la cala.

Podían darse por satisfechos, pues durante cuarenta y ocho horas la pleamar rodeó el casco de la *Maule*, que se enderezó sobre la quilla, sin que esta se desprendiera del fondo de arena.

Kongre y sus compañeros tuvieron que tomar grandes precauciones para evitar nuevas averías, que hubieran podido retrasar mucho su partida.

Gracias a una circunstancia favorable, la goleta continuaba descansando sobre la quilla y, aunque rodaba de un lado al otro con cierta violencia, no corría peligro de estrellarse contra las rocas.

Por otra parte, a partir del 4 de febrero, la marea empezó a perder intensidad y la goleta se inmovilizó nuevamente sobre la arena. Entonces fue posible calafatear el casco en su parte alta y el mazo no dejó de oírse desde la mañana hasta la noche.

Pero era importante volver a colocar en su sitio el revestimiento antes de que creciera la marea.

Además, el embarque de la carga no retrasaría la salida de la *Maule*. Por orden de Kongre, la chalupa se dirigía frecuentemente a la caverna con los hombres que no estaban ayudando a Vargas. Unas veces los acompañaba Kongre y otras, Carcante.

En cada viaje, la chalupa llevaba objetos que debían almacenarse en la bodega de la goleta, la cual sólo debería cargar un tercio de su lastre. Estos objetos se depositaban en forma provisoria en el almacén del faro. Así, el cargamento se efectuaría con mayor facilidad y más regularmente que si la *Maule* hubiera fondeado frente a la caverna, a la entrada de la bahía, donde la operación podría haberse visto entorpecida por el mal tiempo. En aquella costa, que prolongaba el cabo de San Juan, no existía otro abrigo que la pequeña caleta al pie del faro.

Unos días más y las reparaciones estarían definitivamente acabadas, por lo que la *Maule*, después de recibir a bordo el cargamento, estaría lista para hacerse a la mar.

Efectivamente, el día 13 se habían terminado de calafatear las últimas juntas del puente y el casco. Hasta se había pintado de proa a popa con la pintura de unas latas encontradas entre los desechos de los buques que habían naufragado. Kongre tampoco había dejado de revisar el aparejo y reparar un poco el velamen, que sin duda debía de haber estrenado la goleta al salir del puerto de Valparaíso.

Por lo tanto, se hubiera podido arrastrar a la *Maule* hasta el fondeadero el 13 de febrero, y proceder a cargarla. Pero hubo cuarenta y ocho horas de retraso, para gran disgusto de Kongre y de sus compañeros, impacientes por abandonar la isla. Tuvieron que esperar una marea cuya altura fuera suficiente para volver a poner a flote la goleta, lo que le permitiría fondear en el centro de la caleta.

Esta marea se produjo el 15 de febrero por la tarde. La quilla se desprendió de su lecho de arena y sólo hubo que ocuparse de la carga.

Salvo circunstancias imprevistas, la *Maule* podría zarpar en pocos días de la bahía de Elgor, descender hacia el estrecho de Le Maire y navegar a toda vela hacia los mares del Pacífico.

CAPÍTULO 9

VÁZQUEZ

Quince días habían transcurrido desde la llegada de la goleta al fondeadero de la bahía de Elgor, y durante esos quince días Vázquez había vivido en esa costa del cabo de San Juan, de donde no quería alejarse. Si algún barco llegaba para hacer escala, al menos estaba allí para llamarlo cuando pasara. Lo recogerían y podría prevenir al capitán del peligro que corría si navegaba en dirección al faro, le informaría de que la bahía estaba ocupada por una banda de malhechores y, si el capitán no contaba con una tripulación suficiente para aprenderlos o empujarlos hacia el interior de la isla, tendría tiempo de ganar alta mar.

Pero, ¿qué probabilidades había de que esta eventualidad se produjera y por qué un barco, a menos que se viera forzado a ello, iba a hacer escala en aquella pequeña bahía, apenas conocida por los navegantes?

Hubiera sido, sin embargo, la circunstancia más favorable. Ese barco podría dirigirse a las Malvinas, una travesía de sólo unos pocos días. Así, las autoridades inglesas tendrían noticia de los acontecimientos que acababan de ocurrir en la isla de los Estados. Tal vez se podría enviar inmediatamente un barco de guerra a la bahía de Elgor, que llegaría antes de que la *Maule* partiera, para así aniquilar a Kongre y los suyos. De tal forma, el gobierno argentino podría tomar lo más pronto posible las medidas necesarias para asegurar nuevamente el funcionamiento del faro.

"¿Será preciso, sin embargo", se repetía Vázquez, "esperar el regreso del *Santa Fe*?... ¡Dos meses!... De aquí a entonces la goleta estará lejos, y ¿dónde encontrarla en medio de las islas del Pacífico?".

Como se ve, el valiente Vázquez pensaba siempre en sus compañeros despiadadamente asesinados, en la impunidad de que gozarían estos malhechores después de abandonar la isla y en los graves peligros que

amenazaban la navegación por estos parajes desde que se había apagado el Faro del fin del mundo.

Por otra parte, desde el punto de vista material, y con la condición de que no descubrieran su escondite, podía estar tranquilo.

En efecto, ya no tenía nada que temer en lo relativo a su manutención desde su visita a la caverna de los piratas, tras la partida de Kongre.

Aquella amplia caverna se hundía profundamente en el interior del acantilado. Allí se había refugiado la banda durante muchos años, pues tenía cabida para Kongre y sus compañeros; allí amontonaron todos los restos de los naufragios de los que la isla de los Estados a menudo era escenario: el oro, la plata, los valiosos materiales recogidos en la costa durante la bajamar; allí, por fin, Kongre y los suyos subsistieron, primero con las provisiones que llevaban al desembarcar en el cabo de Colnett y, cuando las consumieron, con las provenientes de un primer naufragio. Después, como sabemos, provocaron otros de los que sacaron provecho.

En el momento en que comenzó la construcción del faro, Kongre tuvo que abandonar la bahía, llevando lo que les sería necesario para vivir en el cabo San Bartolomé. En consecuencia, había dejado gran parte del producto de sus pillajes en esa caverna que, por desgracia, no fue descubierta durante el transcurso de los trabajos.

Por otra parte, Vázquez pensaba tomar de allí sólo lo que le fuera indispensable, para que Kongre y los otros no se dieran cuenta. En medio de tantos objetos de todo tipo, ¿quién advertiría la desaparición de algunas herramientas, unas pocas provisiones y algunas municiones?...

De manera que, en su primera visita, sólo tomó lo siguiente: una cajita de galletas, un barril de *corned-beef*, un calentador que le permitiría encender fuego, un olla para hervir agua, una taza, una manta de lana, una camisa y unas medias de repuesto, un impermeable, dos revólveres con una veintena de cartuchos, fósforos, un farol y un yesquero[69], pues había suficientes desechos en la costa para que no le faltara madera. También tomó dos libras de tabaco para su pipa. Además, a juzgar por la conversación que había oído, las reparaciones de la goleta debían durar dos o tres semanas, y podría, por lo tanto, renovar sus provisiones.

---

[69] Un *yesquero* es un encendedor que utiliza una materia muy seca llamada *yesca*; esta se enciende mediante cualquier chispa.

Hay que señalar que, por precaución, al comprobar que la estrecha gruta que ocupaba estaba demasiado próxima a la caverna, había buscado otro refugio un poco más alejado y más seguro.

Lo encontró a quinientos pasos de allí, a la vuelta del cabo de San Juan, en la parte del litoral que bordeaba el estrecho. Entre dos altas rocas que sostenían el acantilado, se abría una gruta cuyo orificio de entrada no se veía. Para alcanzarlo, había que deslizarse por el hueco, que apenas se distinguía en medio de ese amontonamiento de bloques. Incluso cuando había pleamar, el agua llegaba casi hasta la base de las rocas, pero no ascendía lo suficiente para llenar la cavidad, cuyo suelo de fina arena no contenía ni una conchilla ni el más ligero rastro de humedad. Se podría haber pasado por delante de esta gruta cien veces sin sospechar su existencia, y Vázquez la había descubierto por casualidad unos días antes.

Allí transportó los diversos objetos que había tomado en la caverna y de los que iba a hacer uso.

Por otra parte, no era probable que Kongre, Carcante o sus compinches fueran a aquella parte de la isla. La única vez que pasaron por allí fue el día de su segunda visita a la caverna y Vázquez los vio cuando se detuvieron en la punta del cabo de San Juan. Acurrucado en el fondo de las dos rocas, no podían verlo, y no lo vieron.

No es necesario aclarar que nunca se aventuraba al exterior sin adoptar las más minuciosas precauciones, con preferencia de noche, sobre todo para dirigirse a la caverna. Al salir, antes de doblar el ángulo del acantilado, a la entrada de la bahía, se aseguraba de que ni el bote ni la chalupa estuvieran atracados a la orilla.

Pero ¡qué interminable se le hacía el tiempo en esa soledad y qué dolorosos recuerdos acudían a su mente sin cesar! Sobre todo, la escena de la matanza de la que había escapado, cuando Felipe y Moriz sucumbieron al ataque de los asesinos. Lo acometía un irresistible deseo de ir en busca del jefe de aquella banda de criminales y vengar con sus propias manos el homicidio de sus infelices camaradas.

"No, no", se repetía. "Tarde o temprano serán castigados como se merecen. Dios no puede permitir que escapen al castigo. ¡Pagarán con su vida esos crímenes!…".

Olvidaba hasta qué punto estaba en peligro la suya mientras la goleta permaneciese en la bahía de Elgor.

"Y, sin embargo", exclamaba, "deseo que esos miserables no se vayan. Que estén todavía aquí cuando regrese el *Santa Fe*. ¡Que el cielo les impida partir!...".

¿Se cumplirían sus anhelos?... El mes de enero recién terminaba... Y faltaban más de tres semanas para que el aviso estuviera a la altura de la isla.

Por otra parte, en relación con la goleta, no dejaba de sorprender a Vázquez la duración de esos trabajos... ¿Qué explicación darles?... ¿Serían tan importantes las averías de la goleta que no había bastado un mes para completar su reparación? Por el libro del faro, Kongre no podía ignorar la fecha del relevo: tendría lugar en los primeros días de marzo, y si no se había hecho a la mar para ese momento...

Era el 16 de febrero. Vázquez, devorado por la impaciencia y la inquietud, quiso saber a qué atenerse. Así, en cuanto hubo anochecido, ganó la entrada de la bahía y remontó la margen izquierda, dirigiéndose al faro.

Aunque la oscuridad era profunda, no dejaba de correr el riesgo de encontrarse con alguno de la banda que caminase por aquel lado. Se deslizó, pues, a lo largo del acantilado con grandes precauciones, mirando a través de las tinieblas, deteniéndose y escuchando si se producía algún ruido sospechoso. Todo estaba tan tranquilo que debía prestar especial atención a que sus pasos no se oyeran.

Vázquez tenía que caminar todavía tres millas para llegar al fondo de la bahía. Era la dirección contraria a la que había seguido al huir del faro, después del asesinato de sus camaradas, y pasó tan inadvertido como aquella vez.

Alrededor de las nueve, se detuvo a unos doscientos pasos del faro y vio brillar algunas luces a través de las ventanas del anexo. Un movimiento de cólera y un gesto de amenaza se le escaparon al pensar que aquellos bandidos estaban ocupando las habitaciones de los que habían asesinado y de quien asesinarían, ¡si este caía en sus manos!

Desde el sitio en que se encontraba, Vázquez no podía ver la goleta. Avanzó cien pasos más, sin pensar en el peligro que corría al hacerlo. Toda la banda estaba encerrada en las habitaciones del faro y sin duda nadie saldría.

Vázquez se aproximó más todavía, deslizándose hasta la playa de la pequeña caleta. La última marea había levantado la goleta, despegándola de la arena, y ahora flotaba sostenida por el ancla.

¡Ah! Si hubiese podido desfondarle el casco, para hacerla ir a pique en esta caleta... Pero eso era imposible.

De modo que las averías estaban reparadas. No quedaba sino embarcar la carga... Sería cosa de dos o tres días y bajaría otra vez por la bahía para entrar en el mar.

A Vázquez sólo le quedaba retomar el camino del cabo de San Juan y volver a la gruta donde ya había pasado tantas noches sin dormir.

Sin embargo, aunque la goleta flotaba, Vázquez observó que no se encontraba aún sobre su línea de flotación: faltaban para ello dos o tres pies, al menos. Esto indicaba que no se había embarcado todavía ni el lastre ni la carga. Era posible, entonces, que la partida se demorara algunos días. Pero sin duda se trataba del último retraso y, tal vez en cuarenta y ocho horas, la *Maule* zarparía, doblando poco después el cabo de San Juan, para seguir el estrecho de Le Maire y desaparecer en el oeste, en ruta hacia los lejanos parajes del Pacífico.

Vázquez no tenía más que una pequeña cantidad de víveres, así que al día siguiente se dirigiría a la caverna a fin de renovar sus provisiones.

Apenas despuntaba el día; pero, suponiendo que la chalupa volvería esa mañana a recoger todo para trasladarlo a la goleta, se apresuró, no sin antes tomar las más grandes precauciones.

Al dar vuelta el acantilado, no vio la chalupa y advirtió que la orilla estaba desierta.

Vázquez entró entonces en la caverna.

Encontró todavía numerosos objetos de poco valor, con los cuales Kongre, sin duda, no quería cargar la bodega de la *Maule*. Pero cuando Vázquez buscó bizcochos y carne, ¡qué desilusión!...

¡Se habían llevado todos los comestibles!... ¡Y sólo le quedaban víveres para cuarenta y ocho horas!…

Vázquez no tuvo tiempo de abandonarse a sus reflexiones. En aquel momento el ruido de unos remos llegó hasta él. La chalupa llegaba con

Carcante y dos de sus compañeros.

Vázquez avanzó rápidamente hasta la entrada de la caverna y, alargando el cuello, miró al exterior.

La chalupa atracaba en aquel mismo momento. No tuvo más que el tiempo necesario para volver al interior y acurrucarse en el rincón más oscuro, detrás de un montón de velas y aparejos que la goleta no habría de cargar, y que quedarían seguramente en la caverna.

Vázquez, decidido a vender cara su vida en caso de ser descubierto, empuñó el revólver que siempre llevaba al cinto. ¡Pero era él solo contra tres!

Únicamente dos franquearon el orificio: Carcante y el carpintero Vargas. Kongre no los había acompañado, y era a él a quien Vázquez hubiera querido romperle la cabeza.

Carcante llevaba un farol encendido y, seguido de Vargas, iba escogiendo diferentes objetos que completarían el cargamento de la goleta. Mientras buscaban las cosas, conversaban; y el carpintero dijo:

—Hoy es 17 de febrero y ya es tiempo de zarpar.

—Zarparemos —respondió Carcante.

—¿Mañana?

—Yo creo que sí, porque ya estamos preparados.

—Si el tiempo lo permite observó Vargas.

—Sí, parece amenazador, pero despejará.

—Es que si tenemos que detenernos aquí ocho o diez días más...

—Correríamos el riesgo de encontrarnos con el relevo —lo interrumpió Carcante.

—¡Ni pensarlo! —exclamó Vargas—. No tenemos fuerza para apoderarnos de un buque de guerra.

—No... Él sería el que se apoderaría de nosotros, y probablemente nos colgaría del extremo del palo de mesana —repuso Carcante, añadiendo a su respuesta un formidable juramento.

—En fin —repuso el otro—, tengo muchas ganas de verme un centenar de millas mar adentro.

—Mañana, te repito que mañana —afirmó Carcante—; salvo que se levante un viento capaz de arrancarles los cuernos a los guanacos.

Vázquez oía esta conversación, inmóvil, conteniendo la respiración.

Vázquez oía esta conversación, inmóvil, conteniendo la respiración.

Carcante y Vargas iban de un lado a otro con el farol en la mano, retirando los objetos y escogiendo algunos que colocaban aparte. A veces se aproximaban tanto al rincón donde estaba acurrucado Vázquez, que este no hubiera tenido más que extender el brazo para apoyarles el caño del revólver en el pecho.

Esta visita duró una media hora. Carcante llamó al hombre de la chalupa y este acudió al instante, y ayudó a transportar diversos objetos.

Luego Carcante echó un último vistazo al interior de la caverna.

–¡Lástima que tengamos que dejar todo esto! –dijo Vargas.

–No hay más remedio –repuso Carcante–. ¡Ah! ¡Si la goleta fuera de trescientas toneladas de capacidad!... Pero, en fin, nos llevaremos lo más valioso y espero que podamos seguir haciendo muy buenos negocios.

Entonces salieron y la chalupa, tras izar la vela, empujada por el viento de popa, en seguida desapareció detrás de una punta de la bahía.

Vázquez salió de la caverna y regresó a su refugio.

Así pues, dentro de cuarenta y ocho horas, no tendría nada que comer y era inútil contar con las provisiones del faro, pues no había dudas de que se las llevarían aquellos bandidos. ¿Cómo se las iba a arreglar para poder subsistir hasta la llegada del aviso, que, aun suponiendo que no sufriera un retraso, sólo arribaría dentro de dos semanas?

Como se ve, la situación era de las más graves. Ni el coraje ni la energía de Vázquez conseguirían mejorarla, a menos que pudiera alimentarse de raíces desenterradas en el bosque de las hayas, o con la pesca de la bahía. Aunque para esto era preciso que la *Maule* hubiese dejado definitivamente la isla de los Estados. Pero, si alguna circunstancia la obligase a permanecer aún algunos días fondeada, Vázquez moriría inevitablemente de hambre en su gruta del cabo de San Juan.

A medida que avanzaba el día, el cielo se tornaba más amenazador. La fuerza del viento iba aumentando a medida que se aproximaba a mar abierto. Las rápidas ráfagas que corrían por la superficie del mar se transformaron pronto en violentas olas, cuyas crestas se coronaban de espuma, y no tardarían en precipitarse ruidosamente contra las rocas del cabo.

Si el tiempo continuaba así, la goleta no podría partir con la marea del día siguiente.

Al llegar la noche no se produjo ningún cambio favorable en el estado de la atmósfera. Al contrario, la situación empeoró. No se trataba de una borrasca cuya duración se hubiera podido limitar a unas cuantas horas. Se preparaba un huracán. Lo anunciaban los colores del cielo y del mar, las nubes que se amontonaban, el tumulto de las olas y sus bramidos cuando rompían contra los arrecifes. Un marino como Vázquez no se podía equivocar. Seguramente, en el alojamiento del faro, hubiera podido ver la columna barométrica que caía hasta el grado que señalaba tempestad.

Sin embargo, a pesar de la violencia del viento, Vázquez no permaneció dentro de la gruta. Iba y venía por la playa, recorriendo con la mirada el horizonte, que se iba oscureciendo gradualmente. Los últimos rayos del sol no se habían extinguido cuando Vázquez advirtió una masa negra que se movía a lo lejos.

"¡Un barco!", pensó. "¡Un barco que parece dirigirse a la isla!".

Efectivamente, se trataba de un barco procedente del este, ya fuera para entrar al estrecho o para cruzar hacia el sur.

La tormenta se desencadenó entonces con extraordinaria violencia. Era uno de esos poderosos huracanes a los que nada resiste y que echan a pique a los más poderosos navíos. Cuando no tienen "huida", —empleando una locución marina—, es decir, cuando están próximos a tierra y el viento los empuja hacia la costa, es muy raro que puedan escapar del naufragio.

—¡Y esos miserables que no encienden el faro!... —exclamó Vázquez—. Este barco, que seguramente lo busca, no lo percibirá. No sabrá que tiene la costa delante, a unas cuantas millas de distancia solamente... Las ráfagas lo empujan hacia aquí y acabará por estrellarse contra los arrecifes.

Un accidente más que sumar a la cuenta de la banda Kongre. Sin duda, desde lo más alto del faro, los bandidos habían divisado aquel barco, arrastrado por el huracán, que no podía mantenerse a la capa[70] y se veía reducido a huir, empujado por el viento y sobre el mar encrespado. Sin poder orientarse por los destellos del faro, que el capitán buscaba en vano hacia el oeste, no lograría doblar el cabo de San Juan, para alcanzar el estrecho, ni la punta Several, para pasar el sur de la isla. Antes

de media hora habría sido arrojado contra los arrecifes de la entrada de la bahía de Elgor.

En efecto, en esas condiciones ocurriría un naufragio, pues nada indicaba a los vigías del barco la proximidad de tierra, que no habían alcanzado a divisar en las últimas horas del día.

La tempestad había alcanzado su plenitud. La noche, sin duda, amenazaba con ser terrible, así como también el día siguiente, ya que no parecía posible que el huracán se calmara en veinticuatro horas.

Vázquez no pensaba en regresar al refugio y sus ojos no se apartaban del horizonte. Aunque no distinguía ya el buque en medio de aquella profunda oscuridad, de vez en cuando veía las luces, cuando bajo el choque de las olas monstruosas se inclinaba hacia babor o hacia estribor. Tal como navegaba, era imposible que el timón le sirviera de mucho. Quizás incluso estaba desmantelado y privado de una parte de sus mástiles. En todo caso, no cabía duda de que llevaba arriadas las velas. En medio de aquella lucha contra los elementos desencadenados, un barco podía, a lo sumo, conservar un tormentín a proa o a popa.

Además, como Vázquez sólo veía las luces verdes o rojas, se trataba con seguridad de un velero; un vapor hubiera llevado una luz blanca colgada del palo de mesana. Por lo tanto, carecía de máquina que le permitiera luchar contra el viento.

Vázquez se paseaba de un lado a otro de la playa, desesperado ante su impotencia para impedir el naufragio. Lo que se hubiera necesitado era la luz del faro en medio de las tinieblas... Y Vázquez se volvía hacia la bahía de Elgor. Su mano se extendía inútilmente hacia el faro. No se encendería, como no se había encendido las noches anteriores, desde hacia casi dos meses, y el buque estaba predestinado a estrellarse contra las rocas del cabo de San Juan.

Entonces se le ocurrió una idea salvadora. Tal vez el velero podría evitar la isla, o por lo menos pasar por fuera de ella, si lograba advertir su presencia. Incluso admitiendo que le fuera imposible virar de borda,

---

[70] Se dice que un barco navega o se mantiene a la *capa* cuando, para resistir un temporal, maniobra con el timón de modo tal que el buque no ofrezca tanta resistencia a los vientos.

quizá modificando un poco su marcha evitaría abordar esa costa que, desde el cabo de San Juan a la punta Several, no medía más de ocho millas. Más allá, el mar se abría ante su quilla.

En la playa había maderas, residuos de naufragios, restos de cascos. ¿No sería posible transportar algunos trozos, hacer una hoguera, introducir un puñado de algas secas, encenderla y dejar que el viento fomentara la llama? ¿No verían esa llama desde el barco, el cual, aunque sólo se hallara a una milla de la costa, tal vez todavía tendría tiempo de evitarla?

Vázquez puso manos a la obra inmediatamente. Recogió varios trozos de madera y los llevó hasta el extremo del cabo. No faltaban algas de mar secas, ya que, si bien había viento, no había empezado aún a llover. Luego, cuando tuvo lista la hoguera, intentó encenderla.

Demasiado tarde... En medio de la oscuridad se destacó una enorme masa que, levantada por olas monstruosas, se precipitó con ímpetu formidable y, cuando las olas la alzaron, cayó como una avalancha sobre la barrera de arrecifes.

Se produjo un espantoso estrépito a la izquierda de la punta, que impidió a Vázquez ser aplastado bajo los restos del navío. Llegaron a él algunos gritos de angustia, pero pronto fueron ahogados por los silbidos del viento y el incesante bramar de las olas que se estrellaban contra la costa.

CAPÍTULO 10

DESPUÉS DEL NAUFRAGIO

Al día siguiente, al salir el sol, la tempestad se desencadenó con la misma furia todavía. El mar aparecía blanco hasta su horizonte más lejano. En el extremo del cabo, las olas espumaban a quince o veinte pies de altura y sus salpicaduras, esparcidas por el viento, volaban por encima de los acantilados. El reflujo y las ráfagas, al encontrarse en la bahía de Elgor, chocaban con extraordinaria violencia. Ningún buque hubiera podido entrar ni salir de la bahía. Por el aspecto del cielo, siempre amenazador, parecía probable que la tormenta se prolongara algunos días, cosa nada extraña en aquellos parajes magallánicos.

Era evidente que la goleta no podría zarpar aquella mañana. Fácil es imaginar la cólera que este contratiempo les provocaba a Kongre y sus secuaces.

Tal era la situación, de la que Vázquez se dio cuenta cuando se levantó con las primeras luces del alba, en medio de torbellinos de arena.

Y he aquí el espectáculo que apareció ante sus ojos:

A doscientos pasos, más allá del cabo, al norte de la bahía, yacía el barco que había naufragado. Se trataba de un buque de tres palos, que desplazaba alrededor de quinientas toneladas. De su arboladura sólo quedaban tres troncos rotos por su base, ya fuera porque el capitán se hubiera visto obligado a cortarlos para desprenderse de ellos o porque se hubieran venido abajo en el choque. En todo caso, en la superficie del mar no había ningún resto de naufragio; pero con el formidable impulso del viento era muy posible que los despojos hubieran sido arrojados al fondo de la bahía de Elgor.

Si así era, Kongre ahora debía saber que un barco acababa de chocar contra los arrecifes del cabo de San Juan.

Vázquez debía, por lo tanto, tomar precauciones, y no avanzó hasta asegurarse de que ninguno de los de la banda se encontraba todavía a la entrada de la bahía.

En pocos minutos, llegó al sitio de la catástrofe. Pudo dar vuelta alrededor del barco y, sobre el espejo de popa, leyó: *Century Mobile*[71].

Se trataba, entonces, de un velero estadounidense, cuyo puerto de matrícula era aquella capital del Estado de Alabama, al sur de la Unión[72], en el golfo de México.

El *Century* había perdido la tripulación y la carga. No se veía a ningún sobreviviente del naufragio y, en cuanto al barco, no quedaba más que un casco informe que, al chocar, se había dividido en dos. Las olas habían dispersado sobre el arrecife restos del armazón, maderas y vergas, que se iban descubriendo poco a poco a pesar de la violencia de las ráfagas. La marea estaba bajando desde hacía dos horas. Cajas, fardos y barriles estaban diseminados a lo largo del cabo y sobre la playa.

Como el casco del *Century* estaba en seco, Vázquez pudo introducirse primero en la proa, luego en la popa.

La devastación era completa. Las olas lo habían destrozado todo, habían arrancado las tablas del puente, derribado los camarotes de la toldilla, roto las carrozas y desmontado el timón; y el choque contra los arrecifes acabó aquella obra de destrucción.

No había un alma viviente, ni los oficiales ni los marineros.

"Todos perecieron", exclamó Vázquez para sus adentros.

Entonces llamó en voz alta, sin obtener respuesta, y penetró hacia el fondo de la bodega, pero no encontró ningún cadáver. O esos desgraciados habían sido arrastrados por alguna ola o se ahogaron en el momento en que el *Century* se estrellaba contra las rocas.

Y, precisamente, cuando su mirada se dirigía hacia la bahía, Vázquez

---

[71] Mobile era el nombre de la capital del Estado de Alabama, tal como lo indica el siguiente párrafo de la novela. En la actualidad la capital de ese estado es Montgomery.
[72] Referencia vinculada a la Guerra de Secesión de los Estados Unidos de Norteamérica (1860-1864). "Unión" era el nombre dado al sur algodonero y esclavista que, para seguir manteniendo el comercio de esclavos, enfrentó al norte, de neto corte industrialista y a favor de la igualdad entre negros y blancos. Entre las obras de Julio Verne figura *Norte contra Sur*, que da cuenta de este conflicto.

advirtió dos cuerpos que el viento empujaba hacia la margen derecha, al costado de la punta Several.

Volvió a la playa, se aseguró de nuevo de que ni Kongre ni ninguno de la banda se dirigían hacia el lugar del naufragio y luego, a pesar de la borrasca, fue hasta el extremo del cabo de San Juan.

"¡Quién sabe", se decía Vázquez, "si habrá por aquí algún náufrago del *Century* que todavía respire y a quien pueda socorrer!...".

Sus pesquisas fueron inútiles, tanto en la margen norte y la sur del cabo, como en la punta donde el mar se abatía con furia.

Al volver a la costa, Vázquez se puso a examinar los restos de todo tipo que habían arrojado allí las olas.

"Tal vez", pensaba, "encuentre alguna caja de conservas que asegure mi subsistencia durante dos o tres semanas".

Y, en efecto, pronto dio con un barril y una caja, que el mar había lanzado más allá de los arrecifes y que tenían una inscripción en el exterior sobre su contenido. La caja encerraba una provisión de galletas y el barril, *corned-beef*. Era alimento suficiente, por lo menos, para un par de meses.

Y entonces Vázquez, cuyo espíritu se hallaba influido por este pensamiento, se dijo: "Dios quiera que la goleta no pueda salir ahora y que el mal tiempo la retenga hasta la llegada del relevo... ¡Sí... Dios mío, concédeme eso y mis pobres compañeros serán vengados!".

Vázquez transportó primero la caja a la gruta, distante unos cien pasos, y después llevó rodando el barril hasta ella. ¿Quién sabía si, en la próxima marea, los restos del *Century* no serían arrastrados o destrozados contra los arrecifes?

Vázquez volvió al ángulo del acantilado. No le cabía duda de que Kongre ya estaba enterado del naufragio. La víspera, al anochecer, había podido ver, desde lo alto del faro, ese barco que avanzaba hacia tierra. Pero, como la *Maule* no podría hacerse a la mar al amanecer, la banda sin duda acudiría a la entrada de la bahía de Elgor. ¿Cómo iban a dejar escapar la ocasión de apoderarse de unos restos tal vez valiosos?

Vázquez, en el momento en que llegó a la curva del acantilado, se sorprendió ante la violencia del viento que se abalanzaba sobre la bahía.

La goleta no hubiera podido superarlo y, aceptando que hubiera llegado al cabo de San Juan, jamás podría haberse hecho a la mar.

En ese instante, de calma momentánea, alcanzó a oír gritos, que eran como un llamado doloroso, lanzado por una voz que casi se extinguía.

El torrero se lanzó en dirección de la voz, del lado de la primera cavidad donde se había refugiado, cerca de la cueva.

No habría andado cincuenta pasos cuando vio a un hombre tendido al pie de una roca. Su mano se agitaba pidiendo auxilio.

Vázquez, en un segundo, estuvo cerca de la roca.

El hombre que yacía allí podía tener treinta o treinta y cinco años. Vestido con traje de marinero y acostado del lado derecho, sus ojos permanecían cerrados; la respiración anhelante, y se agitaba presa de sobresaltos convulsivos. No parecía estar herido y ninguna huella de sangre manchaba su ropa.

Este hombre, acaso el único sobreviviente del *Century*, no había oído que Vázquez se aproximaba. Sin embargo, cuando este apoyó la mano en su pecho, hizo un ligero movimiento para incorporarse, pero, demasiado débil, volvió a caer sobre la arena. Sus ojos se abrieron un instante y algunas palabras escaparon de sus labios:

–¡Socorro, socorro!

Vázquez, arrodillado cerca de él, lo recostó con cuidado sobre la roca, repitiéndole:

–Aquí estoy, amigo mío... Míreme... Lo salvaré...

Tender la mano fue lo único que pudo hacer el infeliz, que perdió enseguida el conocimiento (y que inmediatamente se desmayó).

Era preciso, sin perder un minuto, prestarle los cuidados que exigía su estado de extrema debilidad.

"Dios quiera que haya llegado a tiempo", se dijo Vázquez.

Ante todo, había que salir de allí. En cualquier momento, podía llegar la banda con el bote o la chalupa, o incluso a pie, descendiendo por la margen izquierda. Lo que debía hacer Vázquez era transportar a aquel hombre a la gruta, donde estaría completamente seguro, y eso hizo. En un trayecto de unas cien toesas, que exigió un cuarto de hora, se deslizó entre las rocas, con el cuerpo inerte cargado a la espalda, y lo tendió sobre una manta, apoyándole la cabeza en un bulto de ropa.

El hombre no había vuelto en sí, pero respiraba. A simple vista no tenía ninguna herida externa. ¿Era posible que se hubiera roto un brazo o una pierna en el choque contra los arrecifes? Vázquez temía algo así, ya que en semejante caso no hubiera sabido qué hacer. Lo palpó, le hizo mover los miembros y al parecer el cuerpo estaba intacto.

Vázquez echó agua en una taza y le mezcló algunas gotas de aguardiente, que todavía tenía en su cantimplora, y le hizo beber un trago al náufrago; luego le friccionó los brazos y el pecho, y reemplazó después sus ropas empapadas por las suyas de repuesto.

No podía hacer más. ¡No era el hambre lo que debilitaba a ese hombre que, la víspera, estaba a bordo del *Century*!

Pasados algunos minutos, Vázquez tuvo la satisfacción de ver que el hombre, en la plenitud de la edad y de vigorosa constitución, recuperaba el conocimiento. El hombre consiguió incorporarse a medias y, mirando a Vázquez, que lo sostenía entre sus brazos, le pidió con voz menos débil:

—¡Agua!... ¡Agua!

Vázquez le tendió la taza, preguntándole:

—¿Se siente mejor?

—¡Sí, sí! —contestó el náufrago.

Y luego, como si quisiera reunir sus recuerdos, aún vagos, dijo:

—¿Aquí...? ¿Usted...? ¿Dónde estoy? —y estrechó la mano de su salvador.

Se expresaba en inglés, idioma que también hablaba Vázquez, quien respondió:

—Está usted en lugar seguro. Lo he encontrado sobre la playa, después del naufragio del *Century*.

—¡El *Century*!... —repitió—. Sí, ya me acuerdo.

—¿Cómo se llama usted?

—Davis... John Davis.

—¿El capitán del buque náufrago?

—No... el segundo... ¿Y los otros?

—Todos han muerto —contestó Vázquez—, todos. ¡Usted es el único que ha escapado a la catástrofe!

–¿Todos?

–¡Todos!

John Davis quedó aterrado al saber que era el único sobreviviente del naufragio. ¡Y a qué se debía que hubiera sobrevivido! Comprendió que debía la vida a aquel desconocido que acababa de traerlo a esa gruta.

–¡Gracias, gracias! –exclamó emocionado, en tanto que una gruesa lágrima surcaba su mejilla.

–¿Tiene usted hambre?... ¿Quiere comer un poco de galleta o de carne? –repuso Vázquez.

–¡No... no..., beber!...

El agua fresca mezclada con aguardiente le hizo mucho bien a John Davis, pues muy pronto pudo responder a todas las preguntas.

Esto es lo que refirió en pocas palabras: el *Century*, velero de tres palos, de quinientas cincuenta toneladas, del puerto de Mobile, había dejado veinte días antes la costa de Norteamérica. Su tripulación estaba compuesta por el capitán Harry Steward, el segundo, John Davis, y doce hombres, comprendidos un grumete y un cocinero. Iba cargado de mercadería menor para Melbourne, Australia. Su navegación fue excelente hasta los cincuenta y cinco grados de latitud sur en el Atlántico. Sobrevino entonces la violenta borrasca que turbaba aquellos parajes desde la víspera. Al principio, el *Century* fue sorprendido por el primer chubasco y perdió, con su palo de mesana, todo el velamen de popa. Poco después, una ola enorme barrió el puente y se llevó a dos marineros, a los que no se pudo salvar.

La intención del capitán Steward había sido bajar por el estrecho de Le Maire. Creía estar seguro de su situación en cuanto a la latitud, ya que el día anterior había tomado la altura. Aquel camino le parecía, con toda razón, preferible para doblar el cabo de Hornos y remontar luego hacia la costa australiana.

Por la noche, se redobló la violencia de la borrasca. Se amainaron todas las velas, salvo el trinquete y la pequeña gavia, y el buque corrió empujado por el viento.

En aquel momento, el capitán creía estar a más de veinte millas de la isla de los Estados y no le parecía peligroso seguir adelante hasta el momento de divisar la luz del faro. Dejándolo entonces al oeste-sudoeste, según las instrucciones, no corría riesgo de arrojarse sobre los arrecifes del cabo de San Juan, y llegaría así, sin dificultad, al estrecho.

El *Century* continuó navegando con viento en popa, y Harry Steward no dudaba de que antes de una hora vería la luz del faro, puesto que sus destellos tenían un radio de siete a ocho millas.

Pero no se veía la luz y, cuando el capitán se creía a considerable distancia de la isla, se produjo un choque espantoso. Tres marineros, ocupados en la arboladura, desaparecieron con el palo de mesana y el palo mayor. Al mismo tiempo, las olas asaltaron el casco, que se abrió, y el capitán, el segundo y los otros sobrevivientes fueron lanzados por encima de la borda en medio del mar, donde fueron envueltos por la resaca, que no dejaría a nadie con vida.

Así se había perdido el *Century*. Solamente el segundo de a bordo, gracias a Vázquez, había podido escapar a la muerte.

Pero lo que Davis no podía comprender era en qué costa se había perdido el barco, a menos que el *Century* hubiera estado a otra latitud que la que suponía el capitán Steward. ¿Acaso el huracán lo había arrojado en la Tierra del Fuego, entre el estrecho de Magallanes y el estrecho de Le Maire?

Por eso le preguntó a Vázquez:

—¿Dónde estamos?

—En la isla de los Estados.

—¡En la isla de los Estados! —exclamó John Davis, estupefacto ante esta respuesta.

—Sí, en la isla de los Estados —repuso Vázquez—, a la entrada de la bahía de Elgor.

—Pero, ¿y el faro?

—¡No estaba encendido!

John Davis, cuyo rostro expresaba la más profunda sorpresa, esperaba que Vázquez se explicase, cuando este se levantó de pronto y escuchó atentamente. Había creído oír ruidos sospechosos y quería confirmar si la banda rondaba por los alrededores.

Deslizándose por entre las rocas, paseó la mirada por el litoral, hasta la punta del cabo de San Juan.

La costa estaba desierta. Las olas rompían con extraordinaria violencia; el huracán no había amainado y nubes todavía más amenazadoras seguían amontonándose en el horizonte, cubierto de niebla, a menos de dos millas.

El ruido que había oído Vázquez procedía de la desmembración del *Century*. La fuerza del viento había dado vuelta la popa del casco y las ráfagas, al penetrar en él, lo empujaban por la arena. Daba vueltas como un enorme tonel desfondado, y concluyó por destrozarse definitivamente contra el ángulo del acantilado. Sobre el lugar del naufragio, cubierto de mil restos, solamente quedaba la otra mitad del buque. Vázquez volvió a entrar y se tendió al lado de John Davis. El segundo del *Century* iba recobrando las fuerzas y hubiera querido bajar a la playa, apoyado en el brazo de su compañero. Pero este lo retuvo y entonces Davis le preguntó por qué no estaba encendido el faro.

Vázquez lo puso al corriente de los abominables sucesos ocurridos siete semanas antes en la bahía de Elgor. Después de la partida del aviso *Santa Fe*, durante veintidós días, nada había obstaculizado el servicio del faro, confiado a él, Vázquez, y a sus dos compañeros, Felipe y Moriz. Muchos barcos que pasaron a la altura de la isla habían hecho señales, a las que ellos contestaron debidamente.

Pero el 2 de enero se presentó una goleta a la entrada de la bahía. Desde la cámara de servicio, Vázquez vio las luces de posición y observó toda la maniobra. En su opinión, el capitán debía de conocer perfectamente aquellos parajes, pues no mostró la menor vacilación.

La embarcación llegó a la caleta, al pie del recinto del faro, y echó el ancla.

Entonces Felipe y Moriz, que habían dejado el alojamiento para ofrecer sus servicios al capitán, subieron a bordo y, cobardemente atacados, murieron sin haber podido defenderse.

—¡Desdichados! —exclamó John Davis.

—¡Sí, desdichados compañeros míos! —repitió Vázquez, cuyos ojos se llenaron de lágrimas ante aquellos dolorosos recuerdos.

—¿Y usted, Vázquez? —preguntó John Davis.

—Yo oí desde lo alto del faro los gritos de mis camaradas y comprendí

El ruido que había oído Vázquez procedía de la desmembración del Century.

lo que había sucedido... Aquella goleta era un barco de piratas. Éramos tres torreros... Sólo habían asesinado a dos, pero no se preocuparon del tercero.

—¿Cómo pudo escapar? —preguntó Davis.

—Bajé rápidamente la escalera del faro hasta mi cuarto, recogí algunos efectos y unos pocos víveres, y antes de que la tripulación de la goleta desembarcara, corrí a refugiarme en esta parte del litoral.

—¡Miserables!... ¡Miserables!... —repetía el segundo del *Century*–. ¡Y son los dueños del faro que mantienen apagado, los causantes de la pérdida del *Century*, de la muerte de mi capitán y de todos nuestros hombres!

—¡Sí, son los dueños! —dijo Vázquez con acentuada amargura—. Y como sorprendí una conversación del jefe con otro de los bandidos pude conocer sus proyectos.

John Davis supo entonces cómo estos criminales, establecidos desde hacía años en la isla de los Estados, atraían los barcos hacia las rocas, asesinaban a los sobrevivientes de los naufragios y ocultaban el producto de sus pillajes en una caverna hasta tanto pudieran apoderarse de un barco. Cuando empezaron los trabajos de la construcción del faro, los malhechores se vieron obligados a abandonar la bahía de Elgor y a refugiarse en el cabo de San Bartolomé, donde nadie podía sospechar su presencia.

Concluidos los trabajos, habían vuelto a la bahía; pero, esta vez, en posesión de una goleta que acababa de estrellarse en el cabo San Bartolomé y cuya tripulación había muerto.

—¿Y cuándo llegó? —preguntó John Davis.

—Hace treinta y dos días —respondió Vázquez.

—¿Y todavía no partió con su carga de bandidos? —preguntó Davis.

—No... Reparaciones de importancia la retuvieron hasta ahora... Pero, yo mismo me he cerciorado, Davis, de que ya está cargada y debía partir esta misma mañana.

—¿Hacia...?

—Hacia las islas del Pacífico, donde esos bandidos se creen seguros, para continuar su oficio de piratas.

—Sin embargo, la goleta no podrá salir de la bahía mientras dure este temporal.

—No —respondió Vázquez—, y es posible que el mal tiempo se prolongue toda la semana.

—¿Y mientras ellos estén ahí, el faro continuará apagado?

—Desde luego, Davis.

—Entonces otros barcos corren el peligro de sufrir la misma suerte que el *Century*.

—Así es.

—¿Y no se podría señalar la costa a los barcos que se aproximen durante la noche?

—Sí... tal vez encendiendo fuego en esta playa o en la punta del cabo de San Juan. Es lo que anoche intenté hacer para advertir al *Century*, Davis: encender una hoguera con pedazos de madera y hierbas secas; pero el viento soplaba con tal furia que no lo logré.

—Pues bien, lo que usted no pudo conseguir, Vázquez, los dos lo lograremos —declaró John Davis—. Madera no faltará... los restos de mi pobre barco... Pues si se retrasa la salida de la goleta y continúa apagado el faro de la isla de los Estados, ¡quién sabe los naufragios que se producirán!...

—De todos modos —señaló Vázquez—, Kongre y su banda no pueden prolongar su permanencia en la bahía. La goleta partirá en cuanto amaine el temporal y sea posible hacerse a la mar.

—¿Y por qué? —preguntó Davis.

—Porque ellos no ignoran que el relevo del servicio del faro está por llegar.

—¿Cuándo?

—En los primeros días de marzo. Y hoy es dieciocho de febrero.

—¿De modo que vendrá un barco en esa fecha?

—Sí, el aviso *Santa Fe*, de Buenos Aires.

John Davis tuvo el mismo pensamiento que embargaba el espíritu de Vázquez.

—¡Ah! —exclamó—. ¡Ojalá que el mal tiempo dure hasta entonces, y estos miserables estén todavía aquí cuando el *Santa Fe* eche el ancla en la bahía de Elgor!

CAPÍTULO 11

LOS RAQUEROS

Allí estaban una docena de hombres, contando a Kongre y Carcante, atraídos por el instinto del pillaje.

En la víspera, en el momento en que el sol iba a desaparecer en el horizonte, Carcante había divisado, desde la galería del faro, un barco de tres palos que navegaba hacia el este. Advertido de ello, Kongre pensó que este barco, huyendo de la tempestad, quería alcanzar el estrecho de Le Maire para buscar abrigo en la costa occidental de la isla. Mientras la luz del día lo permitió, siguió sus movimientos y, cuando se hizo de noche, pudo distinguir las luces de situación. No tardó en darse cuenta de que estaba casi sin gobierno y que pronto se estrellaría contra la costa que no alcanzaba a ver. Si se hubiera encendido el faro, el peligro habría desaparecido; por eso, Kongre se cuidó de hacerlo. Cuando las luces del *Century* se apagaron, no dudó de que el barco acababa de naufragar entre el cabo San Juan y la punta Several.

Al día siguiente, el huracán se desencadenaba con idéntico furor. Era absurdo pensar que la goleta pudiera hacerse a la mar. La amenazaba, tal vez, un retraso de algunos días. Pese al disgusto de Kongre y los suyos, era preciso esperar. Después de todo, recién era el 18 de febrero. Lo más probable era que el temporal amainase antes de fin de mes. En cuanto despejara, la Maule levaría anclas y se haría a la mar.

Pero entre tanto, puesto que un barco se había perdido en la costa, ¿no era la ocasión de aprovecharse del naufragio, escoger entre los restos lo que fuera de algún valor e incrementar de este modo el cargamento de la goleta?

Nadie hizo la menor objeción, y aquella banda de aves de rapiña se dispuso a caer sobre la presa. Una docena de hombres con su jefe se embarcaron en la chalupa del faro dispuestos a vencer, a fuerza de remo, las violentas ráfagas que empujaban las olas hacia la bahía. Una hora y media fue necesaria para alcanzar la extremidad del cabo; en cambio, con la ayuda de la vela, el regreso sería rápido.

La chalupa atracó sobre la orilla norte, frente a la caverna. Todos desembarcaron y fueron directamente al lugar del naufragio.

En ese momento, estallaron los gritos que interrumpieron la conversación de John Davis y Vázquez, quien se deslizó hasta la entrada de la gruta, tomando toda clase de precauciones para que no lo descubrieran. Instantes después, John Davis estaba a su lado.

–Usted no, déjeme solo –le dijo–. Necesita reposo.

–No... quiero verlos.

El segundo del *Century* era un hombre enérgico, no menos resuelto que Vázquez, uno de esos norteamericanos de temperamento de hierro y que, como vulgarmente se dice, debía de tener "siete vidas" para no haber muerto en el naufragio del barco.

Excelente marino al mismo tiempo, había servido como contramaestre en la flota de los Estados Unidos antes de navegar en barcos mercantes. Los armadores del *Century* habían acordado confiarle el mando del navío, ya que Harry Steward iba a retirarse del servicio.

Y, de aquel navío del que tan pronto pensaba ser capitán, no veía más que restos informes, en manos de una banda de piratas.

Si Vázquez hubiera necesitado a alguien que le diera ánimo, allí estaba el hombre indicado.

Pero por muy decididos y valientes que fuesen ambos, ¿qué podían hacer contra Kongre y sus compañeros?

Ocultándose detrás de las rocas, Vázquez y John Davis observaron prudentemente el litoral hasta el extremo del cabo de San Juan.

Kongre, Carcante y los otros se habían detenido primero en el ángulo a donde el huracán acababa de arrojar la mitad del casco del *Century*, que había quedado reducido a unos despojos amontonados al pie del acantilado.

Los piratas se encontraban a menos de doscientos pasos de la gruta y se los podía distinguir con facilidad. Llevaban capotes de tela encerada[73], ceñidos a la cintura, y gorros de marinero con barbijo que los sujetaba al mentón para evitar que se los llevara el viento. Se advertía que a duras penas podían resistir el empuje de las ráfagas. A veces tenían que agarrarse de algún residuo del naufragio o de una roca para no ser derribados.

Vázquez señaló entonces a John Davis a los que conocía por haberlos visto cuando entraron por primera vez a la caverna.

–Aquel alto –le dijo–, que está junto a la roda del *Century*, se llama Kongre.

–¿Es el jefe?...

–Sí, el jefe.

–¿Y ese con quien está charlando?

–Es Carcante, su segundo. Lo vi perfectamente desde lo alto del faro, pues fue uno de los que asesinaron a mis camaradas.

–Le aplastaría con mucho gusto la cabeza, ¿verdad Vázquez?

–¡Como a un perro rabioso! –contestó el torrero.

Transcurrió cerca de una hora antes de que los que bandidos terminaran de examinar aquella parte del casco. Registraron hasta el último rincón. El níquel, que constituía el cargamento del *Century*, y con el que no sabían qué hacer, se abandonaría en la playa. Pero entre los objetos de pacotilla[74] que también llevaba a bordo el buque náufrago, tal vez hubiese algo que les conviniera. Efectivamente, se vio que transportaban dos o tres cajas y otros tantos fardos que Kongre ordenó reservar.

–Si esos ladrones buscan oro, plata, alhajas valiosas o piastras, pierden el tiempo –dijo John Davis.

–Desde luego que es lo que prefieren –contestó Vázquez–. De todo eso había en la caverna, y sin duda los barcos perdidos en el litoral llevaban a bordo una cierta cantidad de metales y piedras preciosos. La goleta debe de tener ahora en la bodega un cargamento de gran valor, Davis.

---

[73] En la época a la que se remonta este relato, las telas se impermeabilizaban aplicándoles una capa de *cera*.

[74] *Pacotilla* es el nombre con que se alude a la porción de géneros que los marineros u oficiales de un barco pueden embarcar por su cuenta, libres de gravamen.

—Comprendo —replicó este— que tengan mucho interés en ponerlo pronto a salvo. ¡Pero tal vez no lo consigan!...

—Salvo que el tiempo no cambie... —observó Vázquez.

—O que encontráramos un medio...

John Davis no acabó su pensamiento. ¿Cómo impedir que la goleta saliese de la bahía en cuanto la tempestad menguara y el mar volviera a la calma?

En aquel momento, los bandidos abandonaron esa mitad del barco y se dirigieron a la otra, ubicada en el lugar del naufragio, es decir, en la punta misma del cabo.

Desde el lugar donde estaban, Vázquez y John Davis podían verlos todavía, aunque desde más lejos.

La marea seguía bajando y, aunque rechazada por el viento, descubría cierta parte de los arrecifes. Era, pues, bastante fácil poder llegar a esa parte del casco del *Century*.

Kongre y dos o tres de los suyos se introdujeron en él. Era la popa del barco, donde estaba la despensa, como explicó Davis, quien también sabía qué encontrarían allí.

Probablemente la despensa había sido devastada por los golpes de mar que caían sin cesar. Pero era posible que todavía quedaran intactas algunas provisiones.

Efectivamente, los bandidos salieron cargando cajas de conservas y algunos barriles, que hicieron rodar por la arena en dirección a la chalupa. También sacaron paquetes de ropa de los restos de la despensa y los llevaron al mismo lugar.

Las pesquisas continuaron durante dos horas; luego, Carcante y dos de sus compañeros, provistos de hachas, la emprendieron contra la parte alta del buque, la cual, debido a su inclinación, se encontraba sólo a dos o tres pies del suelo.

—¿Qué hacen ahora? —preguntó Vázquez—. ¿Acaso el barco no está suficientemente destruido y quieren acabar con él?

—Adivino lo que quieren —contestó John Davis—: que no queden huellas de su nombre ni de su nacionalidad, que no se sepa nunca que el *Century* naufragó en estos parajes del Atlántico.

Efectivamente, se vio que transportaban dos o tres cajas y otros tantos fardos que Kongre ordenó reservar.

Y, sin dudas, John Davis no se equivocaba. Pocos momentos después, Kongre sacaba el pabellón norteamericano que pendía de la popa y lo desgarraba en mil pedazos.

—¡Ah, canalla! —exclamó John Davis—. ¡La bandera..., la bandera de mi país!...

Apenas pudo contener un grito de indignación, como si le hubieran desgarrado el corazón.

Vázquez tuvo que retenerlo por el brazo cuando, fuera de sí, iba a lanzarse a la playa.

Terminado el saqueo, y completamente llena la chalupa, Kongre y Carcante fueron hasta el pie del acantilado. Pasaron dos o tres veces por delante del hueco de las rocas al fondo de las cuales se abría la gruta. Vázquez y John Davis pudieron oír lo que decían.

—No podremos salir mañana...

—No, y me temo que este mal tiempo dure varios días.

—Pero no habremos perdido nada con este retraso.

—Sin duda, pero yo esperaba encontrar algo más en un buque norteamericano de ese tonelaje. El último barco que hicimos naufragar significó una ganancia de cincuenta mil dólares.

—¡No se puede tener siempre semejante suerte! —respondió Carcante.

Exasperado, John Davis había aferrado el revólver de Vázquez y, en un movimiento de cólera irreflexiva, le habría roto la cabeza al jefe de la banda si Vázquez no se lo hubiera impedido.

—Sí, tiene usted razón —reconoció John Davis—, pero no puedo aceptar la idea de que esos miserables queden impunes... que su goleta logre salir de la isla. ¿Dónde encontrarlos...?, ¿dónde perseguirlos?

—No parece que el temporal vaya a amainar —observó Vázquez—. Y aunque el viento se calmara, continuaría el fuerte oleaje durante algunos días..., y tal vez no consigan salir de la bahía...

—Sí, Vázquez, ¿pero no me ha dicho usted que el aviso no llegará hasta los primeros días del mes próximo?

—Tal vez llegue antes Davis. ¡Quién sabe!...

—¡Dios lo quiera, Vázquez, Dios lo quiera!

Era evidente que la tormenta no perdía nada de su violencia. En aquella latitud, aun en verano, esas turbulencias atmosféricas suelen durar una quincena. Si el viento soplara del sur, transportaría los vapores del océano Antártico, donde no tardaría en empezar el invierno. Los balleneros ya debían estar a punto de abandonar los parajes polares, pues a partir de marzo se forman nuevos bancos de hielo.

Pero también se podía temer que, en cuatro o cinco días, se produjese una calma que la goleta aprovechara para hacerse a la mar.

Serían las cuatro de la tarde cuando Kongre y sus compañeros volvieron a embarcar. Izada la vela, la chalupa desapareció en pocos minutos, siguiendo la margen izquierda.

Al llegar la noche, las ráfagas se acentuaron. Nubes procedentes del sudoeste descargaron una lluvia fría y torrencial. Vázquez y John Davis no pudieron dejar la gruta. El frío era bastante intenso y tuvieron que hacer fuego para entrar en calor. La pequeña fogata se encendió en el fondo de un estrecho corredor y, como la costa estaba desierta y la oscuridad era profundísima, nada tenían que temer.

La noche fue horrible. El mar caía furiosamente sobre el acantilado. Parecía como si un maremoto se precipitara en la costa de la isla. Seguramente una ola gigantesca penetraría en el fondo de la bahía y Kongre tendría no poco trabajo para mantener la *Maule* en su fondeadero.

—¡Ojalá que se destroce —repetía John Davis— y sus restos salgan a mar abierto con la próxima marea!

Del casco del *Century*, a la mañana siguiente, no quedaban más que restos entre las rocas o esparcidos por la playa.

¿Había llegado el temporal a su máxima intensidad? Era lo que Vázquez y su compañero se apresuraron a observar en cuanto hubo amanecido.

No era así. Imposible imaginar semejante trastorno de los elementos, que confundía las aguas del mar con las del cielo. Y siguió igual durante todo el día y la noche siguiente. Por otra parte, ningún barco apareció a la altura de la isla; era comprensible que procuraran apartarse a toda costa de esas peligrosas tierras magallánicas, asoladas por la tempestad. No era en el estrecho de Magallanes, ni en el de Le Maire, donde hubieran encontrado refugio contra las embestidas de semejante huracán.

Como lo habían previsto John Davis y Vázquez, el casco del *Century*

estaba totalmente destruido e innumerables restos cubrían la playa hasta la base de las primeras rocas.

Afortunadamente, la cuestión de los víveres no era motivo de preocupación para Vázquez ni su compañero. Con las conservas que provenían del *Century* tendrían para alimentarse durante más de un mes; para entonces, el *Santa Fe* habría llegado a la altura de la isla, tal vez en unos doce días... El mal tiempo habría cesado y el aviso no temería dirigirse a reconocer el cabo de San Juan.

Este era el tema de la mayoría de sus conversaciones y Vázquez hasta hacía esta observación:

—Haría falta que el temporal durara lo suficiente para impedir que salga la goleta, y que amainara para permitir la llegada del *Santa Fe*.

—¡Ah! —contestaba John Davis—. Si pudiéramos disponer del mar y del viento sería cosa hecha.

—Desgraciadamente, eso sólo depende de Dios.

—Él no permitirá que estos miserables escapen del castigo por sus crímenes —afirmaba John Davis, casi en los mismos términos que Vázquez empleara anteriormente.

Como ambos sentían el mismo odio y la misma sed de venganza, compartían el mismo pensamiento.

El 21 y el 22 la situación no varió sensiblemente. Hubo un momento en que el viento mostró una cierta tendencia hacia el nordeste, pero al cabo de una hora de titubeos, volvió a soplar y arrastró contra la isla todo el cortejo de sus espantosas ráfagas.

Va de suyo que ni Kongre ni ninguno de los bandidos volvieron a aparecer. Indudablemente, estaban ocupados en preservar la goleta de toda avería en aquella caleta que la marea, engrosada por el huracán, debía llenar hasta desbordarla.

En la mañana del 23, las condiciones atmosféricas mejoraron un poco. Después de alguna indecisión, el viento parecía fijarse al nornordeste. Unos claros en el cielo fueron despejando el horizonte del sur. Es cierto que el mar seguía embravecido, las olas no dejaban de batir con furia contra la orilla y la entrada de la bahía continuaba impracticable. La goleta no podría zarpar ni ese día ni el siguiente.

Kongre y Carcante tal vez aprovecharían la relativa calma para volver al cabo de San Juan y observar el estado del mar; esto era posible y hasta probable, de manera que Davis y Vázquez no olvidaron tomar toda clase de precauciones.

Sin embargo, como no era de temer que vinieran al amanecer, John Davis y el torrero se arriesgaron a salir de la gruta, que hacía cuarenta y ocho horas no podían abandonar.

—¿Cesará el viento? —preguntó Vázquez.

—Mucho me lo temo —contestó John Davis, a quien su instinto de marino no engañaba—. Nos harían falta diez días más de mal tiempo. ¡Diez días!... Y no los tendremos.

Con los brazos cruzados, observó atentamente el mar y el cielo.

Entre tanto, Vázquez, que se había alejado unos pasos, lo siguió a lo largo del acantilado.

De pronto, su pie tropezó con una caja pequeña de metal, enterrada a medias en la arena, cerca de una roca. Al bajarse, reconoció la caja que guardaba la provisión de pólvora de a bordo, tanto para los mosquetes[75] como para los dos cañones de a cuatro[76] que empleaba el *Century* para las señales.

—¡No nos sirve para nada! —dijo—. ¡Ah! ¡Si fuera posible hacer saltar la goleta de esos bandidos!...

—No hay que pensar en ello —contestó Vázquez sacudiendo la cabeza—. No obstante, cuando volvamos, tomaré la caja y la pondré a resguardo en la gruta.

Continuaron bajando hacia la playa, sin poder llegar a la punta del cabo, porque allí el mar se encrespaba furiosamente.

Cuando estuvieron cerca de los arrecifes, Vázquez descubrió entre las rocas uno de los cañoncitos del *Century* con su afuste[77], que había rodado hasta allí cuando naufragara.

—Esto le pertenece a usted —le dijo a John Davis—, lo mismo que esas pocas balas, que las olas arrojaron allí.

---

[75] El *mosquete* es un arma de fuego antigua, más larga y de mayor calibre que el fusil.
[76] La expresión *de a cuatro* se refiere a la medida en pulgadas de la boca del cañón.
[77] El *afuste* es el nombre que recibe la base o armazón donde se apoya el cañón.

Y, como la primera vez, John Davis repitió:

—¡No nos sirve para nada!

—¿Quién sabe? —repuso Vázquez—. Ya que tenemos con qué cargar este cañón, quizás se nos presente la oportunidad de utilizarlo.

—¿Qué se le ha ocurrido?

—Lo siguiente, Davis: puesto que el faro está apagado de noche, si se presenta un barco en las condiciones en que lo hizo el *Century*, podríamos advertirle a cañonazos la proximidad de la costa.

John Davis miró a su compañero con gran fijeza. Parecía que un pensamiento totalmente diferente atravesaba su mente y se limitó a contestar:

—¿Eso es lo que a usted se le ocurre, Vázquez?

—Sí, Davis, y no creo que sea descabellado. Seguramente las detonaciones se oirían en el fondo de la bahía. Ello implicaría delatar nuestra presencia en esta parte de la isla y los bandidos se pondrían a buscarnos. Tal vez nos encontraran y nos costaría la vida, pero ¡habríamos cumplido con nuestro deber!

—¡Nuestro deber! —murmuró John Davis, sin añadir nada más.

A continuación, el cañoncito fue arrastrado hasta la gruta, después transportaron el afuste, las balas y la caja de pólvora y, cuando Vázquez y John Davis entraron a almorzar, la altura del sol en el horizonte indicaba que eran aproximadamente las ocho de la mañana.

Ahora bien, apenas se habían escondido cuando Kongre, Carcante y el carpintero Vargas daban la vuelta al ángulo del acantilado. Habían hecho el camino a pie, por la margen izquierda, porque la chalupa hubiera tenido que esforzarse mucho con el viento y la marea que empezaban a subir en la bahía. Esta vez no venían a saquear nada.

Como lo había presentido Vázquez, los bandidos iban al cabo a observar el estado del mar y del cielo, ya que había mejorado el tiempo. Seguramente se darían cuenta de que la goleta correría grandes peligros saliendo de la bahía y que no podría luchar contra las enormes olas que alzaba el viento. Aunque debiera descender el estrecho para alcanzarlo hacia el oeste, donde podría navegar con viento en popa, tendría antes que doblar el cabo de San Juan, y se expondrían a encallar o, por lo menos, a recibir un maretazo.

Así lo reconocieron Kongre y Carcante. Situados cerca del lugar del naufragio del *Century*, del que no quedaban más que algunos restos, a duras penas podían mantenerse contra el viento. Hablaban con animación, gesticulaban, señalando el horizonte con la mano, y retrocedían cuando una ola enorme y con la cresta blanca se estrellaba contra la punta.

Vázquez y su compañero no los perdieron de vista durante la media hora que pasaron observando la entrada de la bahía. Se fueron, al fin, no sin volver varias veces la cabeza; luego desaparecieron en el recodo del acantilado y prosiguieron su camino hacia el faro.

–Ya se han ido –dijo Vázquez–. Aunque estoy seguro de que volverán durante varios días para observar el mar.

Pero John Davis movió la cabeza. Para él era evidente que la tormenta cesaría antes de cuarenta y ocho horas. El oleaje también se calmaría, si no completamente, lo suficiente para permitir a la goleta doblar el cabo de San Juan.

Vázquez y Davis pasaron parte del día en la costa. Se acentuaba la modificación del estado atmosférico. El viento parecía fijado en el nornoroeste, y un buque no hubiera tardado en soltar el rizo[78] de su mesana y de sus gavias para llegar al estrecho de Le Maire.

Al anochecer, ambos entraron en la gruta y calmaron su apetito con galletas y *corned-beef*, y su sed con agua mezclada con brandy[79]. Luego Vázquez se disponía a envolverse en su manta cuando su compañero lo detuvo.

–Antes de dormirse, Vázquez, hágame el favor de escuchar una propuesta que quiero hacerle.

–Hable, Davis.

–Vázquez, le debo la vida, y no quisiera hacer nada sin su aprobación. Se me ocurrió una idea. Reflexione y deme su opinión, sin temor de ofenderme.

---

[78] La frase *soltar el rizo* hace referencia a la acción de dejar la vela suelta para aprovechar el viento.
[79] El *brandy* es el nombre que por razones legales se da al coñac elaborado fuera de Francia. También se llama así a un licor alcohólico obtenido del mosto de diversas frutas.

—Lo escucho, Davis.

—El tiempo cambia, la tormenta ha terminado y el mar estará en calma muy pronto. Espero que la goleta zarpe de aquí dentro de cuarenta y ocho horas.

—Desgraciadamente, eso es más que probable —repuso Vázquez, completando su pensamiento con un gesto que significaba "no podemos hacer nada".

John Davis repuso:

—Sí, antes de dos días habrá salido de la bahía, doblará el cabo, bajará por el estrecho, desaparecerá en el oeste y no la veremos más... y sus compañeros, Vázquez, mi capitán y mis camaradas del *Century* no serán vengados.

Vázquez había bajado la cabeza; luego levantó la vista y miró a John Davis, cuyo rostro estaba iluminado por los últimos resplandores del fuego.

Este siguió diciendo:

—Una sola cosa podría impedir la salida de la goleta, o al menos retenerla hasta la llegada del aviso: una avería que la obligase a volver al fondeadero. Pues bien, tenemos un cañón, pólvora y proyectiles... Montemos el cañón sobre el afuste en la punta del acantilado, carguémoslo y, cuando pase la goleta, disparémosle en el centro del casco. Es posible que no podamos echarla a pique, pero la tripulación no se aventurará a emprender una larga navegación con una nueva avería. Esos miserables no tendrán más remedio que volver al fondeadero para repararla... Será preciso desembarcar la carga... esto exigirá tal vez una semana entera, y hasta entonces el *Santa Fe*...

John Davis calló. Había tomado la mano de su compañero y la oprimía.

Tras reflexionar un instante, Vázquez le respondió con una sola palabra:

—¡Hecho!

CAPÍTULO 12

AL SALIR DE LA BAHÍA

Como suele ocurrir tras una fuerte tempestad, el horizonte estaba cubierto de niebla la mañana del 25 de febrero. Pero, a medida que avanzaba el día, el viento iba amainando y los indicios de un cambio de tiempo eran evidentes.

Aquel día se decidió que la goleta abandonaría su fondeadero, y Kongre hizo sus preparativos para zarpar por la tarde. Había motivos para creer que a esa hora el sol habría disipado la bruma acumulada por la mañana. La marea, que debía descender a las seis de la tarde, favorecería la salida de la bahía de Elgor. La goleta llegaría a la altura del cabo de San Juan hacia las siete y el largo crepúsculo le permitiría alcanzar el estrecho de Le Maire antes del anochecer.

Sin duda, si no lo hubiera impedido la bruma, la goleta habría podido partir con el reflujo de la mañana. Efectivamente, todo estaba dispuesto a bordo: cargamento completo y víveres en abundancia, los que procedían del *Century* y los que se habían retirado del almacén del faro, en el que no quedaba más que el mobiliario y los utensilios, con los que Kongre no quería abarrotar la bodega, por demás llena. Aunque había aligerado parte de su lastre, la goleta calaba más de lo normal y no hubiera sido prudente rebasar todavía más su línea de flotación.

Debemos señalar, por otra parte, que Kongre había tomado una precaución muy justificada. La *Maule* no se llamaba más así, lo que hubiera podido despertar sospechas, incluso en los lejanos parajes del Pacífico. Le habían dado el nombre de su segundo, *Carcante*, sin designación de puerto de matrícula, que figuraba ahora sobre el espejo de popa, debajo del remate.

Poco después de mediodía, mientras se paseaban cerca del faro, *Carcante* le dijo a Kongre:

—La niebla empieza a levantarse y pronto el mar quedará despejado.

Con estas brumas, suele amainar el viento y el mar se calma con más rapidez.

—Creo que esta vez por fin saldremos —contestó Kongre–, y nada impedirá nuestra navegación por el estrecho.

—La noche, sin embargo, será oscura, Kongre. Estamos apenas en el primer cuarto de luna y esta desaparecerá casi al mismo tiempo que el sol...

—Poco importa, *Carcante*. No me hacen falta la luna ni las estrellas para costear la isla. Conozco todo el litoral norte y espero doblar el cabo de Colnett a buena distancia para no tropezar con sus rocas.

—Mañana estaremos lejos, gracias a este viento del nordeste y a las velas arriadas...

—Mañana, desde primera hora, habremos perdido de vista el cabo San Bartolomé y espero que la isla de los Estados quede a unas cuarenta millas a popa.

—Ya es hora, Kongre, después de los tres años que llevamos aquí.

—¿Acaso lo lamentas, Carcante?

—No, ahora que hemos hecho fortuna, como se dice, y que un buen barco nos llevará con nuestras riquezas. Pero ¡por mil demonios!, creí que todo estaba perdido cuando la *Maule*... no, la *Carcante*, fondeó aquí con una vía de agua. Si no hubiéramos podido reparar las averías ¡quién sabe el tiempo que habríamos tenido que permanecer en la isla!... Y al llegar el aviso, hubiéramos tenido que volvernos al cabo San Bartolomé...

—Sí –contestó Kongre, cuya feroz fisonomía se oscurecía–, e incluso la situación hubiera sido mucho más grave todavía. Al ver el faro sin torreros, el comandante del *Santa Fe* hubiera tomado medidas, emprendido pesquisas... Seguramente habría registrado toda la isla, y quién sabe si no lograría descubrir nuestro refugio... Además, acaso se le uniera el tercer torrero que se nos ha escapado.

—Por este lado no tengas temor alguno, Kongre, no hemos encontrado sus huellas ¿Y cómo hubiera podido vivir cerca de dos meses sin ningún recurso?... Pues pronto hará dos meses que la *Carcante* (como verás no he olvidado su nuevo nombre) fondeó en la bahía de Elgor, y, a menos que ese valiente guardián haya vivido todo este tiempo alimentándose de pescado crudo y de raíces...

—Después de todo, nosotros habremos partido antes de la llegada del aviso y eso es más seguro...

—El *Santa Fe* no debe llegar hasta dentro de ocho días, por lo menos, a juzgar por el libro del faro —declaró Carcante.

—Y en ocho días —agregó Kongre— estaremos lejos del cabo de Hornos, en ruta hacia las Salomón o las Nuevas Hébridas.

—Por supuesto, Kongre. Voy a subir por última vez a la galería para observar el mar. Si hay algún barco a la vista...

—¡Qué nos importa! —lo interrumpió Kongre, encogiéndose de hombros—. El Atlántico y el Pacífico son de todo el mundo. La *Carcante* tiene sus papeles en regla, yo me he ocupado de que así sea y puedes estar tranquilo. Y aunque encontráramos el *Santa Fe* a la entrada del estrecho, le enviaríamos nuestro saludo, pues nunca está de más la cortesía.

Como se ve, Kongre no dudaba del éxito de su proyecto, y en verdad todo parecía favorecerlo.

Mientras su capitán descendía hacia la playa, Carcante subió la escalera que conducía a la galería del faro y permaneció en observación durante una hora.

El cielo estaba ya completamente despejado, la línea del horizonte, ahora unas doce millas más lejos, se dibujaba con toda claridad. Aunque el mar estaba bastante alborotado todavía, no se mostraba espumoso por la acción del oleaje, que, si bien era fuerte, ya no podía dificultar la navegación de la goleta. Además, cuando el barco estuviera en el estrecho, encontraría un mar sosegado.

En alta mar no se vio más que un barco de tres palos que, hacia las dos, apareció un instante en el este y a tal distancia que, con su catalejo, Carcante no hubiera podido reconocer su velamen. Se dirigía hacia el sur, por otra parte, de manera que su destino no era el océano Pacífico, y no tardó en desaparecer.

Es cierto que, una hora más tarde, Carcante tuvo un momento de inquietud y dudó acerca de si debía llamar a Kongre.

Una columna de humo apareció hacia el nornordeste, todavía lejana. Era un vapor que se dirigía hacia la isla de los Estados, costeando el

litoral de la Tierra del Fuego.

En ese momento, una preocupación bastante seria se insinuó en la mente de Carcante:

—¿Será el aviso?

Pero era 25 de febrero y el *Santa Fe* no debía arribar hasta los primeros días de marzo. ¿Habría adelantado el viaje? Si era él, en dos horas estaría a la altura del cabo de San Juan... Todo estaría perdido...

En efecto, por más que la goleta no tenía más que levar el ancla para zarpar, con viento contrario no hubiera podido rechazar la marea que empezaba a ascender. No alcanzaría su punto culminante hasta dentro de dos horas y media. Imposible, entonces, hacerse a la mar antes de la llegada de ese vapor, y si era el aviso...

Sin embargo, Carcante no quería molestar a Kongre, muy ocupado en los últimos preparativos, y permaneció solo, en la galería del faro, observando.

El barco se aproximaba rápidamente porque tenía a su favor la corriente y la brisa. El capitán hacía avivar todo lo posible las calderas, a juzgar por la espesa humareda que despedía de su chimenea, que Carcante todavía no alcanzaba a divisar, ubicada detrás de las velas totalmente desplegadas. Por ese motivo, el buque escoraba[80] hacia babor. No tardaría en llegar a la altura del cabo de San Juan, a la entrada del estrecho y en el extremo sudeste de la Tierra del Fuego.

Carcante no dejaba su catalejo y su inquietud aumentaba a medida que disminuía la distancia del vapor, que pronto quedó reducida a unas pocas millas, y cuyo casco se hizo visible.

Cuando los temores de Carcante eran más intensos, momento en que decidió avisarle a Kongre, estos se disiparon súbitamente.

El vapor se dejaba llevar por la corriente, prueba de que buscaba embocar el estrecho, y todo el aparejo apareció a la vista de Carcante.

Se trataba de un barco de vapor que debía desplazar entre 1.200 a 1.500 toneladas, y que no era posible confundir con el *Santa Fe*.

Kongre y sus compañeros conocían perfectamente el aviso por haberlo visto muchas veces en la entrada de la bahía de Elgor. Sabían

---

[80] Se dice que una embarcación *escora* cuando se inclina hacia un costado por la fuerza del viento.

que estaba aparejado en forma de goleta, mientras que el vapor que se aproximaba lo estaba con tres palos.

¡Qué alivio sintió Carcante! Se felicitó por no haber alarmado inútilmente a sus compañeros. Permaneció todavía una hora en la galería, hasta que vio pasar el vapor por el estrecho, pero a tres o cuatro millas, es decir, demasiado lejos para que pudiera enviar su número al faro, señal que desde luego hubiera quedado sin respuesta, por cierto.

Cuarenta minutos después, el vapor, que navegaba con una velocidad de no menos de doce nudos por hora, desaparecía a la altura del cabo de Colnett.

Carcante bajó entonces, después de haberse asegurado de que ningún otro barco se veía en toda la extensión del mar.

Entre tanto, se acercaba la hora del cambio de marea. Era el momento fijado para la salida de la goleta. Los preparativos habían terminado y las velas estaban listas para ser izadas. Una vez amuradas y rebatidas, recibirían el viento de costado y la *Carcante* se haría a la mar, navegando por el medio de la bahía.

A las seis, Kongre y la mayor parte de los hombres estaban a bordo. El bote condujo a los que esperaban al pie del faro, al que luego izaron con el pescante.

La marea empezaba a bajar lentamente. Ya se descubría el lugar donde la goleta había descansado durante las reparaciones. Del otro lado de la caleta, las rocas mostraban sus extremos puntiagudos. El viento penetraba por los recortes del acantilado y una ligera resaca iba a morir a la playa.

Había llegado el momento de zarpar y Kongre dio la orden de levar el ancla. La cadena se estiró, rechinó el escobén y, una vez arriba, el ancla fue colocada en la serviola y se la aseguró con vistas a una larga navegación.

Las velas se orientaron y la goleta, con su velacho, su vela mayor, su gavia, su juanete y sus foques amurados a babor, tomó impulso y comenzó a descender entre las márgenes de la bahía.

Como la *Carcante* se hallaba en alta mar, el viento tendía a impulsarla hacia el sur. Tendría entonces que llegar al mar por la orilla del cabo de San Juan, a una milla por lo menos, pues la entrada medía esa distancia de una punta a la otra. Pero, de ese lado, los arrecifes presentaban serios peligros, pues se prolongaban bajo el agua y la prudencia recomendaba alejarse de allí.

Kongre, que conocía perfectamente la bahía, lo sabía. Así pues, con la mano en el timón, no dejaba que la goleta fuera arrastrada por el viento. Pasó cerca del cabo de San Juan, cuyas rocas sólo avanzaban unas pocas toesas en el agua profunda.

En suma, la marcha de la goleta era bastante irregular. Disminuía la velocidad cuando el alto acantilado la protegía, para retomar su marcha cuando la brisa le llegaba por alguna hondonada más abierta. De esa manera aventajaba a la marea baja, dejando tras de sí un estela bastante chata.

A las seis y media, la *Carcante* estaba sólo a una milla y media de la entrada. Kongre veía el mar desplegarse hasta el horizonte. El sol iba hacia su ocaso por la parte opuesta y algunas estrellas brillaban en el cenit, que se ensombrecía bajo el velo del crepúsculo.

Carcante se aproximó en ese momento a su jefe y dijo:

—¡Al fin vamos a estar fuera de la bahía!

—Dentro de veinte minutos haré aflojar las escotas y doblaremos el cabo de San Juan —respondió Kongre.

—¿Habrá que dar bordadas para alcanzar la entrada del estrecho?

—No lo creo —dijo Kongre—. Orzaremos; ceñiremos el viento lo más cerca posible... luego, en el estrecho, cambiaremos las amuras y sólo tendremos que enfilar hacia alta mar, tomando el cabo de Colnett.

Si, como lo esperaba, Kongre podía evitar que la goleta se balanceara al salir de la bahía, ganaría una hora; y tenía fundamento para creerlo, pues la *Carcante* se mantenía muy bien a cuatro cuartos del viento. Incluso, si era necesario, bajaría sus velas cuadradas y sólo conservaría las triangulares, la cangreja, el trinquete y los foques, pues sólo debían hacer tres millas para alcanzar el estrecho.

En aquel momento, el hombre de guardia exclamó:

—¡Atención a proa!...

—¿Qué ocurre? —preguntó Kongre.

Carcante corrió hacia el hombre y se inclinó por encima del antepecho.

—Pasa... pasa despacio —le gritó a Kongre.

La goleta se encontraba precisamente frente a la caverna donde la banda había vivido durante tanto tiempo.

En ese lugar de la bahía flotaba parte de la quilla del *Century*, empujada hacia el mar por el reflujo. Un choque hubiera podido tener lamentables consecuencias, y no había que perder ni un instante para apartarse de este obstáculo que flotaba lentamente a la deriva.

Kongre viró ligeramente a babor. La goleta pasó junto a la quilla, que sólo rozó su carena.

La maniobra tuvo por efecto alejarlos un poco de la orilla izquierda. Pero se rectificó inmediatamente la dirección. Unas veinte toesas más y habría doblado el ángulo del acantilado, recibiendo más francamente el viento en sus velas.

En aquel preciso momento se oyó una violenta detonación, acompañada de un silbido del aire, y un violento choque hizo estremecer la goleta.

Al mismo tiempo, una humareda blanquecina, que el aire impulsó hacia el interior de la bahía, se elevó del litoral.

—¿Qué es esto? —gritó Kongre.

—¡Han disparado contra nosotros! —contestó Carcante.

—¡Toma el timón! —ordenó Kongre.

Y precipitándose a babor, miró por encima de la borda, advirtiendo un agujero en el casco, a un pie de altura sobre la línea de flotación.

Toda la tripulación se apostó también en ese lugar, en la proa de la goleta.

¡Era un ataque procedente de aquella parte del litoral!... ¡Un proyectil que la *Carcante* había recibido en su flanco en el momento de salir de la bahía, y que si le hubiera dado un poco más abajo, seguramente la hubiese echado a pique! Se comprenderá fácilmente la sorpresa y la inquietud que produjo a bordo tan inesperada agresión.

¿Qué podían hacer Kongre y sus compañeros?... ¿Echar el bote al agua, remar hacia la orilla, hasta el lugar donde se había elevado la humareda, y apresar a los que habían disparado contra ellos, masacrarlos o, por lo menos, expulsarlos de ese lugar?... Pero... ¿no serían los agresores superiores en número?... ¿No era lo más atinado alejarse, a fin de

comprobar, ante todo, la importancia de la avería?

Se impuso esta opinión, sobre todo porque el cañón disparó por segunda vez. Una humareda se alzó en el mismo sitio y la goleta recibió un nuevo sacudón. Un segundo proyectil acababa de alcanzarla en pleno casco, un poco más hacia la popa que el primero.

–¡El timón contra el viento... el timón contra el viento! –aulló Kongre y corrió hacia popa para unirse con Carcante, que se había apresurado a ejecutar su orden.

En cuanto la goleta sintió la acción del timón, orzó y luego se inclinó a estribor. En menos de cinco minutos, empezó a alejarse de la orilla y pronto estuvo fuera del alcance de la pieza que apuntaba hacia ella.

No se oyó ninguna detonación más. La playa estaba desierta hasta la punta del cabo y se podía suponer que el ataque no se repetiría.

Lo que más urgía era comprobar el estado del casco. Desde adentro del barco no podía hacerse, porque hubiera sido necesario desembarcar la carga. Pero lo que no dejaba lugar a duda era que los dos proyectiles habían atravesado el casco y se habían alojado en la bodega.

Se arrió el bote y la *Carcante* se puso al pairo[81], de modo que quedó a merced del reflujo.

Kongre y el carpintero descendieron al bote y examinaron el casco de la goleta para ver si podían reparar allí mismo la avería.

Comprobaron que dos de cuatro balas habían alcanzado la goleta y agujereado la borda de lado a lado. Afortunadamente sólo habían afectado la obra muerta[82]. Los dos agujeros estaban en el lugar donde empezaba el forro y justo en la línea de flotación. Unos centímetros más abajo y se hubiera abierto una vía de agua que tal vez no habría habido tiempo de tapar antes de que la bodega se inundara, y la *Carcante* se hubiera ido a pique a la entrada de la bahía. Seguramente Kongre y

---

[81] *Mantenerse* o *ponerse al pairo* es una frase del ámbito marítimo mediante la cual se indica una forma de maniobrar las velas y otros aparejos para detener por un tiempo el buque a la espera de otra nave o algún acontecimiento. En sentido figurado, indica algunas veces "estar a la expectativa para actuar cuando sea necesario".

[82] Se denomina *obra muerta* a la parte del casco de un buque comprendida desde la línea de flotación hasta la borda.

Un segundo proyectil acababa de alcanzarla en pleno casco, un poco más hacia la popa que el primero.

sus compañeros hubieran podido llegar a la costa en el bote, pero la goleta se habría perdido totalmente.

En suma, la avería no era de extrema gravedad, pero sí de suficiente importancia como para impedir que la *Carcante* se aventurase mar adentro. Al menor bandazo sobre babor, el agua penetraría. Era necesario, por lo tanto, tapar los dos agujeros hechos por los proyectiles, antes de continuar la marcha.

—¿Pero quién será el canalla que nos ha disparado? –preguntaba sin cesar Carcante.

—Tal vez ese torrero que se nos ha escapado –contestó Vargas–. Quizás algún sobreviviente del *Century* rescatado por ese torrero.

—¿Y el cañón? –insistió Carcante–. No hay duda de que procede del barco que naufragó. ¡Qué lástima que no lo hayamos encontrado entre los restos!...

—No se trata de eso ahora –interrumpió bruscamente Kongre–, sino de reparar la avería lo antes posible.

En efecto, no era cuestión de discutir las circunstancias del ataque contra la goleta, sino de proceder a las reparaciones. Para conducirla a la orilla opuesta de la bahía, a la punta Diegos, bastaría media hora. Pero en este lugar, la goleta hubiera estado muy expuesta a los vientos de alta mar y, hasta la punta Several, la costa no ofrecía ningún abrigo seguro. Si hacía mal tiempo, se estrellaría contra los arrecifes. Kongre resolvió, por lo tanto, volver aquella misma noche al fondo de la bahía de Elgor, donde el trabajo podría llevarse a cabo con toda seguridad y lo más rápido posible.

Pero en aquel momento la marea descendía y la goleta no podía vencer el reflujo. Era forzoso esperar la marea ascendente, que no se haría sentir hasta dentro de tres horas.

La *Carcante* empezaba a balancearse vivamente por la acción del oleaje, y la corriente amenazaba arrastrarla hasta la punta Several, con el riesgo de que se inundara. Kongre no tuvo más remedio que resignarse a echar el ancla a unos doscientos metros de la punta Diegos.

En resumen, la situación era poco tranquilizadora. Caía la noche y pronto la oscuridad sería profunda. Era necesario el gran conocimiento que Kongre tenía de aquellos parajes para no estrellarse contra alguna de las dos márgenes.

Al fin, hacia las diez, llegó la marea. Se izó el ancla a bordo y la *Carcante*, habiendo corrido serios peligros, estaba de regreso en su antiguo fondeadero, en la caleta de la bahía de Elgor.

Capítulo 13

DURANTE DOS DÍAS

Fácil es imaginarse el grado de exasperación al que habían llegado Kongre, Carcante y los otros. En el preciso momento en que iban a dejar la isla, un último obstáculo los había detenido... Y en cuatro o cinco días, el aviso podría presentarse en la entrada de la bahía de Elgor. Sin duda, si Kongre hubiese conocido otro fondeadero en la costa septentrional o meridional, habría llevado allí a la goleta. Pero, en rigor, como soplaba viento del norte, no hubiera podido... Obligada a tomar las amuras a estribor, tanto en el estrecho como en la costa sur, la *Carcante* hubiera tenido la banda a babor y el agua se habría introducido por los agujeros de los proyectiles. Hubiera sido preciso que la punta Several, a unas pocas millas, ofreciera una bahía que permitiera fondear y, lo sabía, esa bahía no existía. Al llevar nuevamente la goleta al faro había hecho lo único que podía. Durante aquella noche, nadie durmió a bordo: los hombres tuvieron que estar de guardia y vigilar los alrededores de la caleta. ¿Quién podía saber si se iba a producir un nuevo ataque? ¿Quién sabía si una tropa numerosa, superior a la banda de Kongre, había desembarcado poco antes en algún otro punto de la isla? Tal vez ya se conociera en Buenos Aires la existencia de esta banda de piratas y el gobierno argentino estuviera tratando de aniquilarla.

Sentados en la popa, Kongre y Carcante hablaban de todo esto; mejor dicho, hablaba solamente el segundo, pues Kongre permanecía absorto y no contestaba más que con monosílabos.

Carcante fue el primero en plantear la hipótesis de la llegada a la isla de los Estados de soldados argentinos para perseguir a Kongre y sus compañeros. Pero aun admitiendo que su desembarco hubiera pasado inadvertido, no habría procedido así. Habría situado varias embarcaciones en la entrada de la bahía, que hubieran perseguido a la goleta,

después de haberle impedido seguir su ruta, y se habrían apoderado de ella esa misma noche.

Carcante abandonó, pues, aquella hipótesis, y volvió a la idea que habían adelantado Vargas y él.

–Sí... los que dispararon sólo querían impedir que la goleta saliera de la isla, y, si son varios, es señal de que algunos hombres del *Century* sobrevivieron... Habrán encontrado a ese torrero y él los habrá puesto al corriente... Ese cañón, sin duda, lo encontraron entre los restos del naufragio... Les habrá anunciado la inminente llegada del aviso...

–¡Pero el aviso no está aquí todavía! –dijo Kongre con una voz que la cólera hacía temblar–. Antes de su regreso, la goleta estará lejos.

En efecto, era muy poco probable, aun admitiendo que el torrero del faro hubiera encontrado a los náufragos, que fueran más de dos o tres. Serían impotentes contra quince hombres armados, y la goleta, una vez reparada, desplegaría las velas y llegaría a alta mar, esta vez tomando la margen derecha de la bahía. Lo que había ocurrido una vez no se repetiría una segunda.

Por lo tanto, era sólo cuestión de tiempo. ¿Cuántos días se emplearían en reparar la nueva avería?

Durante la noche no ocurrió incidente alguno, y al día siguiente la tripulación puso manos a la obra.

El primer trabajo consistía en desplazar la parte de la carga correspondiente al flanco de babor. Se necesitaría por lo menos medio día para subir hasta el puente aquella multitud de objetos. Además, no sería necesario desembarcar el cargamento ni dejar en seco la goleta, ya que como los agujeros se encontraban por encima de la línea de flotación, acercando el bote al casco se conseguiría taparlos sin gran trabajo. Lo esencial era que no se habían averiado las cuadernas.

Kongre y el carpintero bajaron a la bodega, y este fue el resultado de su examen:

Las dos balas solamente habían alcanzado la borda, que atravesaron casi a la misma altura, y las encontraron al desplazar el cargamento. Sólo habían rozado las cuadernas, sin comprometer su solidez. Los boquetes, situados a dos o tres pies uno del otro, presentaban los bordes limpios, como si hubieran sido hechos con un taladro. Podrían, por lo tanto, cerrarse herméticamente con tapones sostenidos por piezas de madera intercaladas entre las cuadernas, sobre las cuales se aplicaría una hoja de forro.

En suma, no podía decirse que la goleta hubiera experimentado severas averías. No comprometían el buen estado del casco y podrían ser rápidamente reparadas.

—¿Cuándo? —preguntó Kongre.

—Voy a preparar las traviesas interiores, que se colocarán esta tarde —respondió Vargas.

—¿Y los tapones?

—Se harán mañana por la mañana y se colocarán a la tarde.

—¿De modo que podremos aparejar[83] a la noche?

—Seguramente —declaró el carpintero.

Así, cuarenta y ocho horas bastarían para las reparaciones, y la partida de la *Carcante* no se habría retrasado más que dos días.

Pero Kongre decidió no levar el ancla sino tres días más tarde y, cuando Vargas le preguntó el motivo, respondió:

—Se debe a que pienso descender la bahía siguiendo la margen derecha, para no arriesgarme a recibir otra bala por pasar demasiado cerca del acantilado. Pero, conozco menos esta margen derecha, y va a ser necesario remontarla en la oscuridad. La marea de la noche será tardía, nunca llegará antes de las ocho, y no quiero exponerme a estrellar la goleta contra las rocas.

Evidentemente, eso sería conducirse con prudencia; por otra parte, no le faltaba inteligencia a ese hombre, sólo que la empleaba exclusivamente para el mal.

Carcante le preguntó si, a la mañana o la tarde, no se proponía volver al cabo de San Juan.

—Para averiguar qué pasa...

—¿Para qué? —contestó Kongre—. No sabemos con quién nos tenemos que enfrentar, y deberíamos movilizar diez o doce hombres. Sólo que-

---

[83] *Aparejar* un buque quiere decir preparar todas sus velas y palos con la finalidad de que esté listo para navegar.

darían dos o tres al cuidado de la goleta, y ¡quién sabe lo que ocurriría durante nuestra ausencia!

—Es verdad —convino Carcante—, además ¿qué ganaríamos con eso? Lo importante es dejar la isla lo antes posible.

—Pasado mañana, por la mañana, estaremos en alta mar —dijo Kongre.

Lo más probable era que el aviso, que debía llegar a fines de la primera semana de marzo, no arribara antes de la partida de la goleta.

Además, si Kongre y sus compañeros se hubieran trasladado al cabo de San Juan, no habrían encontrado ningún rastro de Vázquez y John Davis.

Esto había sucedido:

La tarde del día anterior, la propuesta de John Davis los mantuvo ocupados toda la tarde. El sitio escogido para emplazar el cañón fue el ángulo mismo de la escollera. Entre las rocas que se amontonaban en aquel ángulo, John Davis y Vázquez pudieron fácilmente instalar el afuste, pero, en cambio, les costó un gran trabajo transportar el cañón hasta allí. Primero lo echaron en la arena de la playa, luego tuvieron que atravesar un espacio de puntas rocosas por donde no era posible arrastrarlo. No había más remedio que levantar la pieza con palancas, lo que exigía mucho tiempo y mucha fatiga.

Eran casi las seis cuando el cañoncito quedó emplazado de manera que apuntara a la entrada de la bahía.

John Davis procedió a cargarlo, introduciendo una gran cantidad de pólvora que fue atacada[84] con hojas secas, encima de las cuales se colocó el proyectil. Se puso el cebo y la pieza quedó preparada para hacer fuego en el momento preciso.

John Davis le dijo entonces a Vázquez:

—He pensado detenidamente en lo que nos conviene hacer. Es preciso no echar a pique la goleta, pues si así fuera, todos estos canallas llegarían a la orilla y, seguramente, no podríamos escapar. Lo esencial es que la goleta se vea obligada a volver a su fondeadero y a permanecer allí unos

---

[84] *Atacar* es apretar el taco, es decir, el cilindro de trapo o estopa que se coloca entre la pólvora y el proyectil en un arma de fuego, en una mina o un cañón.

días para que se reparen sus averías.

–Está bien –dijo Vázquez–, pero la avería que produzca la bala del cañón puede quedar reparada en una mañana.

–No –contestó John Davis–, porque se verán obligados a desembarcar la carga. Estimo que invertirán por lo menos cuarenta y ocho horas, y hoy es veintiocho de febrero.

–¿Y si el aviso no llega hasta dentro de una semana –objetó Vázquez–. ¿No sería preferible tirar sobre la arboladura y no sobre el casco?

–Evidentemente, Vázquez, y una vez desamparada de su mástil de mesana o de su palo mayor, no veo forma de que pudieran reemplazarlos: la goleta quedaría retenida largo tiempo en el fondo de la bahía. Pero acertarle al mástil es más difícil que dar en el casco, y es necesario que nuestros proyectiles den en el blanco.

–Sí, es verdad –contestó Vázquez–, pensando sobre todo en que, si estos miserables no salen hasta la marea de la tarde (que es lo más probable), habrá poca claridad. Haga lo que mejor le parezca, Davis.

Con todo preparado, Vázquez y su compañero no tenían más que esperar y se apostaron cerca de la pieza de artillería, dispuestos a hacer fuego en cuanto la goleta pasara frente a ellos.

Ya se sabe cuál fue el resultado del ataque y en qué condiciones tuvo que .olver la *Carcante* a su fondeadero. John Davis y Vázquez no dejaron su puesto hasta que la vieron remontar la margen izquierda.

Y ahora, lo que les aconsejaba la prudencia era buscar refugio en cualquier otro punto de la isla.

En efecto, como Vázquez lo había dicho, ¿sería posible que Kongre y una parte de los suyos fueran al cabo de San Juan en el bote para perseguirlos?...

Tenían toda la noche para reflexionar y la pasaron en la gruta, sin motivos de alerta.

Cuando llegó el día, habían tomado una decisión: dejar la gruta, buscar un nuevo refugio a una o dos millas de allí, situado del lado del estrecho, de tal modo que pudieran ver cualquier barco que llegase por el norte. Si el *Santa Fe* aparecía, se trasladarían al cabo de San Juan para hacerle señales desde allí. El comandante Lafayate enviaría un bote a recogerlos, subirían a bordo y allí lo pondrían al tanto de la situación,

cuyo desenlace ya se habría producido, ora porque la goleta estuviera todavía retenida en la caleta, ora porque –hecho que desgraciadamente era posible– hubiera regresado a mar abierto.

–Dios quiera que esto no ocurra –repetían John Davis y Vázquez.

Al amanecer se pusieron en marcha, llevándose las provisiones, las armas y las mantas. Siguieron la orilla del mar unas tres millas, aproximadamente. Después de algunas pesquisas, acabaron por descubrir una cavidad al pie del acantilado, que les serviría para refugiarse hasta la llegada del aviso.

Por otra parte, si la goleta llegaba a salir, les sería fácil volver a la gruta.

Durante todo ese día, Vázquez y John Davis se quedaron observando. Sabían que la goleta no podía aparejar mientras estuviera subiendo la marea, y estaban tranquilos. Pero con el reflujo, volvía la posibilidad de que los bandidos, habiendo reparado las averías durante la noche, partieran. Seguramente Kongre no retrasaría ni una hora su salida apenas fuera posible hacerlo. ¿No debía temer que apareciera el *Santa Fe*, por lo menos tanto como lo deseaban John Davis y Vázquez?

Al mismo tiempo, estos vigilaban el litoral, pero ni Kongre ni ninguno de la banda se dejaron ver.

En efecto, sabemos que Kongre había decidido no perder el tiempo en búsquedas que, sin duda, hubieran resultado inútiles. Activar el trabajo y terminar las reparaciones en el más breve plazo posible era lo mejor que podían hacer. Como lo había dicho el carpintero Vargas, la pieza de madera se colocó esa tarde en la cuaderna y, a la mañana siguiente, los tapones estarían listos y se pondrían a tiempo para que la *Carcante* pudiera aparejar con la marea de la noche. Pero también sabemos por qué motivos Kongre quería esperar a la mañana siguiente para levar anclas.

Vázquez y John Davis no observaron novedad alguna durante todo el 1.º de marzo. ¡Pero qué largo se les hizo!...

Al anochecer, después de vigilar la goleta y estar seguros de que no había levado anclas, se retiraron a su refugio en busca del reposo que tanto necesitaban.

Se levantaron a la salida del sol y sus primeras miradas se dirigieron al mar.

Vázquez y su compañero no tenían más que esperar y se apostaron cerca de la pieza de artillería...

No había ningún barco a la vista. El *Santa Fe* no aparecía y ninguna columna de humo se divisaba en el horizonte.

Pero, con la marea matutina, ¿estaría dispuesta la goleta para hacerse a la mar? El reflujo había comenzado y, si lo aprovechaba, en una hora habría doblado el cabo de San Juan.

Era inútil pensar en repetir el intento de la víspera, porque Kongre ya estaba sobre aviso y se cuidaría mucho de pasar fuera del alcance de la pieza de artillería, por lo que las balas no alcanzarían a la goleta.

Eran comprensibles las angustias e inquietudes a las que Vázquez y John Davis se vieron sometidos durante todo el tiempo que duró la marea. Pero, al fin, hacia la siete, esta empezó a bajar y en consecuencia, Kongre no podría aparejar hasta la siguiente marea de la tarde.

El tiempo era bueno, el viento se mantenía del nordeste y en el mar no quedaban vestigios de la última tempestad. El sol brillaba entre ligeras nubes, muy altas, a las que la brisa no alcanzaba.

Un día más, interminable, de incertidumbre para Vázquez y su compañero. No tuvieron más motivos de alerta que el día anterior. La banda no había dejado la caleta y parecía muy poco probable que viniese al cabo de San Juan esa mañana o esa tarde.

–Esto prueba que esos canallas se afanan en su trabajo –dijo Vázquez.

–Sí, se dan prisa –contestó John Davis–. Dentro de poco quedarán reparadas las averías producidas por los proyectiles y nada los detendrá.

–Y tal vez... esta misma noche..., aunque la marea sea tardía –añadió Vázquez–. No tienen necesidad de un faro que los alumbre... La remontaron la noche anterior... Si descienden por la noche, la goleta se los llevará...

–¡Qué desgracia, qué desgracia –gritaba John Davis– que no la haya desmantelado!...

–¡Qué quiere, Davis! –contestó Vázquez–. ¡Hicimos lo que pudimos! ¡Lo demás queda en manos de Dios!

John Davis permanecía pensativo, caminando a lo largo de la playa, la vista fija en el norte. ¡Nada en el horizonte!... ¡Nada!...

Se detuvo bruscamente y, acercándose a su compañero, le dijo:

–¿Y si fuéramos a ver qué están haciendo?

–¿Al fondo de la bahía, Davis?

–Sí, y sabremos si la goleta está en condiciones de hacerse a la mar...
Si se dispone a partir...

–¿Y de qué nos servirá?

–¡Yo qué sé, Vázquez! –exclamó John Davis–. Me muero de impaciencia... No aguanto más...

–Cálmese, Davis...

–¡No! ¡Es más fuerte que yo!

Y, en verdad, el segundo del *Century* no era dueño de sí.

–Vázquez –prosiguió–, ¿qué distancia hay de aquí al faro?

–Tres o cuatro millas, a lo sumo, tomando en línea recta por el acantilado y siguiendo la meseta hasta el fondo de la bahía.

–Pues bien, iré, Vázquez... Partiré a las cuatro..., llegaré antes de las seis y me deslizaré hasta donde pueda. Aún será de día, pero no me verán y yo, en cambio, podré ver...

Hubiera sido inútil tratar de disuadir a John Davis. Vázquez ni siquiera lo intentó, y cuando su compañero le dijo:

–Usted se quedará aquí vigilando el mar... Voy a ir solo y estaré de vuelta antes del anochecer.

–Lo acompañaré, Davis –respondió Vázquez.

Estaba decidido, lo harían; y a las cuatro, después de comer un poco de galletas y un trozo de *corned-beef*, ambos, armados con sus revólveres, se pusieron en marcha.

Un estrecho barranco les facilitó ascender al acantilado, cuya cresta alcanzaron sin mucho esfuerzo.

Ante ellos se extendía una vasta meseta árida, donde sólo crecían unas matas de bérberos. Ni un solo árbol hasta donde alcanzaba la vista. Algunas aves marinas, chillonas y ensordecedoras, volaban en bandadas hacia el sur.

La ruta que debían seguir para llegar al fondo de la bahía de Elgor estaba perfectamente indicada.

–Allí –dijo Vázquez.

Y con la mano señaló el faro que se alzaba a cuatro millas de allí, en el extremo de la meseta.

–¡Adelante! –respondió John Davis.

Los dos caminaban con paso rápido. Las precauciones no eran ne-

cesarias hasta que estuvieran cerca de la caleta.

Al cabo de media hora de marcha, se detuvieron jadeantes, pero no sentían la fatiga, ni siquiera Vázquez, a quien John Davis arrastraba como si lo llevara de la mano.

Quedaba todavía una milla que franquear. Debieron tomar ciertas precauciones, ya que si Kongre o algunos de sus hombres estuvieran observando desde la galería del faro, podrían divisarlos.

Como el tiempo era muy claro, incluso a esa distancia la galería era perfectamente visible. En ese momento no había nadie allí, pero Carcante o algún otro podía encontrarse en la cámara de servicio, desde donde, por las estrechas ventanas, orientadas hacia todos los puntos cardinales, la mirada abarcaba gran parte de la isla.

John Davis y Vázquez se deslizaron entre las rocas esparcidas por todas partes en un desorden caótico. Pasaban de una a otra, a veces arrastrándose para atravesar un espacio descubierto. Su marcha se retrasó considerablemente durante esa última milla.

Eran cerca de las seis cuando alcanzaron el borde del acantilado que rodeaba la bahía. Con la última claridad del día, tras escurrirse hasta la cresta, hundieron su mirada en la parte inferior.

No era posible que los descubrieran, a menos que uno de los hombres de la banda trepara el acantilado. Ni siquiera desde lo alto del faro podrían divisarlos, así, tendidos sobre las rocas.

La goleta estaba allí, flotando en la caleta, con sus mástiles y sus vergas dispuestos, y sus aparejos en buen estado, el puente libre de la parte del cargamento que fue preciso poner allí durante las reparaciones realizadas en el interior de la bodega. El bote se mecía en el extremo de su boya en la popa, y el hecho de que no estuviera en el flanco de babor indicaba que la reparación había concluido y que los agujeros producidos por los proyectiles estaban obturados.

–¡Están listos para partir! –exclamó John Davis, reprimiendo su cólera próxima a estallar.

–Y quién sabe si zarparán antes de la marea, de aquí a dos o tres horas...

–¡Y nosotros sin poder hacer nada! ¡Nada! –repetía John Davis.

En efecto, el carpintero Vargas había cumplido su palabra. Su tarea había sido rápida y convenientemente ejecutada. No quedaba huella de las averías. Habían bastado dos días. Colocada la carga en su sitio, cerradas las escotillas, la *Carcante* estaba lista para hacerse a la mar[85].

Ahora bien, si no hubiera sido por los motivos esgrimidos por Kongre, la tripulación habría levado anclas hacia las ocho para descender con la marea. Un poco después de las nueve, habría doblado el cabo de San Juan y el mar abierto, que les aseguraba la libertad, se hubiera abierto frente a la roda de la goleta.

Vázquez reconoció perfectamente a Kongre en el faro, donde se paseaba con Carcante.

Algunos de los hombres estaban todavía en tierra; otros, a bordo.

La conversación de Kongre y de su compañero prosiguió durante un cuarto de hora y, cuando se separaron, Carcante se dirigió hacia la puerta del anexo.

–Cuidado –dijo Vázquez en voz baja–, sin duda ese bandido va a subir al faro y bueno sería que nos divisara.

Los dos se deslizaron más profundamente dentro de su escondite.

En efecto, Carcante subía por última vez al faro. La goleta partiría a la mañana siguiente, bien temprano, con la altamar. Quería inspeccionar el horizonte una vez más para ver si algún barco aparecía a la altura de la isla.

La noche prometía ser tranquila, el viento había amainado y eso auguraba buen tiempo al salir el sol.

Cuando Carcante llegó a la galería del faro, John Davis y Vázquez lo vieron con toda claridad. La recorría, dirigiendo su catalejo a todos los puntos del horizonte.

De pronto, un grito se escapó de su boca. Kongre y los demás habían levantado la vista hacia él y, con una voz que todos oyeron perfectamente, Carcante aulló:

–¡El aviso!... ¡El aviso!...

---

[85] Michel Verne agrega aquí, de su propia cosecha, una tentativa de Vázquez de hacer saltar el timón, hecho que demora un día suplementario la partida de la goleta. La edición de Olivier Dumas, que es la que seguimos, no incorpora los cambios introducidos por el hijo del novelista.

CAPÍTULO 14

EL AVISO SANTA FE

¿Cómo describir la agitación de que fue escenario el fondo de la bahía? El grito de "¡El aviso! ¡El aviso!" había caído como un rayo, como una sentencia de muerte sobre la cabeza de esos miserables. El *Santa Fe* era la justicia que llegaba a la isla, era el castigo de tantos crímenes, al que no podrían eludir.

¿Pero se habría equivocado Carcante? ¿Aquel barco que se aproximaba era en realidad el aviso de la marina argentina?... ¿No se dirigía ese navío hacia el estrecho de Le Maire o hacia la punta Several, para pasar al sur de la isla? ¿Navegaría con rumbo a la bahía de Elgor?

En cuanto Kongre oyó el grito de Carcante, subió al recinto, se precipitó hacia las escaleras del faro, y llegó a la galería en menos de dos minutos.

—¿Dónde está ese barco? —preguntó.

—Allí, al nornordeste.

—¿A qué distancia?

—A unas cinco o seis millas.

—¿Es decir que no puede llegar a la entrada de la bahía antes de las nueve de la noche?

—No, Kongre.

Kongre tomó el catalejo y observó el barco con extrema atención, sin pronunciar una palabra.

Nada más cierto que el hecho de que se trataba de un vapor. Se distinguía el humo incluso a esa distancia y su casco empezaba a divisarse. Tampoco había dudas de que la máquina activaba sus calderas con el fin de llegar a la entrada de la bahía de Elgor antes del anochecer.

Kongre y Carcante lo habían visto varias veces durante los trabajos de construcción del faro, cuando se acercaba o alejaba de esos parajes.

Indudablemente ese vapor era el aviso. Además, este navío se dirigía directamente a la isla de los Estados. Si la intención de su capitán hubiera sido entrar por el estrecho de Le Maire habría puesto la proa más al oeste y no al sudoeste.

–¡Sí! –dijo al fin Kongre–. ¡Es el aviso!

–¡Maldita suerte, que nos ha retenido aquí tanto tiempo! –exclamó Carcante–. Sin la intervención de esos pillos, ya estaríamos en pleno Pacífico.

–Bueno, la situación no se soluciona con palabras –dijo Kongre–. Es necesario tomar una decisión.

–¿Cuál?

–Zarpar.

–¿Cuándo?

–En cuanto la marea cambie.

–Pero antes el aviso estará en la entrada de la bahía.

–Sí, pero no podrá entrar.

–¿Y por qué?

–Porque como no verá la luz del faro, no se arriesgará a entrar en la caleta en medio de la oscuridad.

Estas atinadas reflexiones que hacía Kongre también las hacían Vázquez y Davis. No podían salir de su sitio porque se arriesgaban a que los vieran desde lo alto de la galería. Pero, hablando en voz baja, decían precisamente lo mismo que Kongre. El faro ya debía estar encendido, pues el sol acababa de desaparecer en el horizonte. Al no ver su luz, aunque conociera la situación de la isla, ¿se arriesgaría el comandante Lafayate a continuar su ruta? Sin poder explicarse esa ausencia, ¿no se quedaría toda la noche fuera de la bahía?... Es cierto que había entrado ya unas diez veces en la bahía de Elgor, pero siempre de día, y al no tener el faro para indicarle la ruta, sin duda no se aventuraría entre los peligrosos arrecifes. Además, pensaría que la isla había sido teatro de graves acontecimientos, ya que los torreros no estaban en su puesto.

–Pero si el comandante no ha divisado la isla, que es más bien baja –observó Vázquez–, si continúa navegando con la esperanza de descubrir la luz del faro ¿no podría ocurrirle lo mismo que al *Century*, y naufragar en los arrecifes del cabo de San Juan?

John Davis no respondió. La eventualidad de la que hablaba Vázquez podía muy bien producirse. Por cierto, el viento no soplaba tempestuoso, y el *Santa Fe* no se encontraba en la situación del *Century*; no obstante, podía temerse una catástrofe.

—Corramos al litoral —dijo Vázquez—. En dos horas alcanzaremos el cabo y tal vez haya tiempo aún de encender fuego para señalar la costa...

—No —contestó Davis—, sería demasiado tarde. Tal vez antes de una hora el aviso esté entrando a la bahía.

—¿Qué hacemos entonces?

—¡Esperar!

Eran las siete y el crepúsculo empezaba a envolver la isla.

Entre tanto, los preparativos de salida se hacían con gran premura a bordo de la *Carcante*. Kongre quería zarpar a toda costa. Aunque no pensaba que pudiera adelantársele, le parecía que el *Santa Fe* no intentaría entrar en la bahía y se dirigiría a alta mar a esperar la mañana. Devorado por la inquietud, había resuelto dejar inmediatamente el fondeadero. Si se demoraba hasta la marea de la mañana siguiente, se exponía a encontrar el aviso: el comandante Lafayate no dejaría salir la goleta al verla pasar. Le daría orden de detenerse e interrogaría a su capitán. Seguramente querría saber por qué el faro no había sido encendido. La presencia de la *Carcante* le parecería, con sobrada razón, sospechosa. Cuando la goleta se detuviera, subiría a bordo, inspeccionaría a la tripulación, y solamente el aspecto de sus hombres le bastaría para concebir las más legítimas sospechas. Entonces obligaría al barco a dar media vuelta, lo seguiría y lo retendría en la caleta, para ampliar la información.

Y cuando el comandante del *Santa Fe* no encontrase a los tres torreros, sólo podría explicar su ausencia por un atentado del que hubieran sido víctimas. ¿Y no se inclinaría a creer que los autores de ese atentado eran precisamente los tripulantes del navío que intentaba escapar?

Por último, tal vez se produjera otra complicación.

Así como Kongre y su banda habían divisado al *Santa Fe* cuando se acercaba a la isla, también era posible que lo hubiesen descubierto quienes, dos noches atrás, habían atacado a la *Carcante* cuando se disponía a salir de la bahía. Habrían seguido todos los movimientos del aviso, se presentarían al llegar el barco a la caleta, y si, como era de suponer, se encontraba entre ellos el tercer torrero, los forajidos no escaparían al castigo por sus crímenes.

Kongre había vislumbrado todas estas eventualidades y sus consecuencias. De aquí surgía la resolución que había tomado y que era la única posible: zarpar inmediatamente, sin esperar la marea descendente y, puesto que el viento que soplaba del norte le era favorable, aprovechar la noche para ganar alta mar a toda vela. La goleta tendría ante ella el vasto océano, y era probable que el aviso, ante la imposibilidad de descubrir la luz del faro y para evitar aproximarse a tierra en medio de las tinieblas, se alejara de la isla de los Estados. Si era preciso, por mayor prudencia todavía, en vez de dirigirse hacia el estrecho de Le Maire, Kongre pondría la proa al sur, doblaría la punta Several y se ocultaría detrás de la costa meridional.

John Davis y Vázquez, que adivinaban los planes de los piratas, se preguntaban de qué manera lograrían frustrarlos y sentían, desesperados, toda su impotencia.

A las siete y media, Carcante llamó a los hombres que aún quedaban en tierra. En cuanto la tripulación estuvo a bordo, se izó el bote y Kongre ordenó levar el ancla.

Desde lo alto del acantilado, John Davis y Vázquez oyeron el chirrido regular del linguete, mientras la cadena subía por acción del cabrestante.

Al cabo de cinco minutos, el ancla estaba en la serviola. Inmediatamente, la goleta empezó a evolucionar y, desplegando las velas altas y las bajas a fin de aprovechar la brisa, comenzó a salir de la caleta. Para recibir mejor el viento, se mantuvo a igual distancia de las dos orillas.

Pero, en esas condiciones, la navegación se le hizo muy difícil. Como el mar estaba bajo, la corriente no favorecía la navegación, y en estas condiciones poco podía avanzar en las dos horas que faltaban para la marea ascendente. Era seguro que no estaría a la altura del cabo de San Juan antes de medianoche.

Sin embargo, poco importaba que así fuera. El hecho de que la *Santa Fe* no entrase a la bahía le permitía a Kongre evitar cualquier tipo de encuentro y, aunque tuviese que esperar la marea siguiente, sin duda antes del amanecer estaría lejos.

La tripulación se esforzaba por apresurar la marcha de la *Carcante*, pero era imposible hacerle desplegar más velas, pues hasta se habían izado las de estay. Pero un peligro muy real surgía de su deriva, y no podía impedirlo: poco a poco, el viento iba rechazándola hacia la orilla derecha de la bahía de Elgor. Aunque Kongre no la conocía, sabía cuán peligrosa era por el sinnúmero de arrecifes que había y contra los cuales se arriesgaba a estrellarse. Una hora después de la partida se creyó tan cerca de las rocas, que le pareció prudente virar a fin de apartarse del peligro.

Sólo con gran esfuerzo podía ejecutarse este cambio de amuras, por la brisa que iba soplando mientras la noche avanzaba.

Sin embargo, era urgente realizar esa maniobra para impedir que la *Carcante* se inclinara demasiado por el viento. Todos trataron de ayudar y, con el timón contra el viento, se trabaron las escotillas de la popa y se dejaron abiertas las de proa. Pero, sin la velocidad adecuada, la goleta no consiguió orzar y continuó acercándose a la costa.

Kongre comprendió el peligro. Sólo le quedaba un recurso y lo empleó. Echaron el bote al agua, se embarcaron en él seis hombres y, a fuerza de remar, lograron mover la goleta, que tomó las amuras a estribor. Durante alrededor de un cuarto de hora, navegó hacia la izquierda de la bahía y pudo retomar su dirección primitiva, sin temor de ser arrojada contra los arrecifes del sur.

Pero no se sentía un soplo de viento: las velas golpeaban contra los mástiles. El bote habría intentado en vano remolcar la *Carcante* hasta la entrada de la bahía, ya que no hubiera podido hacer frente a la marea creciente. Tal vez, incluso, Kongre no tendría más remedio que fondear en aquel sitio durante dos horas cuando se encontraba a no más de una milla y media de distancia de la caleta.

Después que la *Carcante* hubo zarpado, John Davis y Vázquez se in-

corporaron y descendieron hasta la orilla del mar, siguiendo anhelantes todos los movimientos de la goleta. La brisa había cesado por completo, de manera que comprendieron que Kongre se vería obligado a mantenerse al pairo, en espera del próximo reflujo. Pero tendría tiempo de alcanzar la salida de la bahía antes del amanecer, con lo cual contaba con grandes probabilidades de partir sin ser visto.

–¡No!... ¡Lo tenemos atrapado!... –exclamó de pronto John Davis.

–¿Y cómo? –preguntó Vázquez.

–¡Venga, venga!...

Y John Davis arrastró rápidamente a su compañero en dirección al faro.

En su opinión, el *Santa Fe* debía cruzar delante de la isla, y hasta era posible que estuviera muy cerca; esto, después de todo, no presentaba ningún peligro, dada la tranquilidad del mar. No había duda de que el comandante Lafayate, muy sorprendido por la extinción del faro, estaría frente a la isla esperando el amanecer.

Eso también pensaba Kongre; pero, al mismo tiempo, veía grandes probabilidades de despistar al aviso. En cuanto el reflujo empujara las aguas de la bahía hacia el mar, la *Carcante*, sin necesidad de viento, reanudaría su marcha y, en menos de una hora, llegaría a la altura del cabo de San Juan.

Una vez allí, Kongre no se alejaría hacia alta mar, sino que, ayudado por la brisa, que no falta siquiera en las noches más tranquilas, y la corriente que arrastraba hacia el sur, iría costeando el litoral hasta su extremo, en medio de la oscuridad de la noche. En cuanto lograse doblar la punta Several, distante de siete a ocho millas, la goleta quedaría al abrigo de los acantilados que se sucedían hasta el cabo Webster, y nada tendría que temer. El único peligro era el de ser descubiertos por los vigías del *Santa Fe*, si estaba fuera de la bahía y no en la entrada del estrecho de Le Maire. Seguramente, el comandante Lafayate, si divisaba la goleta a la salida de la bahía, no la dejaría alejarse sin interrogar a su capitán a propósito de la extinción del faro. Forzando la máquina, el aviso alcanzaría a la *Carcante* antes de que esta pudiera desaparecer detrás de las alturas del sur.

Eran más de las nueve. Con qué impaciencia Kongre y sus compañeros tuvieron que resignarse a fondear para resistir la marea y esperar el momento en que se hiciera sentir el reflujo. La goleta evitó el oleaje poniendo proa a alta mar, pero la cadena comenzaba a flaquear y se acercaba el instante de levar anclas. El bote se había izado nuevamente a bordo y Kongre no perdería un minuto er ponerse en marcha.

De pronto, la tripulación lanzó un grito que hubiera podido oírse desde las dos orillas de la bahía.

Un extenso haz luminoso acababa de alumbrar las tinieblas. La luz del faro brillaba con todo su esplendor, iluminando la bahía y el mar a lo largo de la isla.

—¡Ah..., esos canallas! ¡Están ahí!... —exclamó Carcante.

—¡A tierra! —ordenó Kongre.

Efectivamente, para escapar al apremiante peligro que los amenazaba sólo había un recurso: desembarcar, dejando a bordo de la goleta uno o dos hombres, correr hacia el faro, penetrar en el anexo, subir por la escalera de la torre, llegar a la cámara de servicio, arrojarse sobre el torrero y los que lo acompañasen, desembarazarse de ellos y apagar el faro... Si el aviso se había puesto en marcha para entrar en la bahía, sin duda se detendría..., y si ya estaba adentro, procuraría salir al no disponer más de la luz que lo guiase hasta la caleta.

Kongre mandó echar el bote al agua, donde se acomodaron él, Carcante y diez de sus hombres, armados con fusiles, revólveres y cuchillos. En un minuto llegaron a la orilla y se dirigieron rápidamente al faro, que estaba a menos de una milla y media.

Hicieron el trayecto en un cuarto de hora. Toda la banda, menos los hombres que se quedaron a bordo, se encontraba reunida al pie del faro.

Sí, allí estaban John Davis y Vázquez. Para llegar al faro, habían atravesado la meseta hasta la barrera de rocas que se elevaba detrás del bosque de hayas, en el mismo lugar donde había caído el guanaco descubierto por Moriz, dos meses antes. Luego, lanzándose a través de la pradera, pues sabían que no encontrarían a nadie, llegaron al pie del faro. Davis quería encenderlo para que el aviso pudiera llegar a la bahía sin tener que esperar el día. Lo que temía —y qué temores lo devoraban— era que Kongre hubiese destruido las lentes, roto las lámparas y que el aparato no estuviese en condiciones de funcionar. Si así era, la goleta tenía muchas posibilidades de escapar sin que el *Santa Fe* la viera.

Ambos atravesaron las habitaciones de los torreros, se introdujeron en el corredor, empujaron la puerta de la escalera, que cerraron tras de sí, subieron la escalera y llegaron a la cámara de servicio.

La linterna estaba en buen estado, las lámparas en su lugar, todavía provistas de las mechas y el aceite que tenían cuando las apagaron. Kongre no había destruido el aparato dióptrico de la linterna, pues sólo quería impedir el funcionamiento del faro durante el tiempo que permaneciera en la bahía de Elgor. ¿Y cómo podía prever en qué circunstancias tendría que abandonarla?

Y ahora el faro brillaba con todo su esplendor, y el aviso podía entrar sin peligro en su antiguo fondeadero.

Pero de pronto, unos golpes violentos resonaron al pie de la torre. La banda entera acababa de precipitarse en el interior del faro para subir a la galería y apagar la lámpara. Todos arriesgarían la vida por retardar la llegada del *Santa Fe*. No habían encontrado a nadie en el terraplén ni en las habitaciones. Los que estaban en la cámara de servicio no podían ser muchos y se los podría reducir fácilmente. Los matarían a todos y el faro no proyectaría más un rayo de diez millas en torno de la isla de los Estados.

Como sabemos, la puerta que daba al corredor era de hierro. Resultaba imposible romper los cerrojos que impedían el acceso a la escalera. Imposible también hacerla saltar a golpes de hacha o con una palanca. Carcante, que lo intentó, pronto lo comprendió y, después de inútiles esfuerzos, fue a reunirse con Kongre y los otros.

¿Qué hacer? ¿Había algún medio de llegar por el exterior hasta la linterna del faro? Si no era posible, la banda tendría que huir hacia el interior de la isla para evitar caer en manos del comandante Lafayate y de su tripulación. En cuanto a regresar a bordo de la goleta, ¿para qué? Además, no había tiempo, pues sin duda el aviso ya estaría en la bahía y encaminándose hacia la caleta.

Aún había un medio de llegar hasta la galería del faro y, si el faro se apagaba en unos minutos, el *Santa Fe* no solamente no podría continuar su marcha, sino que tal vez tuviera que retroceder y en ese

Por fin arribaron allí, se tomaron de la baranda de la galería, y sólo les faltaba escalarla.

caso, quizá la goleta pudiera pasar.

—¡La cadena del pararrayos! —exclamó Kongre.

Efectivamente, a lo largo de la torre se extendía una cadena metálica, asegurada cada tres pies por garfios de hierro. Levantándose a pulso uno a otro, era posible llegar a la galería y acaso sorprender a quienes ocupaban la cámara de servicio.

Kongre iba a intentar este último medio de salvación, pero Carcante y Vargas lo precedieron. Ambos se subieron al anexo, aferraron la cadena y empezaron a trepar uno tras el otro, esperando pasar inadvertidos en la oscuridad de la noche.

Por fin arribaron allí, se tomaron de la baranda de la galería, y sólo les faltaba escalarla.

En aquel momento, sonaron dos pistoletazos.

John Davis y Vázquez, que estaban a la defensiva, habían disparado.

Carcante y Vargas, heridos en la cabeza, se soltaron y se estrellaron contra el techo del anexo.

Entonces se oyeron claramente unos silbidos que llegaban más abajo de la bahía. La sirena del aviso lanzaba sus sonidos agudos a través del espacio.

Ya no había tiempo de huir. En pocos minutos, el *Santa Fe* estaría frente a su antiguo fondeadero.

Kongre y sus compañeros, comprendiendo que ya era inútil toda tentativa, se precipitaron al terraplén y huyeron tierra adentro.

Unos momentos más tarde, el comandante Lafayate echaba el ancla y la chalupa de los torreros atracaba mediante unos cuantos golpes de remo.

John Davis y Vázquez subieron a bordo del aviso.

Capítulo 15

Desenlace

El aviso *Santa Fe* había salido de Buenos Aires el 19 de febrero, llevando a bordo el relevo del faro de la isla de los Estados. Favorecida por el viento y el mar, la travesía fue muy rápida. La gran tempestad, que duró casi ocho días, no se había extendido más allá del estrecho de Magallanes. El comandante Lafayate no había sentido sus efectos, y llegó a su destino con cuatro días de anticipación.

Dos horas más tarde hubiera sido inútil perseguir a la banda Kongre y a su jefe, porque la goleta habría estado en pleno océano.

El comandante Lafayate no dejó que pasara la noche sin ponerse al corriente de lo que había sucedido en la bahía de Elgor, durante los tres meses transcurridos.

Si Vázquez estaba a bordo, sus camaradas Felipe y Moriz no lo acompañaban. El otro, John Davis, era completamente desconocido y nadie sabía su nombre.

El capitán del *Santa Fe* los hizo entrar en su camarote y, dirigiéndose a Vázquez, dijo:

—El faro se encendió tarde, Vázquez...

—Hace nueve semanas que no funciona —respondió Vázquez.

—¡Nueve semanas! ¿Y sus dos compañeros?

—Felipe y Moriz murieron. Veintiún días después de la partida del *Santa Fe*, el faro sólo tenía un torrero, mi comandante.

Vázquez relató los acontecimientos cuyo escenario había sido la isla de los Estados. Una banda de piratas, bajo las órdenes de un tal Kongre, hacía varios años que estaba instalada en la bahía de Elgor, donde atraía navíos hacia los arrecifes del cabo de San Juan, para recoger los restos de los naufragios y asesinar, luego, a los sobrevivientes. Nadie sospechó su presencia durante el tiempo que duró la construcción del faro, porque los bandidos se habían refugiado en el cabo San Bartolomé, en el extremo occidental de la isla. Cuando partió el *Santa Fe* y los torreros quedaron solos, la banda Kongre remontó la bahía de Elgor en una goleta que, por casualidad, cayó en su poder en el cabo San Bartolomé. Minutos después de fondear en la caleta, Moriz y Felipe caían muertos sobre la cubierta del barco pirata. Si Vázquez había escapado de la catástrofe fue porque en ese momento se encontraba en la cámara de servicio. Tras haberla dejado, se refugió en el litoral del cabo de San Juan, donde pudo sobrevivir gracias a las provisiones que había descubierto en una caverna de esos piratas.

Luego Vázquez relató el naufragio del *Century*, que siete semanas después había naufragado en la entrada de la bahía, la suerte que tuvo de poder salvar al segundo de a bordo y cómo vivieron los dos esperando la llegada del *Santa Fe*. Su más viva esperanza era que la goleta, retenida por necesitar importantes reparaciones, no pudiera hacerse a la mar para llegar a los parajes del Pacífico antes del regreso del aviso, en los primeros días de marzo. Pero seguramente habría podido abandonar la isla si los dos proyectiles que John Davis le metió en el casco no la hubieran detenido unos días más.

Esto fue, en resumen, lo que Vázquez contó, refiriendo minuciosamente los detalles que el comandante Lafayate quería conocer y presentándole al segundo de la *Century*.

El comandante Lafayate estrechó afectuosamente las manos de Vázquez y John Davis, quienes por su valerosa intervención habían logrado que el *Santa Fe* llegase a la bahía de Elgor antes de la partida de la goleta.

Estas eran las condiciones en las que, ese mismo día, una hora antes de la caída del sol, el buque había divisado la isla de los Estados.

El capitán del aviso había llegado a la punta a la mañana y estaba seguro de su posición, que lo ponía en la misma latitud del cabo Diegos, en el extremo sudeste de la Tierra del Fuego. Vieron el cabo al oeste hacia mediodía. El aviso, en consecuencia, sólo tenía que tomar hacia el sur del cabo de San Juan y debía verla desde el momento en que pasara la entrada del estrecho de Le Maire.

En efecto, a la hora en que el crepúsculo empezaba a oscurecer el cielo, el comandante Lafayate había distinguido perfectamente, si no la costa este de la isla, al menos los elevados picos que se alzaban en segundo término. Se encontraba a unas quince millas y, sin duda, llegaría dos horas más tarde.

Eso fue exactamente lo que ocurrió y el *Santa Fe* corrió hacia el cabo San Juan. El mar estaba en calma y apenas se sentían los últimos soplos de la brisa de alta mar.

Seguramente, antes de que se estableciera el Faro del fin del mundo en la isla de los Estados, el comandante Lafayate no hubiese cometido la imprudencia de aproximarse tanto a tierra durante la noche, y menos todavía de aventurarse a entrar en la bahía de Elgor para llegar hasta la caleta. Pero ahora la costa y la bahía estaban iluminadas y no le pareció necesario esperar hasta el día siguiente.

El aviso continuó, por lo tanto, su ruta hacia el oeste y, al anochecer, se hallaba a cinco millas del cabo de San Juan.

En ese momento, el *Santa Fe* había sido divisado por John Davis y Vázquez, que observaban el mar en la zona del estrecho. Fue también en ese momento cuando, desde lo alto del faro, un compañero se lo señaló a Kongre, quien dio órdenes de aparejar a toda prisa a fin de salir de la bahía de Elgor antes de que el *Santa Fe* entrara en ella.

Entre tanto, el aviso se mantuvo allí a media máquina. El sol acababa de caer y el faro no se encendió.

Transcurrió una hora sin que se divisara ningún punto luminoso en la isla. El comandante Lafayate no podía equivocarse acerca de su posición, la bahía de Elgor se abría a unas millas de allí. Sin duda estaba al alcance de la luz del faro... ¡y este no se encendía!...

Los del aviso pensaron que el aparato había sufrido algún desperfecto. Tal vez durante la última tempestad, que había sido tan violenta, se había roto la linterna, se habían estropeado las lentes y las lámparas habían quedado fuera de servicio. Nunca se le hubiera ocurrido a nadie que los torreros habían sido víctimas del ataque de una banda de piratas, que dos de ellos hubieran sido abatidos por esos asesinos y que el tercero se hubiera visto obligado a huir para no sufrir la misma suerte.

–Yo no sabía qué hacer –dijo el comandante Lafayate–. La noche era muy oscura y no podía aventurarme en la bahía. No tenía más remedio que mantenerme a distancia hasta que amaneciera. Mis oficiales, mi tripulación, todos éramos presa de una mortal ansiedad, presintiendo alguna desgracia. Por último, a eso de las nueve, el faro brilló. El retraso debía obedecer a algún accidente. Entonces ordené aumentar la presión y puse la proa hacia la entrada de la bahía. Una hora después, el *Santa Fe* entraba en ella. A una milla y media de la caleta encontré fondeado un barco que parecía abandonado... Iba a enviar unos cuantos hombres a bordo cuando resonaron unos tiros, disparados desde la galería del faro... Comprendimos que nuestros torreros eran atacados y que se defendían, probablemente contra la tripulación de aquella goleta. Hice rugir la sirena para asustar a los opresores y, un cuarto de hora después, el *Santa Fe* echaba el ancla en la caleta.

–A tiempo, mi comandante –dijo Vázquez.

–Lo que no habría podido hacer si ustedes no hubiesen arriesgado su vida para encender el faro. Ahora la goleta estaría en alta mar. Seguramente no la hubiéramos visto salir de la bahía y esa banda de piratas se nos habría escapado.

Conocida la historia a bordo del aviso, Vázquez y John Davis no cesaban de recibir cálidas felicitaciones.

La noche transcurrió tranquilamente, y al día siguiente Vázquez conoció a los tres torreros que el *Santa Fe* acababa de traer a la isla de los Estados.

De más está decir que durante la noche se envió a la goleta un fuerte destacamento de marineros para tomar posesión del barco, a fin de evitar que Kongre intentase volver a embarcar y salir de la bahía aprovechando el reflujo.

El comandante Lafayate comprendió que era necesario, para garantizar la seguridad de los nuevos torreros del faro, purgar la isla de los bandidos que la infestaban. Después de la muerte de Carcante y de Vargas, su número se reducía a trece, comprendido su jefe, en estado de desesperación.

A causa de la extensión de la isla, sin duda la persecución sería larga y tal vez no tuviese el éxito deseado. ¿Cómo podría la tripulación del *Santa Fe* revisar todas las grutas del acantilado de la costa y los refugios del interior? Seguramente, Kongre y sus compañeros, sabiendo que el secreto de su escondite había sido descubierto, no cometerían la imprudencia de volver al cabo San Bartolomé; además, la caverna, indudablemente, no había escapado a las pesquisas. Pero tal vez transcurrieran semanas, y aun meses, antes de que se capturara a todos los individuos de la banda. Sin embargo, el comandante Lafayate no hubiera aceptado dejar la isla de los Estados sin que la seguridad de los torreros estuviera garantizada por el completo exterminio de los piratas y el funcionamiento regular del faro, a resguardo de toda agresión.

Ciertamente, lo que podía precipitar el resultado era la situación en que Kongre y los suyos se iban a encontrar: ni en la caverna del cabo San Bartolomé ni en la bahía de Elgor les quedaban provisiones. El comandante Lafayate, guiado por Vázquez y John Davis, pudo comprobar, a la mañana siguiente, que allí no quedaba ninguna reserva de bizcochos, carne salada, ni conservas de ninguna clase. Todo lo que restaba de víveres había sido transportado a bordo de la goleta, que los marineros del aviso condujeron a la bahía. La caverna sólo guardaba restos de naufragios sin mayor valor, ropa de cama, vestimentas y utensilios, que también fueron transportados a los almacenes del faro. Aun admitiendo que Kongre volviera por la noche a su antiguo alojamiento, no encontraría nada para la subsistencia de su banda. Tampoco debían de disponer de armas, pues los fusiles, revólveres y municiones estaban a bordo de la *Carcante*. Se verían reducidos, pues, a alimentarse sólo del producto de la pesca y, en tales condiciones, tendrían que rendirse o morirse de hambre.

Entre tanto, inmediatamente comenzó la búsqueda. Diversos destacamentos de marineros, a las órdenes de un oficial o de un contramaestre, se dirigieron unos hacia el interior de la isla y otros hacia el litoral. El propio comandante Lafayate se trasladó al cabo San Bartolomé, donde no encontró rastros de la banda.

Transcurrieron varios días sin que se descubriera la presencia de ningún pirata. Sin embargo, la mañana del 6 de marzo llegaron al faro siete miserables pecherés, extenuados por el hambre y el cansancio. Los recibieron a bordo del *Santa Fe*, donde se les dio alimento, y quedaron a cargo de una guardia que les impedía cualquier intento de fuga.

Al día siguiente, el segundo, Riegal, que visitaba la costa del cabo Webster, descubrió cinco cadáveres, entre los cuales Vázquez pudo reconocer a dos de los chilenos de la banda. Por ciertos indicios, comprobaron que habían tratado de alimentarse de pescados y crustáceos, pero por ninguna parte se encontraron carbones ni cenizas, lo que demostraba que no habían podido encender fuego.

Por fin, la tarde de ese mismo día, un poco antes de ponerse el sol, un hombre apareció en la cresta del acantilado, del lado que dominaba la caleta.

Estaba casi en el mismo sitio desde donde Vázquez y John Davis habían observado la partida de la goleta, antes de que divisaran el aviso frente a la isla.

Era Kongre.

Vázquez, que se paseaba por el faro con los nuevos torreros, lo reconoció enseguida y exclamó:

—¡Allí está! ¡Allí está!

Al oír este grito, el comandante Lafayate, que recorría la playa con su segundo, se apresuró a acudir.

John Davis y algunos marineros se lanzaron a perseguirlo, y todos, reunidos en el terraplén, pudieron ver al jefe de la banda.

¿Qué venía a hacer a aquel lugar? ¿Por qué se mostraba abiertamente? ¿Su intención era rendirse? No debía hacerse ilusiones sobre la suerte que le esperaba. Sería conducido a Buenos Aires, donde pagaría con su cabeza toda una existencia de robos y de crímenes.

Kongre permanecía inmóvil sobre la roca más elevada del acantilado. Sus miradas se dirigían hacia la bahía. Y cerca del aviso pudo ver aquella goleta que la suerte le había enviado tan oportunamente al cabo San Bartolomé. Si no hubiera llegado el aviso, que había impedido su partida, ya hubiera estado desde varios días atrás en pleno Pacífico, donde le hubiera sido fácil sustraerse a todas las persecuciones y asegurar su impunidad.

No habían andado cien pasos cuando se oyó una detonación y se vio caer un cuerpo al vacío...

Se comprende el interés que el comandante Lafayate tenía en apresar a Kongre. Dio sus órdenes y el segundo, Riegal, seguido de media docena de marineros, se deslizó fuera del faro, a fin de alcanzar el bosque de hayas, desde donde, remontando la barrera de rocas, les sería fácil llegar a la meseta.

Vázquez y John Davis guiaban otro grupo por el camino más corto.

No habían andado cien pasos cuando se oyó una detonación y se vio caer un cuerpo al vacío, que se estrelló contra las rocas de la base.

Kongre había sacado un revólver de su cinto, lo había apoyado sobre su frente...

El miserable se había hecho justicia, y ahora la marea descendente arrastraba su cadáver mar adentro.

Tal fue el desenlace de este drama de la isla de los Estados.

Inútil es advertir que desde la noche del 3 de marzo el faro no había dejado de funcionar. Los nuevos torreros fueron puestos al tanto del servicio por Vázquez. Ya no quedaba ni un solo hombre de la banda de Kongre.

John Davis y Vázquez embarcarían en el aviso con rumbo a Buenos Aires; desde allí, el primero sería repatriado a Mobile, donde sin duda no tardaría en obtener el mando de un barco, al que lo hacían acreedor su coraje y sus valores personales.

Vázquez iría a su pueblo natal a descansar de las pruebas tan resueltamente soportadas... Pero iría solo, sin que sus pobres camaradas lo pudieran acompañar.

La tarde del 9 de marzo, el *Santa Fe* hizo sus preparativos para la partida. El comandante Lafayate, completamente seguro de que ningún riesgo amenazaba a los torreros ni al faro, dio la orden de zarpar. Tal como había ocurrido la última vez que saliera de la bahía de Elgor, el barco, rodeado por las aguas del mar, se alejó acompañado, hasta ocho millas de distancia de la isla de los Estados, por el haz luminoso que proyectaba el faro del fin del mundo.

❖

Ray Bradbury

LA SIRENA

Traducción de Esteban Magnani

Título original: "The Fog Horn"
Publicado por primera vez en 1952, en *Las doradas manzanas del sol.*

Allá afuera, en el agua fría, lejos de la costa, esperábamos cada noche la llegada de la niebla, y esta venía, y engrasábamos la maquinaria de bronce y encendíamos los faros para niebla en lo alto de la torre de piedra. Como un par de pájaros en el cielo gris, Mc Dunn y yo enviábamos el rayo de luz rojo, luego blanco, de nuevo rojo, para enfocar los navíos solitarios. Y si ellos no veían nuestra luz, entonces quedaba siempre nuestra Voz, el grito grandioso y profundo de nuestra sirena, que se abría paso a través de los harapos de niebla, espantando y desparramando las gaviotas como si fueran mazos de cartas arrojados al aire y haciendo crecer las olas hasta convertirlas en espuma.

—Es una vida solitaria, pero ya estás acostumbrado a ella, ¿verdad? —preguntó Mc Dunn.

—Sí —dije—. Gracias a Dios, usted es un buen conversador.

—Bueno, es tu turno de ir a tierra, mañana —dijo, sonriendo—, a bailar con las muchachas y tomar *gin*.

—¿En qué piensa usted, Mc Dunn, cuando lo dejo aquí, solo?

—En los misterios del mar.

Mc Dunn encendió su pipa. Eran las siete y cuarto de una helada tarde de noviembre, la luz jugueteaba con su cola en doscientas direcciones y la sirena mascullaba en las alturas de la garganta de la torre. A lo largo de un centenar de kilómetros de costa no había población alguna, tan solo un camino, con unos pocos vehículos en él, que avanzaba solitario atravesando paisajes desiertos hasta el mar, un estrecho de dos millas de frías aguas que llegaban hasta nuestro rocoso montículo, al igual que unos pocos barcos.

—Los misterios del mar —dijo Mc Dunn pensativamente—. ¿Sabes que el mar es el más grande copo de nieve que existe? Rueda y se hincha

tomando mil formas y colores que nunca se repiten. Extraño. Una noche, hace años, yo estaba aquí, solo, cuando todos los peces del mar salieron a la superficie, ahí. Algo los hizo nadar y quedarse flotando en la bahía, como temblando, mirando fijamente la luz de la torre que se ponía roja, blanca, roja, blanca, al iluminarlos, de modo que pude ver sus extraños ojos. Me quedé helado. Eran como la cola de un gran pavo real y se quedaron allí, moviéndose, hasta la medianoche. Luego, sin un sonido, se deslizaron hasta desaparecer, el millón de peces desapareció. Imaginé que quizás, de alguna curiosa manera, habían peregrinado todas estas millas para adorar a alguien. Extraño. Pero piensa qué debe parecerles a ellos la torre, elevándose veinte metros sobre el agua, con una luz que parece emitida por Dios y una voz que se manifiesta como la de un monstruo. Nunca volvieron esos peces, pero, ¿no te parece que por un momento pensaron que estaban ante la presencia de Dios?

Me estremecí. Miré la pradera larga y gris del mar que se esfumaba estrechándose a lo lejos, hacia la nada.

—Oh, el mar está lleno. —Mc Dunn chupó su pipa nerviosamente, parpadeando. Había estado nervioso todo el día sin decir por qué—. A pesar de nuestras máquinas y de los así llamados submarinos, faltan diez mil siglos para que apoyemos el pie en el fondo verdadero de las tierras sumergidas, en los reinos fantásticos que allí se encuentran y sintamos el terror *real*. Piénsalo bien, allí abajo es aún el año 300.000 a. C. Mientras desfilábamos aquí y allá, con trompetas, arrancándonos países y cabezas, ellos vivían bajo el mar, a dieciocho kilómetros de profundidad, congelados en un tiempo tan antiguo como la cola de un cometa.

—Sí, es un mundo viejo.

—Vamos. Hay algo especial que me estuve reservando para contarte.

Subimos los ochenta escalones, conversando todo el tiempo. En la cima, Mc Dunn apagó las luces para que no hubiera reflejos en los vidrios. El gran ojo de luz zumbaba y giraba con suavidad sobre sus cojinetes aceitados. La sirena llamaba con regularidad cada quince segundos.

—Parece la voz de un animal, ¿no es así? —Mc Dunn asintió para sí mismo—. Un enorme animal solitario que grita en la noche. Sentado aquí, al borde de diez billones de años y llamando a los Abismos, estoy aquí, estoy aquí, estoy aquí. Y los Abismos responden, sí, lo hacen. Hace ya tres meses que estás aquí, Johnny, así que es mejor que te prepare. En esta época del año —dijo, estudiando la oscuridad y la niebla—, algo viene a visitar el faro.

—¿Los cardúmenes de peces que mencionó antes?

—No, esto es otra cosa. No te lo dije antes porque me ibas a creer loco. Pero ya no puedo callar más, porque si marqué correctamente mi calendario el año pasado, esta noche es la noche en que ocurre. No entraré en detalles, tendrás que verlo por ti mismo. Tan sólo tienes que sentarte aquí. Si quieres, mañana puedes empacar tus pertrechos, tomar la lancha hasta la costa, subirte a tu auto, estacionado en el muelle de las lanchas, en el cabo, y manejar hasta algún pueblito del interior. Y por las noches podrás dejar siempre las luces encendidas, no te lo cuestionaré ni te lo reprocharé. Ha ocurrido en los tres últimos años, y esta es la única vez en que hay alguien aquí conmigo para corroborarlo. Espera y mira.

Pasó una media hora en la que sólo hubo algunos murmullos entre nosotros. Cuando nos cansamos de esperar, Mc Dunn empezó a explicarme algunas de sus ideas. Había llegado a crear su propia teoría acerca de la sirena.

—Cierto día, hace muchos años, un hombre llegó caminando y escuchó el sonido del océano sobre la costa fría y sin sol y dijo: "Necesitamos una voz que llame a través de las aguas, que advierta a los barcos; yo la haré. Y haré una voz que contenga todos los tiempos y todas las nieblas; haré una voz que sea como una cama vacía a tu lado a lo largo de la noche, y como una casa vacía cuando abres la puerta, y como los árboles sin hojas en el otoño. Un sonido de pájaros volando hacia el sur, gritando, y un sonido como el del viento de noviembre y el del mar contra la costa dura y fría. Haré un sonido tan desolado que nadie podrá dejar de oírlo, que a quienes alcance sentirán que les gime el alma, y los fogones les parecerán más cálidos, y en las ciudades lejanas, quienes lo escuchen pensarán cuánto mejor es estar en casa. Haré un sonido y un aparato que llamarán *la sirena*, y quienes lo oigan conocerán la tristeza de la eternidad y la brevedad de la vida".

La sirena llamó.

—Imaginé esta historia —dijo Mc Dunn suavemente— para tratar de explicar por qué esa cosa vuelve y vuelve al faro todos los años. La sirena la llama, creo, y ella vuelve...

—Pero... —dije.

—Chist... —dijo Mc Dunn—. ¡Allí! —Señaló afuera, hacia los Abismos.

Algo nadaba hacia la torre del faro.

Era una noche helada, tal como dije. En lo alto de la torre hacía frío, la luz iba y venía, y la sirena llamaba y volvía a llamar a través de las hilachas de la niebla. No se podía ver ni muy lejos ni con claridad, pero allí estaba el mar profundo balanceándose alrededor de la tierra nocturna, plano y silencioso, de color gris barro, y aquí estábamos nosotros dos, solos en la alta torre, y allá, lejos en un principio, apareció un rizo, seguido de una ola, una elevación, una burbuja, un poco de espuma. Y entonces, de la superficie del frío mar surgió una cabeza, una gran cabeza, oscura, de ojos inmensos, y luego un cuello. Y luego —no un cuerpo— sino más y más cuello. La cabeza se elevó unos doce metros por encima del nivel del agua, sobre un esbelto y hermoso cuello oscuro. Y sólo entonces emergió el cuerpo desde los Abismos, cual una isla de corales negros y moluscos y cangrejos. La cola se sacudió sobre las aguas. En total, desde la cabeza hasta la punta de la cola, estimé que el monstruo tendría entre veinticinco y treinta metros.

No sé qué dije. Algo dije.

—Calma, muchacho, calma —susurró Mc Dunn.

—¡Es imposible! —dije.

—No, Johnny, *nosotros somos imposibles. Él es* como siempre ha sido desde hace diez millones de años. *Él* no ha cambiado. Somos *nosotros* y la tierra los que hemos cambiado, los que nos volvimos imposibles. *¡Nosotros!*

El monstruo nadó lentamente con una majestad grandiosa y oscura sobre las heladas aguas, allá lejos. La niebla iba y venía a su alrededor, borrando sus formas por momentos. Uno de sus ojos atrapó, sostuvo y reflejó nuestra inmensa luz, roja, blanca, roja, blanca, como si fuera un disco mantenido en lo alto, que envía su mensaje en un código primitivo.

El silencio de su nado era igual al silencio de la niebla.

–¡Es un dinosaurio de algún tipo! –Me agaché sosteniéndome de la barandilla de la escalera.

–Sí, uno de la tribu.

–¡Pero murieron y desaparecieron!

–No, sólo se escondieron en los Abismos. Abajo, profundamente, en los Abismos más abismales. Ahora, esta es una verdadera palabra, Johnny, una palabra real, plena de significado: los Abismos. En una palabra como esa se reúnen toda la frialdad y la oscuridad y las profundidades del mundo.

–¿Qué haremos?

–¿Hacer? Tenemos nuestro trabajo, no podemos irnos. Además, estamos más a salvo aquí que en un bote tratando de llegar a la costa. Esa cosa es tan grande como un destructor y casi igual de rápido.

–¿Pero aquí, por qué viene *aquí*?

Enseguida tuve mi respuesta.

La sirena llamó.

Y el monstruo respondió.

Un grito vino atravesando millones de años de agua y niebla. Un grito tan angustiado y solitario que se estremeció dentro de mi cuerpo y mi cabeza. El monstruo le gritó a la torre. La sirena llamó. El monstruo rugió de nuevo. La sirena llamó. El monstruo abrió su gran boca dentada y el sonido que provino de su interior fue el mismo sonido de la sirena. Solitario y vasto y lejano. El sonido del aislamiento, de un mar invisible, de una noche helada, de lo apartado. Eso era el sonido.

–¿Ahora entiendes por qué viene aquí? –susurró Mc Dunn.

Asentí.

–A lo largo del año, Johnny, ese pobre monstruo ha yacido lejos, mil kilómetros mar adentro, y quizás a treinta kilómetros bajo el agua, esperando el momento oportuno; quizás esta criatura única tenga un millón de años de edad. Piénsalo, esperar un millón de años; ¿podrías esperar tanto tiempo? Quizás fuere el último de su especie. Me inclino a creer que es así. Sea como sea, hace cinco años vinieron aquí unos hombres y construyeron el faro. E instalaron la sirena que llamó y llamó

hasta alcanzar el lugar donde te enterraste en el sueño y en el mar, recordando un mundo donde había miles como tú, pero ahora estás solo, completamente solo, en un mundo que no está hecho para ti, un mundo en el que te tienes que esconder.

—Pero el sonido de la sirena llega y se va, viene y se va, y te agitas en el barroso fondo de los Abismos, y tus ojos se abren como lentes de cámaras de sesenta centímetros, y te mueves lentamente, muy lentamente, porque tienes el pesado océano sobre los hombros. Pero la sirena llega a través de miles de kilómetros de agua, débil y familiar, y en el horno de tu vientre arde otra vez el fuego, y comienzas a incorporarte lentamente, lentamente. Te alimentas de grandes cardúmenes de abadejos y de ríos de medusas, y subes lentamente en los meses de otoño, en septiembre, cuando las nieblas comienzan, en octubre, con la niebla en aumento y la sirena aún llamándote, y luego, tarde en noviembre, después de ir presurizándote diariamente, algunos centímetros en cada hora, te acercas a la superficie y sigues vivo. Debes hacer todo lentamente; si subieras a la superficie de golpe, explotarías. Así que tardas tres meses en llegar a la superficie, y luego algunos días de nado por aguas heladas hasta el faro. Y allí estás, afuera, de noche, Johnny, el monstruo más enorme de la creación. Y aquí está el faro que te llama, con un cuello largo como el tuyo levantado sobre el agua, y un cuerpo como tu cuerpo, y, lo más importante de todo, con una voz como tu voz. ¿Comprendes ahora, Johnny, comprendes?

La sirena llamó.

El monstruo respondió.

Lo vi todo, lo supe todo: el millón de años de espera solitaria, aguardando que volviera alguien que no volvió. El millón de años de aislamiento en el fondo del mar, la locura del tiempo allí, mientras los cielos se despojaban de pájaros-reptiles, los pantanos se secaban en los continentes, a los perezosos y a los dientes de sable les llegaba el día y se zambullían en pozos de alquitrán, y los hombres corrían como hormigas blancas por las sierras.

La sirena llamó.

—El año pasado —dijo Mc Dunn—, esta criatura nadó alrededor y alrededor, alrededor y alrededor, toda la noche. Sin acercarse, sorprendida, diría yo. Temerosa, quizás. Y un poquito enojada por tanto camino recorrido. Pero al día siguiente, inesperadamente, la niebla se levantó, apareció el sol, y el cielo brilló tan azul como en un cuadro. Y el monstruo huyó del calor y del silencio y no volvió. Imagino que ha estado pensándolo todo el año, y volviendo a pensarlo de todas las maneras posibles.

El monstruo estaba, ahora, a menos de cien metros, y él y la sirena se gritaban alternadamente. Cuando la luz los alcanzaba, los ojos del monstruo eran fuego y hielo, fuego y hielo.

—Así es la vida —dijo Mc Dunn—. Alguien siempre en espera de otro que nunca regresa a casa. Alguien que siempre ama a otro más de lo que el otro lo ama a él. Y después de un tiempo, quieres destruir a quienquiera sea ese otro, para que no pueda herirte más.

El monstruo se abalanzaba sobre el faro.

La sirena llamó.

—Veamos qué ocurre —dijo Mc Dunn.

Apagó la sirena.

El siguiente minuto fue de un silencio tan intenso que pudimos escuchar nuestros corazones latiendo violentamente en el vidriado cuarto de la torre, y el lento y lubricado girar del ojo de luz.

El monstruo se detuvo y quedó inmóvil. Sus grandes ojos parpadearon como linternas. Abrió la boca. Emitió un ruido sordo, como el de un volcán. Sacudió espasmódicamente la cabeza hacia uno y otro lado como buscando los sonidos que ahora se consumían en la niebla. Miró fijamente hacia el faro. Algo retumbó nuevamente en su interior. Luego sus ojos se llenaron de fuego. Se encabritó, batió el agua, y se abalanzó sobre la torre con los ojos llenos de un furioso tormento.

—¡Mc Dunn! —grité—. ¡Conecte la sirena!

Mc Dunn buscó la llave a tientas. Pero aunque llegó a accionarla, el monstruo ya estaba encima, encabritado. Tuve un vistazo de sus gigantescas garras, de la piel de lija en telarañas, brillante, entre sus dedos, y de sus uñas como garfios que apuntaban a la torre. El enorme ojo derecho de su angustiada cabeza destelló ante mí como un caldero en el que se podría caer, dando alaridos. La torre se sacudió. La sirena gritó; el monstruo gritó. Apresó la torre y arañó los vidrios que cayeron hechos trizas sobre nosotros.

Mc Dunn me tomó del brazo.

—¡Bajemos!

La torre se balanceaba, temblaba y comenzaba a ceder. La sirena y el monstruo rugían. Tropezamos y casi caímos por las escaleras.

—¡Rápido!

Llegamos abajo cuando la torre se encorvaba sobre nosotros. Nos zambullimos bajo las escaleras y entramos en el pequeño sótano de piedra. Se oían miles de golpes mientras las piedras llovían por doquier; la sirena calló abruptamente. El monstruo aplastó la torre. La torre cayó. Nos arrodillamos juntos, Mc Dunn y yo, abrazándonos con fuerza mientras nuestro mundo explotaba.

Y de repente no hubo más, nada que no fuera la oscuridad y el lavado del mar sobre las piedras desnudas.

Eso y el otro sonido.

—¡Escucha! —dijo Mc Dunn en voz baja—. Escucha.

Esperamos un momento. Y entonces comencé a oírlo. Al principio, una gran succión de aire creando el vacío, y luego el lamento, la perplejidad, la soledad del enorme monstruo, curvado por encima de nosotros, de modo que el nauseabundo vaho de su cuerpo llenaba el ambiente, como si otra gruesa capa de piedra rodeara nuestro sótano. El monstruo boqueó y gritó. La torre había desaparecido. La luz había desaparecido. El ente que lo había llamado atravesando millones de años había desaparecido. Y el monstruo abría su boca y emitía potentes sonidos. El llamado de la sirena, una y otra vez. Y los barcos, allá lejos en el mar, que no encontraban la luz, que no veían nada, pero pasaban ya tarde en la noche, deben de haber pensado: ahí está, el sonido solitario, la sirena de la Bahía Solitaria. Muy bien. Hemos doblado el cabo.

Y así continuó, el resto de la noche.

El sol era brillante y cálido la tarde siguiente, cuando los que nos rescataron vinieron a cavar y sacarnos del sótano cubierto por las piedras de la torre.

—Se vino abajo, eso es todo —dijo Mc Dunn gravemente—. Hubo algunos golpes muy fuertes de las olas y se derrumbó, así de sencillo. —Me pellizcó el brazo—.

No había nada que llamara la atención. El océano estaba en calma, el cielo era azul. Lo único notable era el fortísimo hedor que salía de la verde maraña de algas que cubría las piedras de la torre caída y las rocas de la costa. Las moscas zumbaban sobre ellas. El océano vacío golpeaba la costa.

Al año siguiente construyeron un nuevo faro, pero para ese entonces yo había conseguido un nuevo trabajo en el pequeño pueblo y tenía una esposa y una buena casa, pequeña y cálida, cuyas ventanas brillaban amarillas en las noches de otoño, con sus puertas cerradas y la chimenea humeante. En cuanto a Mc Dunn, quedó como encargado del nuevo faro, construido de acuerdo con sus propias especificaciones, de cemento reforzado con acero. "Por las dudas", había dicho.

El nuevo faro quedó listo en noviembre. Cierta tarde, cuando ya anochecía, llegué hasta allí, solo, estacioné mi auto y me quedé mirando las grises aguas. Escuché la nueva sirena que sonaba por sí misma, una, dos, tres, cuatro veces por minuto, hacia las lejanas aguas.

¿El monstruo?

Nunca volvió.

—Se ha ido —dijo Mc Dunn—. Ha vuelto a los Abismos. Ha aprendido que en este mundo no se puede amar demasiado a nadie. Se ha ido a los más abismales Abismos a esperar otro millón de años. ¡Ah, la pobre criatura! Esperando allá lejos, y esperando allá lejos, mientras que el hombre viene y va en este pequeño lamentable planeta. Esperando y esperando.

Me senté en mi auto, escuchando. No podía ver ni el faro ni el rayo de luz que emergía de la Bahía Solitaria. Sólo podía oír la Sirena, la Sirena, la Sirena. Y sonaba como el llamado del monstruo.

Me senté allí, deseando que se me ocurriera algo para decir.

❖

Manos a la obra

Llamado a concurso

1. **Lean atentamente estas dos citas. La primera corresponde al Capítulo 1: "Inauguración"; y la segunda, al Capítulo 2: "La isla de los Estados"; ambos de la primera parte.**

> Después de todo, Riegal, hay que tener en cuenta que, cuando la autoridad marítima solicitó torreros para el faro del fin del mundo, era tal la cantidad de postulantes que la elección resultó difícil.

> Es evidente que este buen funcionamiento no dependía más que de la exactitud y la vigilancia de los torreros. Si estos mantenían las lámparas en perfecto estado, ponían cuidado en renovar las mechas y vigilaban que el aceite alimentara la luz en las proporciones debidas; si regulaban bien el tiro, levantando o bajando los tubos de cristal que rodeaban las mechas; si encendían las luces al anochecer y las apagaban al despuntar el día; si no abandonaban nunca, en fin, la minuciosa vigilancia que era necesaria, el faro estaba llamado a brindar los más grandes servicios a la navegación en los lejanos parajes del océano Atlántico.

2. **A partir de ellas, y teniendo en cuenta la época y los recursos, redacten un pliego de "Llamado a concurso" para cubrir esos puestos en lugares tan distantes. Para hacerlo, tengan en cuenta qué condiciones debían tener quienes ocuparían los puestos de torreros en la zona más austral de la Argentina.**

3. ¿Qué diferencias podrían señalar si hubiese que cubrir esas vacantes en la actualidad?

Dejo constancia

4. Como pueden verificar en este fragmento del Capítulo 3 de la primera parte, "Los tres torreros", las actividades de un equipo de torreros implican llevar un registro de lo que ocurre día a día.

> No obstante, esta monotonía (la de la vida cotidiana en los faros) no es de naturaleza tal que afecte a los torreros asignados al servicio de los faros. La mayor parte de ellos, antiguos marinos o pescadores, no son personas preocupadas por contar los días y las horas, sino que saben ocuparlos y distraerse. Además, el servicio no se limita a asegurar el alumbrado desde la puesta del sol hasta el amanecer. A Vázquez y a sus compañeros, se les había recomendado que vigilaran los alrededores de la bahía de Elgor; que se trasladaran varias veces por semana al cabo de San Juan y observaran la costa este, hasta la punta Several, sin alejarse nunca más de tres o cuatro millas. Debían llevar al día el "libro del faro" y anotar en él todos los incidentes que acaecieran: el paso de los barcos de vela y de vapor, su nacionalidad, su nombre y matrícula, si les era posible verlo; la altura de las mareas, la dirección y la fuerza del viento, los cambios del tiempo, la duración de las lluvias, la frecuencia de las borrascas, los ascensos y descensos del barómetro, el estado de la temperatura y otros fenómenos; lo que permitiría trazar la carta meteorológica de estos parajes.

4.1. La tarea que proponemos a continuación es la redacción de un diario, según las siguientes indicaciones.
4.1.1. Elijan el período que les resulte más apasionante de la novela.
4.1.2. Asuman la personalidad de Vázquez.

4.1.3. En un texto de esta naturaleza, la información será lo más precisa y descriptiva posible. Por eso, las notas al pie son una buena herramienta.

4.1.4. Tengan en cuenta que la escritura de este diario es una actividad imprescindible para los torreros y que este texto se transformará en un documento al ser leído por las autoridades.

4.2. Quizás, resulte útil rescatar el diario de un personaje citado en **Puertas de acceso**. En sus primeros días en la isla, Robinson Crusoe visita asiduamente el barco en el que había naufragado para sacar la mayor cantidad posible de elementos útiles:

3 de mayo. – *Corté un travesaño que servía, si no me engaño, para unir el armazón de la popa; después saqué toda la arena que pude para dejar al descubierto la parta más alta; pero la marea me obligó a abandonar ese trabajo.*

4 de mayo. – *Fui a pescar. Disgustado por no haber pescado nada adecuado, me preparaba a irme de ese lugar, en ese momento, pesqué un pequeño delfín. Había confeccionado una gran cuerda para pescar, pero no tenía anzuelos; sin embargo, pescaba más de lo que podía comer, lo ponía al sol y así, seco, lo devoraba.*

5 de mayo. – *Trabajé en el casco del barco, corté otro travesaño, saqué de la cubierta tres tablas grandes de abeto y las até juntas para que la marea las llevara hasta la playa.*

6 de mayo. – *Trabajé de nuevo en el casco, arranqué muchos pernos y hierro viejo. Muy cansado, regresé a mi choza dispuesto a descansar un poco.*

Daniel Defoe. Aventuras de Robinson Crusoe. *Barcelona, Sopena, 1974, p. 70.*

A describir

El Faro del Fin del Mundo es un texto ampliamente descriptivo. Julio Verne, mediante este recurso –tanto en este relato como en toda su obra–, logra el efecto del *verosímil*. Es decir, la condición de hacer creíble su relato e incorporarnos de inmediato a la aventura que estamos leyendo. De este modo, podemos internarnos en el continente africano, viajar al centro de la Tierra o formar parte de la tripulación del submarino más famoso de la literatura, como ocurre con otras novelas de este autor.

En este caso, la historia gira en torno a una necesidad: mantener la luz en el borde de la civilización. Iluminar el faro es extender los límites de lo conocido. Y en cuanto a este, las descripciones abundan en el texto. Lo mismo, creemos, sucede en "La sirena", el cuento de Ray Bradbury.

5. Por este motivo, les pedimos que elaboren una descripción de cada uno de los faros, teniendo en cuenta las características que, sobre ellos, proporcionan los textos. Cada descripción no deberá exceder las cuatro oraciones.
5.1. Observen, en **Cuarto de herramientas** (p. 217), la réplica del auténtico faro que inspiró la novela verneana. Compárenlo con descripciones y reflexiones sobre la relación entre historia y ficción.

Estrategias para recuperar el faro

6. El relato de Julio Verne muestra, una y otra vez, que la batalla se plantea por el control del faro. En el caso de Kongre y de su banda, para que permanezca apagado; el torrero Vázquez, en cambio, necesita mantener su luz.
6.1. ¿Mediante qué estrategia se recupera el faro para la civilización? Desarróllenla en no más de ocho renglones y en primera persona.

Inventar la historia

7. La información que se brinda con respecto a los personajes de la novela –Vázquez, Felipe, Moriz– se relaciona con su importancia en el relato. Pero con Kongre no sucede lo mismo, hay problemas con su nombre, y la información sobre su pasado es borrosa e incompleta. Esto no es un error del texto, sino una estrategia de escritura para presentar a este bandido. Es misterioso, no sabemos de dónde proviene, pero sí sabemos hacia dónde va.

7.1. Rastreen en el texto los fragmentos en los que se describe a Kongre y, a partir de esa información, reconstruyan e inventen parte o la totalidad del pasado de este asesino.

Un diario en Buenos Aires

Inútil es advertir que, desde la noche del 3 de marzo, el faro no había dejado de funcionar. Los nuevos torreros fueron puestos al tanto del servicio por Vázquez. Ya no quedaba ni un solo hombre de la banda de Kongre.

John Davis y Vázquez embarcarían en el aviso con rumbo a Buenos Aires; desde allí, el primero sería repatriado a Mobile donde, sin duda, no tardaría en obtener el mando de un barco, al que lo hacían acreedor su coraje y sus valores personales.

Vázquez iría a su pueblo natal a descansar de las pruebas tan resueltamente soportadas... Pero iría solo, sin que sus pobres compañeros lo pudieran acompañar.

La tarde del 9 de marzo, el *Santa Fe* hizo sus preparativos para la partida. El comandante Lafayate, completamente seguro de que ningún riesgo amenazaba a los torreros ni al faro, dio la orden de zarpar. Tal como había ocurrido la última vez que saliera de la bahía de Elgor, el barco, rodeado por las aguas del mar, se alejó acompañado, hasta ocho millas de distancia de la isla de los Estados, por el haz luminoso que proyectaba El Faro del Fin del Mundo.

8. **Esta cita corresponde al final de la novela. Supongamos que diferentes diarios de Buenos Aires se encargan de informar lo ocurrido en el "Fin del Mundo". A partir de ello, redacten una noticia sobre los sucesos en la isla de los Estados.**

8.1. Ella incluirá: título, volanta, copete, además del cuerpo de la noticia.

8.2. Previamente, decidan cuál es el perfil del diario en el cual se publicará la noticia. Los hay más sensacionalistas, también denominados "amarillistas", cuya visión de los hechos es exagerada, por lo menos, desde los titulares.

8.3. Por último, ¿en qué sección la incluirían?

De las sirenas de Ulises a la actualidad

9. **Para hablar de sirenas mitológicas, su historia, su leyenda y su aparición en la literatura, recurriremos a Pierre Grimal, autoridad en la materia.**

> *[...] las sirenas son genios marinos, mitad mujer, mitad pez que se mencionan por primera vez en* La Odisea. *Según la leyenda más antigua, las sirenas habitaban una isla del Mediterráneo y con su música atraían a los navegantes que pasaban por sus parajes. Los barcos se acercaban entonces peligrosamente a la costa rocosa de la isla y zozobraban, y las sirenas devoraban a los imprudentes.*
>
> *Pierre Grimal.* Diccionario de mitología griega y romana.
> *Barcelona, Paidós, 1991.*

9.1. En el cuento de Bradbury, la sirena es sólo una voz que, al ser percibida por el monstruo, logra que este acuda a su llamado. ¿Qué pensaría el monstruo en ese momento? Escriban un breve monólogo, de no más de ocho líneas, a partir de esta situación.

9.2. En un ejercicio de intertextualidad, en donde se juega con la relación entre dos textos, Kafka retoma el viaje de Ulises y el encantamiento que producen las sirenas de *La Odisea* y los reformula. En este relato, las sirenas callan; y ese es el argumento de seducción, aunque el viajero crea que entonan su irresistible melodía.

> *Pero Ulises, para expresarlo así, no oía su silencio, creía que cantaban y que sólo él se hallaba exento de oírlas. Fugazmente vio primero las curvas de los cuellos, la respiración profunda, los ojos arrasados en lágrimas, los labios entreabiertos, pero creyó que esto pertenecía a las melodías que se alzaban, inaudibles, en torno de él. Pero pronto todo se deslizó fuera del campo de sus miradas puestas en la lejanía, las sirenas desaparecieron ante su resolución y, precisamente cuando más próximo estaba, ya no supo de esos seres nada más.*
>
> *Ellas sin embargo —más hermosas que nunca— se erguían y contoneaban, las chorreantes cabelleras ondulando libremente al viento y las garras abiertas sobre las rocas. No querían ya seducir sino sólo apresar, mientras fuese posible, el fulgor de los grandes ojos de Ulises.*
>
> Franz Kafka. *"El silencio de las sirenas", en* Bestiario.
> *Barcelona, Anagrama, 1993.*

10. Como podrán apreciar, Kafka describe a las sirenas como muy hermosas y, al igual que en el cuento de Bradbury, el sonido que ellas emiten o, en verdad, el que imagina Ulises, es la señal que posibilita esa atracción. Realicen el retrato de la imaginada compañera del monstruo, embelleciéndola todo lo posible.

El faro en los medios

11. A casi un siglo de la desaparición del faro que inspiró la novela de Verne, aquel vuelve a cobrar notoriedad debido a la asociación denominada "Faro del Fin del Mundo". Sólo podemos adelantarte que, en noviembre de 1997, el faro volvió a ser noticia.

11.1. A la manera de Julio Verne, es decir como "viajeros inmóviles", a través de los diarios, instituciones relacionadas con nuestra geografía o por los sitios de internet, accedan a la historia real de este faro y a su actualidad para resolver estos interrogantes[1]:

11.1.1. ¿Quién y en qué año construyó el faro que inspiró a Verne en su novela?

11.1.2. ¿Cuál era su verdadero nombre?

11.1.3. ¿Cuándo dejó de funcionar y por qué?

11.1.4. ¿Qué ocurre en la actualidad con la leyenda del faro?

11.2. Con estos datos, redacten un informe breve, que será leído en un programa radial de turismo de aventura en un micro de un minuto.

Descubriendo palabras

12. En "La sirena" aparece un diálogo en el cual se formula la siguiente pregunta: "¿Los cardúmenes de peces [...]?".

12.1. Sabemos que los sustantivos colectivos nombran, en singular, a un conjunto de objetos o de seres vivos. *Cardumen* parecería ser uno de ellos. Busquen su definición en el diccionario y respondan si la pregunta del cuento es una *redundancia*, es decir, una repetición.

12.2. Por otra parte, y volviendo a los sustantivos colectivos, averigüen cómo se llama al:

12.2.1. Conjunto de troncos.

---

[1] El material presentado en **Cuarto de Herramientas** puede serles de utilidad. También, la bibliografía.

12.2.2. Grupo de aves.

12.2.3. Conjunto de perros.

12.2.4. Gran cantidad de gente.

12.3. Por último, busquen otros tres sustantivos colectivos e inclúyanlos en un diálogo.

Estructurando sirenas

13. Indiquen en cuántas partes dividirían "La sirena" y expliquen por qué. Pónganle un subtítulo a cada una.

14. Teniendo en cuenta el ida y vuelta establecido entre el pasado y el presente en el relato de Bradbury, señalen alguna anticipación de lo que ocurrirá en el final. Un claro ejemplo de esto sería la siguiente cita, que indica la posibilidad de la existencia de vida en el fondo del mar:

> A pesar de nuestras máquinas y los llamados submarinos, pasarán diez mil siglos antes de que pisemos realmente las tierras sumergidas, sus fabulosos reinos, y sintamos realmente miedo. Piénsalo, allá abajo es el año 300.000 antes de Cristo. Cuando nos paseábamos con trompetas arrancándonos países y cabezas, ellos vivían ya bajo las aguas, a dieciocho kilómetros de profundidad. Helados en un tiempo tan antiguo como la cola de un cometa.

Cuarto
de
herramientas

Julio Verne

Más allá de que su presencia, entendida esta en términos puramente literarios, en distintas partes del globo terráqueo, nos deje aún hoy una sensación de libertad aventurera, la vida de Julio Verne fue la de un hombre dedicado por entero a la literatura.

Hijo de un abogado de Nantes, Pierre Verne, y de Sophie Allote de la Fuye, descendiente de una familia bretona enriquecida por el comercio colonial que se producía en el Loira (río que bañaba esa ciudad), este escritor nace el 8 de febrero de 1828. Luego de la frustrada experiencia marina descripta en **Puertas de acceso**, que lo condena a viajar sólo en sueños, cursa sus estudios junto a su hermano en el Seminario de Saint Donatien entre los años 1841 y 1843. Su escolarización se completa con el ingreso en el *College Royal*, de Nantes, donde aprende retórica y filosofía. Al terminar el bachillerato, es destinado por su familia a suceder como abogado a su padre en el bufete familiar; para ello, comienza la carrera de Derecho. Una decepción amorosa (su prima Carolina, de quien estaba enamorado, se fuga con un marino) y su pasión por el teatro –que, en ese momento, es sinónimo de París– lo fuerzan a pedirle a su padre concluir sus estudios en la capital francesa. Hacia allí parte el 12 de noviembre de 1848.

En París, comienza a escribir teatro y conoce a Alejandro Dumas padre, quien lo invita al estreno de una obra suya en el Teatro Histórico el 21 de febrero de 1849. En ese mismo año, Verne le presenta tres obras; una de ellas es una comedia en un acto titulada *Les pailles rompues*, que se estrena el 12 de junio de 1850. A pesar de su actividad teatral, sigue con sus estudios de Derecho pero, cuando llega el momento de regresar a Nantes para ocupar el lugar de su padre, decide quedarse en París y probar fortuna en las letras. En esa época, publica su primer relato "Un viaje en globo", en la revista parisina *Museo de las familias*; y es nombrado secretario de Edmond Selvestre que, en 1851, instaló, en el mismo edificio del Teatro Histórico, la Ópera Nacional.

En abril de 1852, en la misma revista en que había publicado su primer relato, aparece otra de sus narraciones; esta vez, de más largo aliento, cuyo título es "Martín Paz". Al año siguiente se estrena, con un relativo éxito, la opereta *Le Colin Maillard*, en la que había colaborado con Michel Carré y Aristide Hignard en el Teatro Lírico. En los años venideros sigue publicando narraciones; y ven la luz *El maestro Zacarías* (1854) y *Una invernada en los hielos* (1855). En 1856, conoce a la que, un año más tarde, será su esposa: Honorine Anne Hebe Morel, viuda de veintiséis años cuyo padre propiciará, junto con el capital aportado por su padre, su ingreso en la bolsa como asociado de la firma Eggly.

Finalmente, conoce en 1863 a Hetzel, quien sería el editor de su obra y con el que firma un primer contrato de cinco años luego de entregarle el manuscrito de *Cinco semanas en globo*. En ese momento, aparece el Verne escritor en toda su dimensión; Hetzel le pide una colaboración regular en una nueva revista *El magazine de Educación y Recreación*; lo que le permite abandonar su empleo en la bolsa y volcarse de lleno a la literatura.

En el prólogo que su editor escribe a *Las aventuras del capitán Hatteras*, está el resumen de lo sería el embrujo con que la obra verniana envolvería a los lectores de su época:

> *Su objetivo consiste en resumir todos los conocimientos geográficos, geológicos, físicos y astronómicos, elaborados por la ciencia moderna y [en] rehacer, bajo la atractiva forma que le es propia, la historia del universo.*

La catarata de textos que aparecen de aquí en más van cimentando su fama: *Viaje al centro de la Tierra* (1864, *De la Tierra a la Luna* (1865), que aparece con el curioso subtítulo *Trayecto directo en 97 horas 20 minutos*; *Los hijos del capitán Grant* (1867-68); *Veinte mil leguas de viaje submarino* (1870); *La isla misteriosa* (1874-75), etc., son algunos de los relatos que hicieron de este autor un personaje de su época.

En 1872 se instala, a pedido de su mujer, en Amiens. Frecuenta a la burguesía del lugar, y es elegido miembro de la Academia local. Ese

mismo año, comienza publicar en *Le Temps* una de sus novelas más conocidas, *La vuelta al mundo en ochenta días*, que le trajo grandes ganancias debido a su adaptación al teatro en 1879, la cual sobrepasó las cuatrocientas representaciones.

El dinero le sirve a Verne para cumplir con algunos de sus sueños. Con él adquiere sus propios barcos: el primero, el *Saint Michel I*, no es más que un velero reformado; pero el *Saint Michel III* ya es un yate presuntuoso que compra al marqués Des Préaux en 1877. Varios son los cruceros entre 1880 y 1885 llevados a cabo con este buque intentando recuperar aquella vieja pasión marina, entre ellos llega a Italia, donde es recibido por el Papa.

El 9 de marzo de 1886, sucede algo inesperado en la vida de nuestro autor: su sobrino le dispara dos balazos. Este suceso, que nunca llegó a ser aclarado del todo, minó su salud, ya que una de las balas jamás pudo ser extraída. En estas condiciones, se vio obligado a vender su yate y abandonar cualquier tipo de paseo marítimo. Este percance no impide que se presente, en el año 1887, a candidato a consejero municipal, ni tampoco detiene su afiebrada pluma. Es 1890, uno de sus años más fértiles, aparecen *Mrs. Branican*, *El castillo de los Cárpatos*, *Claudio Bombarmac* y *La isla a hélice* (ver **Puertas de acceso**). Su producción sigue más allá de este año; incluso, luego de su muerte, aparecen ocho libros. Entre ellos, *La misión Barsac*, su novela más enigmática, en donde se devela el peligro de una organización política que deja en manos de un tirano todos los recursos científicos.

El 24 de marzo de 1905, muere quien había deleitado a hombres maduros y adolescentes con su pluma. Julio Verne dejó tras de sí una extensa obra literaria que aún hoy sigue hechizando a sus lectores e impulsándolos a recorrer el mundo y sus rincones menos conocidos. Tanto es así que su última novela apareció en 1994, luego de encontrarse un manuscrito que este autor había dejado de lado en 1853. Lleva por título *París en el siglo XX* y es un recorrido por la capital francesa en 1960, en el cual abundan algunos elementos técnicos impensables para su época; pero que hoy forman parte de la realidad cotidiana.

Ray Bradbury

Ray Douglas Bradbury nació el 22 de agosto de 1920 en Waukegan, llinois. Era el tercer hijo de Leonard Spaulding Bradbury y Esther Marie Moberg Bradbury. En 1926, la familia del joven Ray se mudó de Waukegan a Tucson, Arizona, sólo para volver a Waukegan en mayo de 1927. En el año 1931 empezó escribiendo sus propias historias. En 1932, después de que su padre dejó su trabajo como instalador de líneas telefónicas, la familia de Bradbury se mudó de nuevo a Tucson y, otra vez, volvió a Waukegan el año siguiente. En 1934, durante la Gran Depresión, la familia se mudó a Los Ángeles, California.

Estudio, trabajos y comienzos literarios

Bradbury se graduó en una escuela secundaria de Los Ángeles en 1938. Su educación formal acabó allí, pero él la llevó más allá pasándose las noches en las bibliotecas y escribiendo durante el día. Vendió periódicos en las esquinas de Los Ángeles de 1938 a 1942. La primera historia que publicó fue "El dilema de Hollerbochen", aparecida en 1938 en *Imagination*, una revista de aficionados. En 1939, publicó cuatro números de *Futuria Fantasia*, su propia revista *amateur*, donde la mayor parte del material era de su autoría. Su primera publicación paga fue "Péndulo" y apareció en 1941 en la revista *Super Sciences Stories*.

Bradbury escritor *full time*

En 1943 dejó su trabajó de vendedor de diarios, empezó a escribir a jornada completa y publicó numerosas historias cortas en las revistas; se convirtió así en un escritor profesional. En 1947, Bradbury se casó con Marguerite McClure, y ese mismo año recogió mucho de su mejor material y lo publicó como *Carnaval oscuro*, su primera colección de historias cortas.

Su reputación como escritor de ciencia ficción se estableció con la publicación de *Crónicas marcianas* en 1950, que cuenta los primeros intentos de los terrestres para conquistar y colonizar Marte. Las crónicas reflejan algunas de las ansiedades que prevalecen en la sociedad estadounidense en la temprana era atómica que se vivía en los años cincuenta: el miedo de una guerra nuclear, el anhelo por una vida más simple, las reacciones contra el racismo y la censura, y el miedo de poderes políticos extranjeros.

Otro de los trabajos más famosos de Bradbury es la novela *Farenheit 451*. Aparecida en 1953, se sitúa en un futuro en el que un grupo de rebeldes memoriza trabajos enteros de literatura y filosofía, en un acto de resistencia contra un Estado totalitario que quema todos los libros. Esta novela se convirtió, entre otras cosas, en un modelo de antiutopía literaria.

Bradbury no sólo es novelista, también ha escrito innumerables guiones de televisión, ensayos y poemas. Tampoco puede circunscribírselo a la literatura de ciencia ficción, ni siquiera al género fantástico, porque ha transitado por el género policial y por el relato costumbrista y realista, sobre todo en los últimos tiempos. Su preocupación como escritor no sólo se centra en cuestionarse el modo de vida actual, también se adentra en el reino de lo fantástico y maravilloso, con un estilo poético y a veces provocativo. En su niñez, Bradbury fue muy propenso a las pesadillas y a las horribles fantasías, que acabó por plasmar en sus relatos muchos años después. Su preocupación profunda por el futuro de una humanidad dependiente de las máquinas es otro de los temas que se puede ver frecuentemente en los textos de Bradbury. También estos reflejan algunas de las ansiedades más características de la América actual, como el deseo de una vida más sencilla y alejada del ajetreo de la modernidad o el miedo a lo ajeno, a lo extranjero. Tampoco es extraño encontrar como tema favorito de Bradbury el miedo a la muerte.

En 1988 fue nombrado Gran Maestro Nebula. Ray Bradbury vive actualmente en California y todavía escribe activamente y se presenta a disertaciones.

agachadiza. Ave zancuda pequeña; su plumaje es pardo o gris ocre; su pico es largo y recto; vuela muy bajo.

agolado. Velamen debidamente asegurado.

albatros. Ave marina de plumaje blanco y larga cola.

amurar. En el vocabulario de la marinería, sujetar una vela para dirigir convenientemente el buque en su navegación.

aparejar un buque. Preparar todas sus velas y palos con la finalidad de que esté listo para navegar.

aparejos. En marinería, grupo de poleas que sirven como accesorios para sujetar velas.

arboladura. En un buque, conjunto de sus mástiles y velas.

azor o **aztor.** Ave rapaz de alas cortas y anchas, y cola muy larga, su pico es fuerte y ganchudo.

babor. A la banda o costado izquierdo del buque, y **estribor**, al derecho.

bahía. Extensión considerable de mar que entra en la costa, es menor que el golfo y puede servir de abrigo a las embarcaciones.

bajamar. Estado o la marca de la marea cuando se da el mayor descenso de las aguas.

bandazo. En la lengua de los marineros, el balanceo brusco de un buque debido a un repentino golpe de mar, es decir, a un fuerte oleaje.

bauprés. Palo grueso, horizontal o algo inclinado, que sobresale de la proa de los barcos y sirve para asegurar los estayes del trinquete, orientar los foques (nombre común a todas las velas triangulares) y para algunos otros usos.

becada. Ave zancuda poco menor que la perdiz; su pico es largo y recto; y el plumaje, gris rojizo con manchas negras.

bérbero. Arbusto de flores amarillas y fruto comestible, su madera se usa en ebanistería.

botarava. Palo redondo que se engancha en el palo mayor o en el de mesana, es decir, en el más cercano a la popa en los buques de tres palos y sirve para enganchar la *cangreja* o vela trapezoidal.

braceo. En términos de marinería, significa la acción de poner en la posición correcta las velas y los palos tirando de las cuerdas.

braza. Medida de longitud equivalente a 1,67 m.

caballo. Unidad de potencia que permite elevar 75 kg a un metro de altura en un segundo.

cable. Medida de extensión, aproximadamente la décima parte de una milla marina, es decir algo más de 185 m.

cabo. Punta de tierra que penetra en el mar.

cabrestante. Aparejo o torno vertical para mover grandes pesos mediante una cuerda, sobre todo, en momentos de zozobra o en temporales.

cachalote. Mamífero acuático de 15 a 20 m de largo, cuya cabeza alcanza la tercera parte de la longitud del cuerpo.

cala o calado. Profundidad que alcanza en el agua la parte del barco que se sumerge.

calafatear un buque. Cerrar o tapar junturas de madera, por lo general, con estopa y brea

calceolaria. Planta de hojas simples y flores amarillas.

caleta. Especie de hendidura en la costa que, a veces, es natural y, otras, se hace artificialmente, sirve para facilitar las acciones de embarcar y desembarcar.

camareta. Nombre con se designa a la cámara o habitación de la nave (donde se aloja la oficialidad en las naves de guerra o los pasajeros en los barcos mercantes) de dimensiones pequeñas. Puede estar situada, a diferencia de la de los buques mayores, en la proa.

carena. Mejora o reparación que se hace en el casco de un barco para que vuelva a navegar.

carroza. Armazón de hierro o madera que, cubierta con una lona, sirve para defender de la intemperie algunas partes del buque.

catalejo. Tubo extensible que, mediante lentes dispuestos adecuadamente en su interior, sirve para ver a larga distancia.

chalupa. Embarcación similar a un bote, pero de un tamaño algo mayor.

chorlito. Ave zancuda, que mide alrededor de 20 cm y posee un pico largo y recto, y un plumaje gris con rayas pardas.

cítiso. Mata leguminosa de tallo ramoso y flores del mismo color.

codaste. Pieza vertical de madera o hierro en que termina la popa y que, formando ángulo con la quilla, sirve de armazón a toda esta parte trasera del barco.

contramaestre. También se lo denomina *oficial de mar*, es quien dirige a los marineros bajo las órdenes del oficial de guerra. En buques mercantes, es quien manda ejecutar las maniobras del barco, algunas veces, bajo el mando del oficial de guardia.

corteza de Winter. Capa exterior y dura que se extrae del árbol denominado científicamente *Drimys Winteri Förster*; por fuera, es de color pardo rojizo y posee cicatrices profundas; por dentro, es de color pardo oscuro o negruzco. Se emplea como condimento y, algunas veces, como reconstituyente estomacal.

crucero y contratorpedero. Veloces buques de guerra. Los primeros poseen artillería de grueso calibre, tienen gran radio de acción

y están acorazados; los segundos, de menor tamaño, se utilizan para la persecución de torpederos y también se denominan **cazatorpederos**.

crustáceo. Invertebrado que posee dos pares de antenas, respira por medio de branquias, tiene el cuerpo cubierto por una caparazón y cierta cantidad de patas. La langosta y el cangrejo son crustáceos.

cuaderna. Cada una de las maderas curvas cuya base encaja en la quilla del buque, desde allí parten como dos brazos simétricos formando las costillas del armazón del buque.

cuadrante. Cada una de las cuatro partes en que se consideran divididos el horizonte y la rosa náutica, denominadas **primero**, **segundo**, **tercero** y **cuarto**, contando desde el norte hacia el este.

dar bordada. Frase que se utiliza para describir la navegación de un buque que, de una banda a otra alternadamente, va de bolina. Es decir que trata de formar entre la quilla y la dirección del viento el menor ángulo posible, ajustándose la nave lo más posible a la dirección de este último.

empalletado. Especie de colchón defensivo sobre el costado de la embarcación.

escobén. Cualquiera de los agujeros que se practican hacia la proa y por los cuales salen las sogas o las cadenas que amarran el buque.

escorar. Inclinarse una embarcación hacia un costado por la fuerza del viento.

espejo de popa. Fachada que presenta esta desde la bovedilla hasta el coronamiento, es decir lo más alto de la popa.

estay. Soga que va desde la parte superior de un mástil hasta el pie del palo más cercano, su función es sostener dicho mástil para evitar que caiga hacia la popa.

estrave. En el vocabulario marino, nombre con que se alude al remate de la quilla que va en línea curva hacia la proa del barco.

fondear. Dejar caer el ancla al fondo del mar, o del río.

foque. Vela de forma triangular.

forro. En un barco, conjunto de tablones con que se cubre su esqueleto.

fragata. Ave marina parecida a la gaviota.

gamo. Mamífero rumiante parecido al ciervo; su pelaje es rojizo salpicado de manchas blancas, y sus cuernos tienen forma de pala.

gavia. Toda vela que va sobre los palos menores adosados al mástil principal.

goleta. Embarcación fina de 9 a 10 m de largo con dos (a veces tres) palos y velas cangrejas (trapezoidales).

grumete. Marinero de clase muy inferior en un buque.

haya. Árbol de tronco liso y grueso, su madera es liviana y muy resistente.

juanete y espiga. Velas utilizadas para dar más velocidad al buque.

legua marina. Medida algo menor que la terrestre: equivale, aproximadamente, a 5.555 m, mientras que la terrestre mide alrededor de los 5.572 m.

libra. Medida de peso variable, en Castilla equivale a 460 g y, en Inglaterra y otros países europeos, a 433, 592 g aproximadamente.

linguete. Barra de hierro que impide el movimiento de retroceso del **cabrestante**.

manivelas. Manubrios o manijas que sirven en las embarcaciones para cambiar, mediante un sistema de cuerdas, la orientación de algunas velas haciéndolas girar o subir, o bajar el ancla.

mantenerse o ponerse al pairo. Frase del ámbito marítimo mediante la cual se indica una forma de maniobrar

las velas y otros aparejos para detener, por un tiempo, el buque a la espera de otra nave o de algún acontecimiento. Su sentido figurado indica, algunas veces, 'estar a la expectativa para actuar cuando sea necesario'.

mantenerse un barco a la capa. Para resistir un temporal, maniobra con el timón de modo tal que el buque no ofrezca tanta resistencia a los vientos.

mar gruesa. Estado revuelto y borrascoso del mar.

maretazo. Nombre con que se designa al golpe de mar, es decir, al dado violentamente por las olas cuando estas se levantan.

milla. Medida itineraria, usada principalmente por los marinos y equivalente a la tercera parte de la legua, es decir, a mil ochocientos cincuenta y dos metros.

molusco. Animal de cuerpo blando, cubierto generalmente por una concha calcárea, como el caracol.

nudo. Con referencia a la velocidad de una nave, equivale a una milla marina (1,852 km) por hora.

obra muerta. Parte del casco de un buque comprendida desde la línea de flotación hasta la borda.

obra viva u obras vivas. Denominación que se emplea para designar el fondo de la nave.

orzar. Acción de inclinar la proa hacia la parte de donde viene el viento.

pie. Medida de longitud utilizada en diversos países. En Francia, lugar de donde es oriundo Verne, equivale a 33 cm.

piloto. El que gobierna y dirige un buque en la navegación.

pimpinela. Planta de tallos rojizos y hojas dentadas.

pleamar. La mayor altura de la creciente del mar.

proa. Parte delantera de la nave.

pulgada. Medida de longitud equivalente a 25,4 mm.

punta. En términos de accidentes geográficos, lengua de tierra que penetra en el mar.

quilla. Denominación que se le da a la pieza de madera o hierro recta que va de proa a popa por la parte inferior del barco y que le sirve de armazón.

rada. Bahía o ensenada donde las naves pueden estar ancladas al abrigo de algunos vientos.

raquero. Dicho del buque liviano y muy rápido que patrullaba las costas y las cercanías de los puertos con el fin de robar o ejercer la piratería. Posteriormente se dio este nombre a los ladrones que frecuentaban esos lugares.

reflujo. Movimiento descendiente de la marea

relingar. Izar una vela hasta poner tirantes las sogas que refuerzan sus orillas. A estas últimas, se las llama religas.

retamilla. Planta silvestre de flores amarillas y pequeños frutos rojos.

rezón. Ancla pequeña de cuatro uñas para embarcaciones menores.

rizo. En el léxico marino, soga que sirve para recoger las velas, si hay mucho viento. Con la frase **soltar el rizo**, se alude a dejar la vela suelta para aprovechar el viento.

roda. Madera gruesa y curva que forma la proa del barco.

saber llevar la lona. Colocar las velas de modo que aprovechen el viento de la mejor manera posible.

serviola. Pieza o viga de madera saliente cercana al estrechamiento que se produce hacia

la proa de la nave y que sirve, mediante una serie de roldanas, para sujetar el ancla.

tensar la escota. Expresión marina con la que se indica la acción de tirar de las cuerdas correspondientes a las velas para dirigirlas correctamente, es decir, tratando de utilizar lo mejor posible el viento.

tonelada. Medida antigua que correspondía a 2 m y 632 cm3 de espacio para transportar diversas mercaderías.

tormentín. Mástil que va colocado sobre el **bauprés**.

torrero. Persona que se ocupa del mantenimiento de un faro.

trinquete. Vela que se cuelga sobre la verga del palo del mismo nombre, que es el inmediato a la proa.

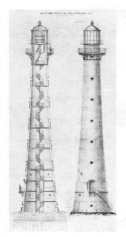

Esquema interior de un faro.

varar. Acción de encallar un barco en la arena, en las rocas o en la costa, con lo que se imposibilita su normal navegación.

varenga. Pieza curva que se coloca atravesada sobre la quilla para formar la cuaderna.

velacho. Vela que ubicada en el palo menor, que se coloca sobre el mástil principal más cercano a la proa, cuyo nombre es **trinquete**.

virar. Cambiar el rumbo del barco.

zarpar en lastre. Partir del puerto con el barco vacío, es decir, sólo con el peso muerto que sirve de estabilizador

BUQUE MERCANTE DE MEDIADOS DEL SIGLO XIX

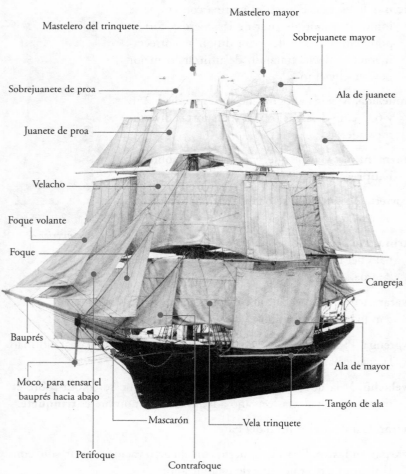

Mastelero mayor

Mastelero del trinquete

Sobrejuanete mayor

Sobrejuanete de proa

Ala de juanete

Juanete de proa

Velacho

Foque volante

Foque

Cangreja

Bauprés

Ala de mayor

Moco, para tensar el bauprés hacia abajo

Tangón de ala

Mascarón

Vela trinquete

Perifoque

Contrafoque

HISTORIA DEL FARO DEL FIN DEL MUNDO

San Juan del Salvamento, un faro famoso

Este faro fue habilitado el 25 de mayo de 1884 y construido en cumplimiento de la ley 1390, promulgada en octubre de 1883. La ley ordenaba habilitar en el más breve plazo la posible entrada al Río de la Plata, al puerto de Bahía Blanca y la "aproximación a la Isla de los Estados".

Situación geográfica:
Lat. 54°44' S Long. 63°53' W

En el extremo sur de nuestro país, y como un extensión de la isla Grande de la Tierra del Fuego, se encuentra la Isla de los Estados, separada de aquella por el estrecho de Le Meire, de 16 millas de ancho entre punta Cuchillo y Morro Norte de bahía Buen Suceso. La isla es montañosa, con alturas de más de 800 metros, que culminan en los montes Bove, de 825 m. En su interior alberga lagos y lagunas de difícil acceso. Sus costas ofrecen gran cantidad de bahías y cletas que forman buenos puertos naturales y acantilados que oscilan entre 60 y 150 m de altura. La región occidental es la de menor elevación. Estos acantilados y restingas rocosas aparecían ante los ojos de los navegantes antiguos con un aspecto tenebroso. Era frecuente que muchas embarcaciones naufragaran en las cercanías de sus costas, como el caso del "Louisa" en 1898, en las proximidades del cabo San Juan, o del "Amy", en 1894 al norte de bahía Crossley, tanto por los escollos rocosos como por la combustión espontánea del carbón que transportaban.

La isla fue llamada *Chuanisin* (o Región de la Abundancia), por los yámanas, también fue conocida como *Jaius* (o Región del frío) por los aus, y *Koin Harri* (o cordillera de las raíces) por los selknames, todos grupos aborígenes de la zona. La investigadora Anne Chapmann ha determinado que la presencia de indígenas fueguinos en la Isla de los Estados se remonta hacia unos 2.000 años.

Sin embargo, recién el 24 de enero de 1616 va a ser descubierta por los holandeses Jacobo Le Maire y Cornelio Schouten, con los buques "Concordia" y "Hoorn", quienes la bautizaron Statenlant o "País de los señores de los Estados" en homenaje a los Estados Generales de Holanda (Zelanda, Holanda, Frisia, Utrech, Drente, etc.), que en ese momento, 26 de enero de 1616, luchaban por su independencia.

A la tierra que se encuentra al occidente, hoy península Mitre, la denominaron Mauricio de Nassau. Estos navegantes son también los descubridores del cabo de Hornos; en su diario de viaje dejaron testimonio de lo siguiente: "... A la tarde descubrimos otra tierra... y se acababa en una punta aguda a la que llamamos Hoorn (...)".

Desde 1619 a 1789, navegantes de distintas nacionalidades las visitan y recorren. La isla se convirtió en recalada de loberos y cazadores de focas. Gran Bretaña disputaba por aquellos años a España esta zona de gran valor comercial: en 1683 envía al capitán Crowley, que circunnavegó la isla, y posteriormente en 1769 y 1774 a James Cook, quien cruzó en dos oportunidades el estrecho de Le Maire, reconociendo la isla e imponiendo parte de su toponimia.

Es precisamente en el siglo XVIII cuando la Argentina comienza a perfilar su sistema económico observando una primera etapa de contactos económicos internacionales, específicamente con el área mercantil inglesa. En 1828, el navegante inglés Henry Foster, con la misión de determinar la verdadera forma de la tierra y a bordo de la chalupa "Chanticleer", relevó las costas de la Isla de los Estados. Muchos de los nombres geográficos actuales de la isla fueron insertados por Foster, entre ellos puerto Cook, Bail Hall, cabo Kendall, puerto Parry y otros.

En 1868, el presidente Mitre promulgó una ley por la que se concedía al Capitán de la Marina Nacional, Luis Piedra Buena, la propiedad de la isla "denominada del Estado". En 1869, en el puerto Bail Hall, este ilustre marino y enérgico defensor de nuestra soberanía en estas latitudes construyó una casa para náufragos. izó la bandera argentina y en 1873 estableció una fábrica de aceite de foca en bahía Crossley.

uarto de herramientas

En 1884, bajo la presidencia del Doctor Julio A. Roca, la División Expedicionaria del Atlántico Sur al mando del Coronel de Marina Augusto Lasserre relevó la costa norte de la isla. Como consecuencia de sus trabajos se instaló un faro en la actual punta Lasserre, extremo oeste del puerto San Juan del Salvamento, que se inauguró el 25 de mayo de 1884 y procedió a bautizar accidentes geográficos innominados, como cabo Galeano, puerto Pactolus, lago Lovisato e isla Cevallos, entre otros.

El faro de San Juan del Salvamento restaurado. Diciembre 2002.

Tan importante fue su instalación y ubicación, alejada de los más importantes centros mundiales, que Julio Verne se atrevió a escribir una novela utilizando a la Isla de los Estados y el faro San Juan del Salvamento, como escenarios de su obra *El Faro del Fin del Mundo.*

Fue librado al servicio el 25 de mayo de 1884. Su equipo luminoso era del mismo tipo usado después en el faro Río Negro. La luz estaba proporcionada por ocho lámparas de petróleo. Dejó el servicio el 1.º de octubre de 1902, día en que se prendió el Faro Año Nuevo.

Sueño de todos los deportistas náuticos, la Isla de los Estados y su enigmático faro San Juan del Salvamento motivó que el semanario francés de deportes náuticos Cols Bleus del 19 de agosto de 1972, comenzara diciendo en un artículo: "La República Argentina tuvo la feliz idea de construir el Faro del Fin del Mundo y las naciones deben saber agradecerle".

Sector de la Carta Náutica H-418 "Isla de los Estados. Estrecho de Le Maire" Publicada por el Servicio de Hidrografía Naval.

Información cedida gentilmente por el Servicio de Hidrología Naval.
www.hidro.gov.ar/Historia/FsanJuandelSalvamento.asp

LA NACIÓN | LUNES 18 DE FEBRERO DE 2002

Crónicas del país: forman la Asociación de Amigos de la Isla de los Estados

Repararon el Faro del Fin del Mundo

Tres carpinteros y un cabo de la Armada lo dejaron a nuevo; el sitio fue inmortalizado por Julio Verne
> **Llevaron sus propias herramientas**
> **Llegaron en un barco de bandera noruega**
> **Instalaron tres nuevas ventanas y pintaron la estructura completa**

Hay lugares bellos. Y hay confines. Hay sitios encantados. Y hay faros. Hay islas donde los hombres ponen los pies a veces. Y hay cabras. Hay hombres que aman el destello de luz que advierte a los barcos que la tierra puede ser peligrosa. Y hay patriotas.

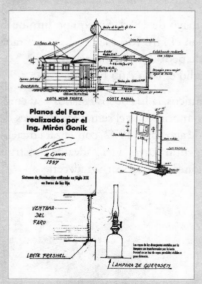

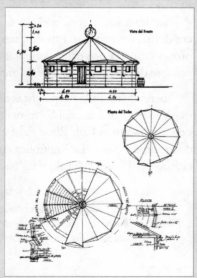

▲ *Planos del faro realizados por el ingeniero Mirón Gonik en 1997, a propósito de su primera reconstrucción.*

Enrique Inda, Vicente Pinto, Oscar Mezzatestta y el cabo primero Hernán Segal son eso, patriotas. Buscando reparar lo que la naturaleza no perdona y desafiando la turbación del viento brutal, los cuatro viajaron hasta la Isla de los Estados, el 15 de diciembre último, a reparar el Faro del Fin del Mundo, conocido en las cartas náuticas como San Juan del Salvamento, ahí, donde la Argentina cae en el mar.

Y vieron eso: el confín de esta parte del mundo, el puñado de cabras que sobreviven, el faro y los destellos, la belleza y el viento.

Porque estos hombres, integrantes de la Asociación de Amigos de la Isla de los Estados, decidieron que el Faro del Fin del Mundo, reparado por una expedición francesa en 1998, tiene que estar en buenas condiciones, tal como lo describió Julio Verne, y con escasos fondos se convirtieron en los guardianes del guardián del fin del mundo.

Ellos son los que reparan y conservan este monumento histórico nacional según los planos originales de 1884. Y lo hacen con herramientas propias —excepto Segal, todos son carpinteros—, que debieron subir por picadas peligrosas, soportando el impiadoso viento y la casi eterna lluvia. ¿Una hazaña? Y... sí, especialmente cuando se sabe que dos de los integrantes de la expedición tienen 77 y 78 años.

Tomaban agua de lluvia

Los intrépidos carpinteros estuvieron durante seis larguísimos días —en esa época del año amanece a las 4.30 y anochece a las 10.30— en la isla más austral del país. Hasta allí llegaron a bordo del rompehielos de bandera noruega Ice Lady Patagonia, que luego cumplió con el recorrido previsto en otros puertos de la isla.

▲
La única foto del faro original, junto a la dotación que alimentaba su luz. Fue tomada en 1899.

"Para mí —dice Inda, vicepresidente de la asociación, de 78 años— fue como un reencuentro con la historia, con lo que significó la Isla de los Estados. Estábamos absolutamente solos y nos comunicábamos con tierra a través de un teléfono satelital."

—¿Qué llevaban, además de las herramientas?

—Barriles para recibir el agua de lluvia, que era la que tomábamos y que allí tiene un color amarronado por la turba. Pinto, que tiene 55 años, y Mezzatesta, que tiene 77, también son carpinteros. Segal es más joven, tiene 24 años, pero realizó un trabajo espectacular.

—¿Y qué trabajos hicieron?

—Básicamente terminamos lo que los franceses no pudieron completar. Abrimos e instalamos tres ventanas con marcos de madera dura y vidrios de seis milímetros de espesor que estaban en el plano de 1884. Esto es importante, porque se duplicó la cantidad de luz natural en el interior del faro. También aseguramos con grampas de aluminio cuatro tubos verticales de descarga de las canaletas del techo, porque ahí llueve casi diariamente, pintamos todo el exterior y construimos estanterías para que sea más cómodo para los visitantes.

Inda, que no oculta su alegría cuando habla del Faro del Fin del Mundo, pide que se mencione a la gente del Museo Marítimo, a la Armada Argentina y a la institución a la que pertenece. Y admite que cada vez que viajan hasta Tierra del Fuego —zarpan desde Ushuaia y tienen un día de navegación difícil— son ellos los que corren con los gastos del viaje.

Inda explica que las noches en el fin del mundo son mágicas. Y que, cuando el viento deja de soplar, el silencio es tremendo. "En la isla, lejos de donde estábamos, hay cuatro suboficiales de marina, que son relevados cada 45 días y de tanto en tanto pasa algún velero deportivo o barcos de carga."

—¿Y el faro?

—El faro... (la exclamación es indescriptible). Es hermoso, hace dos destellos cada cinco segundos e ilumina el mar. Cuando nosotros estuvimos, veíamos a las toninas como bailando...

ALEJANDRA REY

▲ *El Faro del Fin del Mundo en la actualidad.*

"La sirena" en la pantalla grande

El cuento de Ray Bradbury fue llevado al cine en 1953. La película –dirigida por Eugène Lourié– se llamó *The Beast from 20.000 Fathoms*, y en nuestro medio se dio a conocer como *El monstruo de tiempos remotos* o también *El Monstruo del Mar*.

▲ *Fotograma de la película.*

Nacido en Rusia en 1905, el director era más conocido por su labor como director artístico que como realizador. Había trabajado con directores de la talla de Abel Gance o Jean Renoir.

Pese a que no se exime de las ingenuidades propias del cine de ciencia ficción de su época, esta película inauguró la fórmula que incluye animales, en este caso prehistóricos, redivivos a causa de explosiones atómicas, de la que tantos réditos obtendrían después el cine japonés y el cine norteamericano.

▲ *Afiche de la película.*

BIBLIOGRAFÍA

• **Para una lectura más provechosa de los relatos de Verne**, es importante rescatar ciertos textos que arrojan luz sobre su vida y su producción ficcional. Una excelente biografía que recorre su obra y la existencia de este autor entremezclándolos es *Julio Verne, ese desconocido* (Madrid, Alianza Editorial, 1985), de Miguel Salabert. Si lo que se busca es situarnos en el contexto en que aparece la obra de este novelista, es recomendable *El mundo de Julio Verne* (Buenos Aires, Centro Editor de América Latina, 1980) con notas y selección de Jorge A. Sánchez. Otra instancia biográfica digna de mención es *Yo, Julio Verne* (Barcelona, Planeta, 1988. Colección Memoria de la Historia) de J. J. Benítez, que también aporta, más allá de la información en torno a los hechos de la vida del escritor, un cuidadoso ensayo sobre su obra.

• En cuanto a la posición de **Verne en el contexto de la literatura mundial**, es interesante acceder a la *Historia de la Literatura Universal* (Buenos Aires; Centro Editor de América Latina, Varias Ediciones. Tomo: La novela). Además se puede pedir información sobre este autor en enciclopedias, como la Encarta, la Espasa Calpe o la Británica, o en otros sitios de Internet donde consultar.

• **En el terreno puramente crítico**, es posible mencionar una serie de artículos que llevan por título *Verne: un revolucionario subterráneo* (Buenos Aires, Paidós, 1968. Colección Letras Mayúsculas). Entre ellos se destaca "Lecturas de Infancia", de Michel Butor; "La proto-fábula", de Michel Foucault; y una revisión acerca de la originalidad de los artefactos y tópicos utilizados por este autor en sus novelas, titulada "El sentimiento del artificio", a cargo de Pierre Versins. También en este ámbito, es importante rescatar el ensayo de Roland Barthes "¿Por dónde comenzar?", incorporado a *El grado cero de la escritura* (México, Siglo XXI, 1973) que, aunque no hable específicamente de esta novela, aporta datos para entender la obra de este escritor. Para un mejor acercamiento a las ideas políticas que aparecen en los relatos de Verne, un texto imprescindible es *Una lectura política de Julio Verne* (México, Siglo XXI, 1973), de Jean Chesneux.

• Con respecto al **género de aventuras**, marco habitual desde son leídas las novelas de este creador, hay dos ensayos recomendables. Uno de ellos, cuyo título es *La novela de aventuras*, es de José María Bardavio (Madrid, Sociedad General Española Librería S. A., 1977) y se trata de un recorrido teórico por los tópicos más importantes de este género. El otro, con idéntico título, es de Jean–Yves Tadié (México, Fondo de Cultura Económica, 1989) que, luego de una introducción histórica, analiza algunos pilares de la ficción aventurera, como Alejandro Dumas, nuestro Julio Verne, Robert L. Stevenson y Joseph Conrad. También recomendable es *La aventura en América* (Buenos Aires, La Palabra Mágica, 1999) de Germán Cáceres, un texto sin tanta profundidad teórica, pero que aporta datos del género vinculados a nuestro continente.

• Otro de los marcos en el que es posible inscribirse para la lectura de algunas obras vernianas es el de la **literatura de folletín**. Existe al respecto un volumen publicado con el título de *Socialismo y consolación* (Barcelona, Tusquets Editor, 1970), que reúne textos de diversos autores sobre el tema, entre ellos: Edgar Allan Poe, Karl Marx y Friedrich Engels, y Umberto Eco. El ensayo de este último es parte de su libro *El superhombre de masas* (Barcelona, lLumen, 1995), donde la lógica del folletín aparece tratada en autores del siglo XIX, como Eugenio Sue o Ponsoin du Terrail, y del XX, como Fleming en la saga de James Bond.

• Para recorrer los temas a **los que las islas han sido asociados** en **Puertas de acceso**, el texto que puede servir es *Utopía y la Sociedad Ideal* (México, Fondo de Cultura Económica, 1985), de J. C. Davis; y para entender el parentesco de las primitivas ideas vernianas con el ideario socialista, sugerimos *El socialismo utópico* (Rosario, Grupo Editor de Estudios Sociales, 1968).

• Los que pretendan recorrer el **espacio en donde está ambientada la novela**, pero de la mano de otros autores, pueden remitirse a *Las aventuras de Arthur Gordon Pym*, de Edgar Allan Poe o al cuento "Rumbo Oeste", de Jack London. Para visitar estos parajes acompañados por un autor argentino, recomendamos *La Australia Argentina* (Buenos Aires, Imprenta La Nación, 1898), de Roberto J. Payró; el subtítulo de este texto es "Excursión periodística a las costas patagónicas, Tierra del Fuego e Isla de los Estados". En este relato no sólo se describen los paisajes, sino también se recorre la historia de los lugares a los que se va llegando. En él, se pueden enterar de muchos pormenores del faro y de algunos datos en torno de la población de la isla. Quienes se acerquen al Museo Marítimo de Ushuaia pueden conseguir el interesante libro de Carlos Vairo *La isla de los Estados y el faro del fin del mundo*, con fotos y escritos sobre el tema (http://www.tierradelfuego. org.ar/museomar.htlm)

• Para quien desee seguir visitando **islas a través de la literatura**, existe una lista interminable de textos; de entre los clásicos, se puede acceder a *La isla del doctor Moreau*, de H. G. Wells, una novela fantástica con base científica; *La isla del tesoro*, de R. L Stevenson, un relato canónico en el género de aventuras; y *La isla de los pingüinos*, de Anatole France, que también se enrola en lo fantástico, pero se halla más cerca de lo teológico o religioso.

• Para seguir **leyendo en nuestra colección**, el amante de las novelas de Verne encontrará *La vuelta al mundo en ochenta días*. Quienes gusten de Bradbury, pueden dirigirse a *Cuentos Clasificados N* ("Bordado"), *Cuentos Requeridos 1* ("EL peatón") o *Cuentos sobre rieles* ("En el expreso, al Norte"). En el campo de la ciencia ficción, resulta de insoslayable lectura *La máquina del tiempo*, de H. G. Wells, que se constituye como una utopía invertida sobre el futuro.

ÍNDICE

Colección del
MiRADOR

Literatura para una nueva escuela

Títulos publicados

Anderson Imbert, E. • **Cuentos escogidos**

Anónimo • **Alí Babá y los cuarenta ladrones**

Anónimo • **Lazarillo de Tormes**

Anónimo • **Simbad, el marino**

Anónimo • **Tristán e Iseo**

Aristarain, A. • **Un lugar en el mundo**

Calderón de la Barca, P. / Borges, J. L. • **La vida es sueño / Las ruinas circulares**

Cervantes Saavedra, M. • **Ladran, Sancho**

Conan Doyle, A. • **Elemental, Watson**

Conan Doyle, A. • **Estudio en escarlata**

Conan Doyle, A. / Chesterton, G. / Christie, A. • **El relato policial inglés**

Cuzzani, A. • **El *centroforward* murió al amanecer**

De Cecco, S. / Sófocles • **El reñidero / Electra**

Denevi, M. • **Ceremonia secreta**

Denevi, M. • **Cuentos escogidos**

Denevi, M. • **Rosaura a las diez**

Dickens, Ch. • **Una canción de Navidad**

Discépolo, A. / Chejov, A. • **Mateo / La tristeza**

Echeverría, E. / Gambaro, G. / Fontanarrosa, R. • **El matadero / La malasangre / Maestras argentinas. Clara Dezcurra**

Fernández Tiscornia, N. • **Despacio, Escuela - La vida empieza con A**

García Lorca, F. • **Bodas de sangre**

García Lorca, F. • **La casa de Bernarda Alba**

Gorostiza, C. • **El patio de atrás**

Güiraldes, R. • **Cuénteme, Don Segundo**

Hernández, J. / Sarmiento, D. • **Los Hermanos sean unidos: Martín Fierro / Facundo**

Ionesco, E. • **La cantante calva / La lección**

James, H. • **Otra vuelta de tuerca**

Jerome, J. K. • **Tres hombres en un bote**

Kafka, F. • **La metamorfosis - Carta al padre**

Laferrère, G. de / Ibsen, H. • **Las de Barranco / Casa de muñecas**

Leroux, G. / Borges J. L. • **El misterio del Cuarto Amarillo / Emma Zunz**

London, J. • **El llamado de lo salvaje**

Lope de Vega, F. • **Fuenteovejuna**

Molière • **El avaro - El burgués gentilhombre**

Orwell, G. • **Rebelión en la granja**

Pizarnik, A. • **Antología poética**

Rostand, E. • **Cyrano de Bergerac**

Shakespeare, W. • **El mercader de Venecia**

Shakespeare, W. • **Hamlet**

Shakespeare, W. • **Romeo y Julieta**

Sófocles • **Antígona - Edipo Rey**

Stevenson, R. L. • **El demonio en la botella - Markheim**

Stevenson, R. L. • **El extraño caso del Dr. Jekyll y Mr. Hyde**

Twain, M. • **Diarios de Adán y Eva**

Unamuno, M. de • **Abel Sánchez**

Varios • **Al diablo con el diablo**

Varios • **Antología de la Poesía Española**

Varios • **Cuentos Clasificados 0**

Varios • **Cuentos Clasificados 1**

Varios • **Cuentos Clasificados 2**

Varios • **Cuentos Clasificados N**

Varios • **Cuentos Clasificados T**

Varios • **Cuentos Clasificados X**

Varios • **Cuentos Requeridos 1**

Varios • **Cuentos sobre rieles**

Varios • **El relato de amor francés**

Varios • **El sainete criollo**

Varios • **Fábulas**

Varios • **Juglares de hoy**

Varios • **Literatura y periodismo**

Varios • **Mitos Clasificados 1**

Varios • **Mitos Clasificados 2**